Angelika Reitzer **unter uns**

Angelika Reitzer

unter uns

Roman

Residenz Verlag

Die Arbeit an diesem Roman wurde durch das
Wiener Autorenstipendium unterstützt.

Bibliografische Information der Deutschen Bibliothek:
Die Deutsche Bibliothek verzeichnet diese Publikation in der
Deutschen Nationalbibliografie; detaillierte bibliografische Daten
sind im Internet über http://dnb.ddb.de abrufbar.

www.residenzverlag.at

Umschlaggestaltung: Silvia Wahrstätter, vielseitig.co.at
Umschlagfoto: Stefanie Schneider
Typografische Gestaltung, Satz: Ekke Wolf, typic.at
unter Verwendung der Schrift Minion
Lektorat: Günther Eisenhuber
Gesamtherstellung: CPI Moravia Books

ISBN 978-3-7017-1549-7

01

Die Alten schlendern über das Feld, eine unauffällige Choreographie, wirkungsvoll. Klärchen hat sich bei ihrer Schwester untergehängt, die zwei tragen Westen oder Pullover in derselben Farbe, und es sieht so aus, als wären sie gemeinsam beim Friseur gewesen. Sie haben ihre Brillen abgenommen, da ist die Ähnlichkeit besonders deutlich. Knapp hinter ihnen der alte Herr mit den Zwillingen, die längst erwachsen, aber bubenhaft wie immer. Ihre Scheitel glänzen, von weitem schon zeigen sie etwas wie einen Weg oder eine Richtung an oder den Lichteinfall zumindest. Sie spazieren, Hände in den Hosentaschen, wie immer im Gleichschritt, wie immer geben sie ihre Antworten halbwegs synchron. Wie immer sind sie wie immer, das ist ihr ganzes Leben schon so. Der Vater schreitet übers gestutzte Gras, sein Bauch ist nur mehr sehr groß, er hat viel Gewicht verloren. Rehe, die nach einer Aufführung langsam aus dem Wald hervorkommen, das Publikum Clarissa. Zufrieden mit ihrer Leistung verzichten sie darauf, sich zu verbeugen. Sie gruppieren sich um die Gartenmöbel, die hinter und unter ihnen verschwinden. Onkel Heinz steht hinter Klärchen, er hat seine Hand auf ihrer violetten Schulter abgelegt. So würde sie es sagen : fliederfarben.

Clarissas Chauffeur hat die Seiten gewechselt, er ist in den Rahmen hineingestiegen, hat sich hinten seinen Platz gesucht. Aber vielleicht ist es genau umgekehrt, das viel eher. Er ist nur kurz aus dem Bild gefallen, tut immer, was man von ihm verlangt, und Seiten wechseln, das ist das Allereinfachste. Er ist zur Stelle. Während Clarissa aus dem Zug steigt, läutet ihr Telefon. Der Zug voll, und dann ist der Bahnsteig voll, die Menschen strömen in Richtung Ausgang, ziehen ihre Koffer hinter sich her, der ganze Bahnsteig eine drängende, lärmende Masse, in der jeder auf seiner Spur beharrt, weshalb alle einander in die Quere kommen, die Eile lässt sie langsamer vorankommen. Clarissa kramt in ihrer Tasche, geht weiter, das heißt, sie wird weiter geschoben. Sie trägt ihre lederne Reisetasche über der Schulter und über der Reisetasche die Handtasche, das ist unbequem und lässt sie schief gehen, weil die Tasche schwer ist, und sie ist unförmig und kann nicht abschätzen, wie viel Platz sie braucht. Gerne würde sie so tun, als wäre das immer noch Routine, lästig, aber bekannt : an den nächsten Termin denken, an die Leute, die bei der Besprechung dabei sein werden, an ihre Präsentation und daran, dass alle Unterlagen sauber und in der korrekten Reihenfolge in der Mappe aus Rindsleder bereitliegen. Es ist immer dasselbe, sie findet das Telefon nicht und ärgert sich, denn wer in diesem Augenblick anruft, das weiß sie schon. Dann findet sie das Telefon, das nicht mehr läutet, in einem Buch, ganz unten in der Tasche, und ihre Ahnung bestätigt sich, natürlich, und dann rutscht ihr die Tasche über die Schulter. Sie wird noch zorniger und muss an sich denken als eine Slapsticknummer, und ob die Leute um sie herum die Stirn runzeln oder lachen oder an ihr vorbeischauen, will sie gar nicht sehen. Am Bahnsteig steht der Anrufer, sie haben sich gut zwei Jahre nicht gesehen, begrüßen sich mit einem Handschlag. Erstaunt sagt er : du siehst ja richtig gut aus. Sie fahren zusammen zu dem Landgasthaus, wo das Fest stattfindet. Im Auto will er sein Erstaunen wieder zurücknehmen, aber das geht jetzt nicht mehr. Clarissa fühlte sich doch gut. Einigermaßen. Er meint es nicht so, sicher nicht. Die Haut fühlt sich aber gleich pickelig an, sie weiß genau, an welchen Stellen sie mehr Schminke aufgetragen hat, und sie spürt an dem Brennen am Kinn, bestimmt ist da ein großer roter Fleck, trotz Make-up. Er dreht an seinem Radio herum, will jemanden anrufen, den er nicht erreicht, Nachricht hinterlässt er keine. Die Haare sind strähnig, obwohl sie sie noch vor der Abfahrt gewaschen und geföhnt hat. Vielleicht hätte sie ein Kleid anziehen sollen, vielleicht sollte sie sich nach der Ankunft sofort umziehen. Als Clarissa den Sender wechselt, ohne ihn zu fragen, schaut er sie einen Moment erschrocken an, dann grinst er. Er redet von Arbeit, von den vielen Terminen, von der Verantwortung und der Last auf den Schultern, und als sie aussteigen, denkt Clarissa auf einmal, dass er vielleicht ihre Arbeit gemeint hat, und das verwirrt sie zuerst, und als sie ihn darauf anredet, vorsichtig, wie nebenbei, schiebt er ihr ein kleines Mäppchen zu mit Informationen über die Gegend und ihre spärlichen Sehenswürdigkeiten, einem Faltblatt mit den Programmpunkten der Zusammenkunft. Kurz ist sie beruhigt, als wüsste sie Bescheid, als würde sie das kennen, was jetzt kommt. Clarissa will ihn nach der Teilnehmerliste fragen, lässt es bleiben. Punkt eins (individuelles Eintreffen) und Punkt zwei (kleiner Spaziergang in den nahe gelegenen Föhrenwald, Wiederaufnahme der familiären Beziehungen) liegen schon hinter ihnen, aber Abendessen, Schifffahrt, Volleyballspiel, Freizeit in Hallenbad und Sauna stehen noch bevor, und ihr Chauffeur nimmt jetzt ihre Hand und lacht ihr breit entgegen und ihre Köpfe stoßen zusammen. Es ist immer noch so, dass er einem hilft, aber zurück bleibt nur ein Gefühl der Störung. Ihr Chauffeur schaut sie an, ernst nimmt er ihre Tasche, er ist ihr Portier jetzt, und wenn sie ihn fragen würde, würde er in die fremde Küche gehen und ein Brot für sie holen oder einen Saft oder ein Stück Kuchen aus der abgesperrten Vitrine undsoweiter. Er trägt ihre Tasche nach oben und zieht sie hinter sich her, gleich lässt er die Hand wieder los, und früher war es ja auch so, dass er immer alles für alle getan hat, und niemand hat es ihm gedankt. Aber er hat einfach damit weitergemacht, und manchmal erinnerte er einen an eine größere Tat, und wer dann ein schlechtes Gewissen hatte, das war er. Dafür kann er einen auch kränken und so tun, als würde er es nicht bemerken, als würde ihm das gar nicht auffallen. Er kann sein breites Gesicht mit einem Grinsen und auch mit vollkommener

Harmlosigkeit ausstatten, das schmerzt ein bisschen; aber es steht ihm ausgezeichnet. Nur wenn er darüber redet, was er gut kann, dann ist er ernst. Wenn er sicher weiß, was sein Gegenüber jetzt will, dass er jetzt gleich das Richtige tut, dann ist sein Blick, nein, dann ist sein Schauen wahrhaftig. Das ist er.

Er steht auf dem kleinen Balkon ihres Zimmers und referiert den vergangenen Vormittag, tut jetzt heiter, ganz ungezwungen; er selber ist schon zweimal zum Bahnhof und wieder zurück gefahren, sie ist die Dritte, die er abgeholt hat. Rücksicht auf ihn hat nie jemand genommen. Auf Familienfotos ist oft nur er verschwommen zu sehen, oder er wird von jemandem verdeckt, immer steht er hinten, bei keiner Feier fehlt er, aber zu erkennen ist er fast nie. Erst nach mehrmaligem Durchzählen sagt einer : der Hannes, wo ist denn der Hannes? Der Hannes ist extra mit einem größeren Wagen gekommen, spielt den Shuttlebus für die Omis. Oder er hilft beim Um- und Aufstellen der Möbel, organisiert die Kinderbetten. Baut das Volleyballnetz auf, und ist der Hannes nicht auch für eine korrekte Spielfeldbegrenzung zuständig? Eben. Holt den kleinen Cousin vom Flughafen ab. Hannes ist immer dabei, unsichtbar und vielleicht überdeutlich. Jetzt ist er auch schon wieder weg, die anderen sind aus dem Wald herausgekommen, und er ist in ihm verschwunden vielleicht. Als wollte er den verpassten Spaziergang nachholen. Er unterhält sich kurz mit ihrem Vater, wahrscheinlich um sich Anweisungen zu holen, und taucht erst wieder auf, als er Clarissa zum Zug bringt.

Eine Zeitlang steht sie auf dem kleinen Balkon, in dem Zimmer riecht es nach Weichspüler oder Putzmitteln, vielleicht nach beidem, nicht unangenehm. Auf der zurückgeschlagenen Überdecke liegt die Mappe, es sind keine Seminarunterlagen, und die Leute, auf die sie gleich treffen wird, kennt sie seit ihrer Kindheit. Für die meisten von ihnen ist sie nicht Assistentin des Geschäftsführers, sie kann für sie aber auch nicht mehr das Mädchen sein, das eine viel versprechende Zukunft vor sich hat. Clarissa muss lachen : das ist es doch, was ihr von uns wollt, Demonstration von Zukunft; und ja, das Lachen ist kurz und tonlos, und fast verschluckt sie sich daran. Dies soll, so ihre Mutter am Telefon, das letzte große Fest sein, und danach wollen sie sich zurückziehen aus ihren Verpflichtungen und aus ihrer Familie.

02

Ein Land, in dem ich niemals gewesen bin, in dem wir nie zusammen gewohnt haben. Alles ist dokumentiert, chronologisch geordnet, das Archiv meiner Kindheit in der großen Truhe in der Stube. Da ist auch ein Projektor, eine Leinwand, aber die wurde nur von Gästen benutzt, bei Familien- und Firmenfeiern, nie von uns oder von den Eltern. Auf manchen Filmen war vielleicht eine fröhliche, leicht disparate Familie zu sehen, die in einem Gastgarten probierte, wie es war, wenn man zusammengehörte. Es gab Aufnahmen von meinem sechsten Geburtstag, der wie alle Geburtstage mit der ganzen Familie gefeiert wurde, außerdem mit Kindern aus der Nachbarschaft. Filme von den ersten beiden Sommern, als das große Schwimmbecken hinten im Garten stand, Filme aus dem Leben meiner Schwester, vor meiner Zeit. Aber was sich auf den Filmen nicht fand, davon hatten die Eltern keine Vorstellung. Früher dachte ich immer, sie wollten das alles nicht sehen, es hätte sie nur traurig gemacht, dass sie immer Geld verdienen mussten, während wir mit unserem Onkel und seiner Frau auf Almen wanderten, irgendwo übernachteten oder an Badeseen zelteten. Was konnten sie davon gewusst haben? Es wird sie nicht interessiert haben, warum auch?

Die Tür zum Balkon war offen, und von der Terrasse, wie wir unseren Gastgarten nannten, war fetzige Musik zu hören, das Klappern der Absätze der Frauen und Lachen. Mutters Lachen und das ihrer Schwester waren immer schwer zu unterscheiden gewesen; gelacht und zu schneller Musik getanzt haben sie beide gern. Später der Stolz darüber, der weit darüber hinausdeutete. Sie montierten sich in die Bilder von Aufbruch und Freizügigkeit hinein, die sie doch selbst nur aus dem Fernsehen kannten. Mit mehr Zurückhaltung zeigten sie diesen Stolz, nachdem dieser Lebensabschnitt weggeräumt worden war, zurückgegeben an die wirklichen Protagonisten. Es genügte die vage Erinnerung an etwas, das ohne sie stattgefunden hatte, das man ihnen aber auch zutraute, schließlich war es ihr Jahrgang. Wenn sie davon sprachen, war immer klar, dass es sich um einen kinderlosen Zustand handelte; da ging es nicht um Vereinbarkeit, das hätten sie gar nicht gewollt. Die Super-8-Kamera lag auf dem Tisch, oder die Frau von Onkel Heinz hatte sie in die Stube gebracht, oder er hatte sie schon im Kofferraum verstaut, und Gläserklirren war zu hören, und dauernd schien jemand von einem Ende der Terrasse zum anderen zu gehen, hin und her. Der Steinboden war immer kalt, im Sommer ein großartiges Gefühl, aber die Erwachsenen waren nie barfuß; einmal wegen der Gäste und dann, weil sie davon ausgingen, man würde krank werden, klappklappklapp, klappklapp. Wahrscheinlich waren die Schuhe nur ein Bestandteil ihrer Vollständigkeit. Abgeschlossene Persönlichkeiten waren sie, immer schon gewesen, als junge Leute aber ganz besonders.

Orangestichige Bilder, oder sehr grobkörnig, wenn es schon dunkel war; als einziges Geräusch das Klappern der Schuhe und manchmal ein klirrendes Glas, kein Durcheinander von Stimmen, nicht der tiefe Bariton meines Vaters bei einem seiner Monologe und auch nicht die weichere Stimme von Onkel Heinz, der Anweisungen zur Aufstellung für ein Gruppenfoto gab. Meine Schwester lief über die Terrasse, ihre nackten Füße auf den immerkühlen Steinplatten; manchmal trippelte ich hinter ihr her, eine kleine Schwester eben. Meistens erzählte sie mir, was draußen vorging, das genügte schon. Oft setzten wir uns an die Bar und warteten, dass Klärchen hereinkam und uns aufs Zimmer schickte, oder wir hofften darauf, dass Onkel Heinz zu uns kam, mit uns redete, wie wir glaubten, dass Erwachsene reden. Er wusste natürlich, dass wir nicht ins Bett gingen, solange sie noch im Freien waren.

Wenn ich Angst hatte, alle könnten weggehen, uns allein lassen und nicht mehr zu uns zurückfinden, fing meine Schwester an, an mir herumzuzupfen, mich unauffällig zu trösten. Auf ihre Art. Aber dann sagte sie unwirsch wie eine, die es immer schon gehasst hat, eine große Schwester zu sein, dass sie das niemals machen würde. Nie. An einem Abend sagte meine Schwester zu mir : weißt du überhaupt, was das heißt? Es ist wie immer, nur umgekehrt. Nie. Nie. Nie. Manchmal brachte uns die Mutter ins Bett, und ich hörte, wie sie zu meiner Schwester sagte, dass sie noch ein bisschen ausgehen. Dann flüsterte meine Schwester in die Dunkelheit : sie bleiben in der Nähe, mach dir keine Sorgen, ich bin schon groß. Sie stand nicht mehr auf, und wir lagen beide wach, ohne miteinander zu reden. Als Selma dann nicht mehr bei uns war, sagte meine Mutter zu mir : wir gehen noch ein bisschen aus, aber du bist nicht allein, das weißt du, nicht? Dann war nicht nur das Zimmer, in dem ich lag und in die Dunkelheit schaute, angestrengt und in der Hoffnung auf vertraute Geräusche, dann war nicht nur mein Zimmer, sondern das ganze Haus, das noch größer und dunkler wurde und auch ein finsteres Loch sein hätte können, weit und tief unten in der Erde, leer. Dann schien es mich nicht mehr zu geben, und ich versuchte mir einzureden, dass alles nur ein Traum war und ich nur nicht aufwachen konnte, weil ich zu fest schlief. Dass ich gut schlafen konnte, auch ohne die anderen.

Die Musik, die mir dazu einfällt, ist eine aus den Sechzigern und stammt aus Filmen, die ich später gesehen habe, eine elternfreie, schwarzweiße Zone. Weder meine Mutter noch ihre Schwester noch die Frau von Onkel Heinz haben je einen Petticoat getragen. Ton kam erst später hinzu, aber das war Video, und die Aufnahmen wurden seltener, die gemeinsamen Ausflüge an den Wochenenden auch, und in der Truhe in der Stube waren keine Videokassetten gelagert, nur Super-8-Filme. Und wenn meine Schwester und ich spätabends noch auf die Terrasse liefen, waren da keine feiernden Erwachsenen mehr.

03

Maries Profil sagt, dass sie im Umfeld von Kunst und Ästhetik, aber auch in den Niederungen des Geschäftes mit der Schönheit tätig ist. Sie hat achtundvierzig Freunde, nicht gerade viel, aber immerhin. Zu den Kontakten (Projekte und Möglichkeiten), mit denen sie arbeitet oder arbeiten möchte, sind mittlerweile ein paar echte Freunde und Freundinnen dazugekommen. Die meisten von ihnen sind hier natürlich nur wegen ihres Jobs, und sie sind sich darin einig, dass Freunde in der analogen Welt wichtiger sind, aber niemand es sich leisten könne, virtuelle Freundschaften zu ignorieren. Was in der Realität manchmal schwierig ist, weil die Umstände mehr Raum beanspruchen als Ähnlichkeiten, vielleicht sogar etwas Gemeinsames, fällt im Netz viel leichter. Inklusive Retoure. Ein überraschender Moment immer wieder, wenn sich jemand meldet, an den man viele Jahre nicht gedacht hat : *liebe marie, duerfte zirka 20 jahre her sein (wahrscheinlich laenger noch, aber 20 reicht – so alt sind wir doch gar nicht in wirklichkeit), da bin ich hinter dir gesessen, ein halbes jahr lang oder ein jahr. erinnerung?* Marie hatte Kevin zwar nicht vergessen, sie hatte aber in all den Jahren auch nie an ihn gedacht. Mit sieben war sie weggezogen, damals hatte ihr Wanderleben begonnen, zuerst zu dritt, irgendwann wieder zu dritt, aber ohne den Vater. Als sie nach Jahren zurückkehrte, ohne Mutter, aber mit dem Bruder im Handgepäck, da hätte sie die Namen von Mitschülern und Kurzzeitfreunden aus den ersten zehn, zwölf Jahren, in denen ihre Familie oder das, was davon übrig, was schließlich wieder zu einer Familie geworden war, von Stadt zu Stadt, einmal auch in ein anderes Land zog, nicht mehr sagen können. Die Mitschüler aus der ersten Klasse hatte sie als Gruppenfoto gespeichert, kleine Menschen vor einem leuchtenden Forsythienstrauch in voller Blüte. Sie war einer von ihnen, leichte Verwunderung darüber. Dass diese Zugehörigkeit sich verlieren musste, wusste sie lange bevor das Gelb auf dem Fotografenbild verblasst war. Zu ihrem dreizehnten Geburtstag schenkte die Mutter ihr ein Adressbuch, obwohl sie sich ein Tagebuch mit Schlüssel gewünscht hatte. Enttäuschung, aber so war es ja immer : leicht daneben. Sie besitzt es immer noch, irgendwann sind E-Mail-Adressen dazugekommen und Visitenkarten. Sie benutzt es bis heute, auch wenn sie es nicht auf Reisen mitnehmen kann, dafür ist es zu prall, zu brüchig. Tagebuch führt sie schon lange nicht mehr.

kevin, der einzige bub, der sich freiwillig neben ein mädchen setzt. kevin, der sich in der pause beleidigt in den hinteren teil des schulhofes verzieht, weil seine nachbarin (nike? natascha? sabine?) zwar den schulweg, aber nicht die pausen mit ihm teilt. bist du das? (und warum wollte nike, natascha, sabine eigentlich in den pausen nichts von dir wissen?) Das war Kevin. Gleich stellen sich bei Marie die Zusammenhänge ein. Als würde Kevin das Foto zum Leben erwecken, es von hinten beleuchten, durchleuchten, sieht sie alles genau, auch wenn sie kaum noch jemanden deutlich erkennt. Sie erinnert sich daran, wie Manuela bei einem Spiel im Sitzkreis sich nicht zu fragen traute, ob sie aufs Klo gehen darf, und wie leid die ihr ab diesem Moment tat. Sie denkt an die ersten Wörter im Leselernbuch und an die Gliederpuppe aus Karton, die sie vor allen anderen aus dem Buch herausgerissen hat, erinnert sich an die drei, die immer alles gemeinsam machten (Clemens, Heidi, Nike) und sie nicht in ihre Gruppe aufnehmen wollten, an die Gemeinheiten, die sie sich danach ausdachte. Ob ihr alle gelangen, weiß sie nicht mehr.

Kevin ist vor ihr im Kaffeehaus, und er überlegt, ob sie sich auch ohne ihre Profilfotos wiedererkennen würden. Was denn noch da ist von einem, was immer schon da gewesen ist? Er denkt an seine Statur, nicht an seine Größe, an sein Kinn, ja okay. Dass er immer oder nur mit Mädchen gespielt hat, stimmt nicht; die falsche Erinnerung eines Mädchens von damals, das gefällt ihm. Was bleibt denn wirklich, vom Anfang? Sie verstehen sich gut, ohne besonders viel über alte Zeiten zu sprechen. Es scheint, dass Marie sich zwar an die Namen erinnert, aber die Geschichten nicht zuordnen kann. Kevin wirkt auf Marie, als wäre er immer schon da gewesen. Da, wo sie ihn jetzt antrifft. Sie fühlt sich oft so, als wäre sie gerade wieder umgezogen. Wege, die sie schon gegangen ist, kommen ihr auf einmal unbekannt vor, neu. Dann schaut sie, weiß nicht mehr genau, ob sie eine alte Beschriftung, ein verblasstes Schild schon einmal wahrgenommen hat oder nicht. Nachdem sie mit Jörg umgezogen war, kam es ihr lange Zeit vor, als hätte sie die Stadt gewechselt und nicht nur den Stadtteil. Als hätte sich die Stadt unterdessen verwandelt. Nach dem Kaffeehausbesuch kreuzen sich ihre Wege öfters, und Marie rechnet manchmal damit, dass nun auch die anderen Kinder aus dieser Zeit auftauchen, in der außer ihrer verstreuten Familie keine Menschen existieren, aber das geschieht nicht. Sie bleibt fremd und vertraut hier, wie sie will. Die Netze, die jeder für sich gespannt hat, sind überschaubar, aber auch nicht an allen Stellen zu überblicken. Jetzt stellt sich heraus, dass sie schon voneinander gehört haben, da waren sie aber nicht Marie und Kevin, sondern Funktionen eher. Mein Mann, sagte Vera immer, und Marie hatte nie nach seinem Namen gefragt, warum auch? Die Übersetzerin nannte Vera Marie oder die Kunsthistorikerin, Assistentin vom GF, aber so oft unterhielt sie sich nicht mit Kevin über solche Jobs. Marie hatte Kevins Frau bei einem Projekt kennen gelernt, bei dem Vera, eigentlich eine Mitarbeiterin von ihr, für die Digitalisierung zuständig war. Marie war von dem Auftraggeber in ein kleines Büro ohne Fenster gesetzt worden. Es gab ein Fenster, aber nur in einen Lichthof. Sie musste Anträge schreiben, was ihr nicht besonders gut gelang. Dann war sie dafür zuständig, die Anträge, die nun jemand anderer schrieb, zu übersetzen, was ihr nicht schwerfiel, und sie musste die Korrespondenz mit internationalen Projektpartnern führen, was extrem mühsam war. Immer wieder überkam sie der Verdacht, dass die Projektpartner von ihr erwarteten, dass sie nicht bloß übersetzte, sondern auch lieferte, was doch von ihnen kommen sollte : Ideen und Vorschläge, wie sie sich einbringen könnten. Nur Vera erledigte ihren Teil der Aufgaben rechtzeitig und vollständig. Dafür war sie ihr manchmal dankbar, aber Vera machte ihr ohne ein Wort klar, dass Dankbarkeit nicht notwendig, gar nicht angebracht war. Die meisten Anträge wurden abschlägig beantwortet. Marie bekam nie das vereinbarte Honorar und hatte das unangenehme Gefühl, ihr Chef sei sauer auf sie, aber sie konnte ihm nicht klarmachen, dass das Scheitern mit ihr nichts zu tun hatte. Ein paar Tage nach dem Abschluss des Projektes, der so unbefriedigend war wie jeder Misserfolg, auf den nichts folgte, war sie noch einmal in der fensterlosen Kammer, die so gründlich ausgeräumt worden war, als hätte hier niemals jemand an mehreren Projekten gleichzeitig gearbeitet, mit Leuten in mehreren Sprachen telefoniert und gemailt, als wäre sie immer schon leergestanden, ein vergessenes Zimmer, zu dunkel, um sich darin länger aufzuhalten. Ein Dichter soll einmal darin gewohnt haben, lange vor ihrer Zeit. Vera hatte ihr das erzählt, da lag sein schmächtiger Körper schon unter der Erde. Die Frauen redeten wehmütig von seiner bunten Gestalt, die manchmal einfach aufgetaucht war, immer auffiel, dabei aber nicht greifbar war. Ihr war zum Weinen zumute, wenn sie daran dachte, sie wollte aber nicht darüber nachdenken, warum. Nur ein Bildschirm stand noch an dem einen Ende des Tisches und darunter ein Rechner und der Ventilator, den Marie mitgebracht, aber nie verwendet hatte, kein einziges Mal. Sie löschte ihre Passwörter, fuhr den Computer herunter und klemmte sich den Ventilator unter den Arm. Den Büroschlüssel steckte sie in ein Kuvert, das sie im Stiegenhaus in den Briefkasten warf. Als Marie das Gebäude verließ, fielen die ersten Tropfen vom Himmel, Marie ging nicht schneller zum Auto als sonst. Der Ventilator steckte zwischen Vordertür und Fahrersitz fest, Marie wurde in wenigen Minuten bis auf die Haut nass. Dann saß sie im Auto und fuhr an, blieb aber gleich wieder stehen, weil der Regen zu stark war. Der Himmel war dunkel, die Straße stand unter Wasser, sie wünschte sich, dass alles, alles weggewaschen würde. Von allen Seiten musste es nun regnen, sie konnte den Regen nur noch hören, so stark war er, das Wasser klopfte sogar gegen die Bodenplatte. Endlich wurde sie wütend und fühlte sich ein bisschen besser. Aber sie war immer noch in diesem fensterlosen Raum, in Jörgs kleinem

Auto, in Projekten, für die sie arbeitete, weil sie das Geld brauchte. Nach diesem würde ein anderes kommen und noch eines, und sie würde froh sein, wenn sie wieder eines gefunden hätte. Die Scheiben waren angelaufen, es hätte sie nicht gewundert, wenn das Wasser sie davonschwemmen würde, so leicht fühlte sie sich plötzlich mitsamt dem Kleinwagen, und sofort dachte sie : und eben das ist das Problem. Die Handbremse war angezogen, der Regen ließ nach. Von diesem Projekt blieb ihr Kevins Frau Vera, sie mochten einander.

04

In der Nacht wirst du träumen, dass du allein im Gastgarten sitzt und einen Mathematiktest schreibst. Deine Mutter, die Lehrerin, schleicht um dich herum, setzt sich an die verschiedenen Tische, behält dich im Auge. Verspielt zieht sie einen Feldstecher aus ihrer Schürzentasche, um dich aus der Nähe zu betrachten, noch genauer. Du lässt dich nicht davon ablenken. Aus der Küche hörst du den Vater schreien, kannst ihn aber nicht verstehen, die Lehrerin übersetzt simultan. Du erklärst ihr, dass du das Gemüse jetzt nicht waschen und schneiden kannst, keinesfalls, weil du den Test machen musst. Sie ist zwar auf deiner Seite, aber mit ihrem ständigen Dreinreden macht sie dich nervös. Du hast auf dem Schulweg alles geübt, der Stoff ist wahnsinnig schwer, und es ist wahnsinnig viel, aber du kannst es schaffen, wenn du nicht in die Küche musst zum Helfen. Du fühlst dich richtig clever und denkst: das mache ich jetzt immer, den Stoff auf dem Schulweg durchgehen. Dann überkommt dich eine große Verzweiflung, weil dir einfällt, dass die Eltern abreisen und der Test nur zu deiner Ablenkung dient. In diesem Moment denkst du nicht daran, dass der Schulweg nur aus einem Stiegenhaus besteht, von der Wohnung in die Gaststube, wo du bei schlechtem Wetter zur Schule gehst, oder weiter in den Gastgarten bei Sonnenschein. Dafür brauchst du zwei oder drei Minuten. Der Vater aber gibt nicht auf, du redest auf deine Mutter ein, dass du nachkommst. Du sagst: schau, Klärchen, ich bin ja noch ein Kind, ich bin noch gar nicht mit der Schule fertig, wollt ihr mich echt allein lassen? Sie antwortet nicht, geht über die Straße, holt Zigaretten aus dem Automaten vor der Trafik; Geld ist dafür nicht nötig. Eine Schachtel nach der anderen lässt sie in ihren Schürzentaschen verschwinden. Also gehst du in die Küche, dein Vater dirigiert dich nach hinten, auf den Parkplatz, da steht ein Typ mit einem Motorrad. Jemand hat ihn angefahren, und er ist verletzt, jemand hat ihm das Motorrad gestohlen; du hast keine Ahnung oder keine Erinnerung daran, es ist nur so, dass er dich beschuldigt. Du winkst gleich ab, bist beruhigt, dass man dir nichts anhaben kann, jetzt siehst du, es ist Martin, der Bruder von Marie. Er scheint dich nicht zu kennen, und damit ist die Sache anscheinend erledigt. Deinen Vater fauchst du an, weil er dich nie in Schutz nimmt, für dich nie die Unschuldsvermutung gilt. Du gehst zu deiner Mathematikaufgabe zurück und kommst nicht mehr weiter. Jetzt ist die Zeit zu kurz, du hast keine Chance, den Test fertigzumachen, überhaupt keine Idee, worum es darin geht. Du schaust zu deiner Mutter und rufst ihr zu, dass sie dir wenigstens Zigaretten mitbringen soll, aber sie lacht dich aus, zuckersüß jetzt : vergiss es, Kleines, vergiss uns einfach.

05

Immer stand das Essen im Mittelpunkt. In Abständen von einer Viertelstunde wurde da gefragt : magst du was?, hast du noch Hunger?, schmeckt es dir etwa nicht?, willst du was trinken?, oder : nimm dir, komm, lass uns noch eine Kleinigkeit essen, ich gebe dir noch einmal nach, das musst du aber schon kosten, lass uns was trinken, darauf trinken wir, wir sollten uns einen Drink genehmigen, was meinst du? undsoweiter. Mein Vater schlang sein Essen hinunter, ein Gang schloss unmittelbar an den anderen an, und er wollte es hinter sich bringen, denn es ging ja bald wieder weiter. Er saß am Kopf des Tisches, das versteht sich von selbst. Sein ganzes Leben hatte er bedient, aber wenn wir etwas feierten, saß er am Tisch und ließ sich alles bringen, dirigierte die Angestellten, die an solchen Abenden oder Nachmittagen Überstunden machten, oder meine Mutter, die zuerst in der Küche stand und dann in den Service wechselte. Er aß, und er redete, das Essen kommentierte er kaum. Es gab keine Einleitungen oder Erklärungen, wovon oder von wem er redete. Vom Hörensagen, das interessierte ihn, und alles, was er irgendwo gelesen hatte, Gelesenes aus Zeitungen und Magazinen war heilig. Selbst Erlebtes dagegen, das wurde seltener erzählt, und wenn, dann war es etwas, das weit zurücklag in der Zeit. Mein Vater redete über Menschen, die er kannte, als müssten alle sie kennen, er dachte nie darüber nach. Einen Freund meiner Cousine überfiel er beim ersten Zusammentreffen mit Geschichten über ein Nachbarkind, ausufernd und uferlos sprach er von dessen Talent und dessen Karriere, vielleicht meinte er Sicherheitssysteme, vielleicht meinte er Gartentore, es hätte auch Datenengineering sein können, man wusste es nie genau. Das ging über eine Stunde so, die anderen, meine Cousine auch, achteten nicht besonders darauf. Mein Vater duldete keinen Widerspruch, und man durfte ihn auch nicht daran erinnern, dass es seine großartige Wirtschaft, die alle so geliebt hätten und die er als heruntergekommenes Wirtshaus übernommen und zu einem angesehenen Gasthof ausgebaut habe, dass es die nicht mehr gab, weil keine Leute mehr kamen. Dass er den Gasthof nicht mehr betreibe, liege am Savoir-vivre, das er nun endlich entdeckt habe, sagte er und führte das aus, redete von der ars vivendi, als hätten wir kein Latein in der Schule gehabt, aber er schon. Für ihn und seine Frau sei es jetzt Zeit, nur mehr zu genießen. Sicher, einiges müsse noch geregelt werden, wie er bereits vor zwei Jahren gesagt hatte, aber dann würden sie es sich gut gehen lassen, keine Arbeit mehr, keine Gäste mehr, aus, vorbei mit den Sorgen. Mein Vater war ein

Erfolgsmensch, davon war er überzeugt, und sie würden auch ihre neue Lebenskunst perfekt inszenieren, bestimmt. Vater machte immer alles am besten, und er war damit in einer guten Gesellschaft, das gab er gerne zu. Er identifizierte sich mit so vielen, die Großes leisteten, man konnte es gar nicht genug loben, egal, ob es sich dabei um das Gemüse in seinem Garten, um bestimmte Unternehmer oder Politiker handelte oder um irgendwelche Neffen, ohne dass man immer gleich wusste, wen er jetzt meinte. Alle konnten gemeint sein, alles. Seine verstorbene Mutter. Ein blinder Schlagersänger aus dem Nachbarort. Mein Vater selber und seine Frau. Der Papst. Eine Skifahrerin.

Das war sein neuestes Hobby : Stunden verbrachte er vor dem Fernsehapparat, schaute sich alle Bewerbe an, bei denen unsere Leute, wie er sagte, gute Chancen hätten. Seine Begeisterung für Sportbewerbe, die im Fernsehen übertragen wurden, schien sich zu einer Sucht ausgewachsen zu haben, ein dicker, behäbiger Mann, der den Winter über vor dem Fernseher saß, um alle Skirennen und Skispringen, Eisschnelllauf und Biathlon und Langlauf, um Rodelbewerbe zu sehen, der das Programm aller Sportkanäle auswendig kannte und immer exakt zum Beginn einer Übertragung auf den Knopf der Fernbedienung drückte. Dann saß er stundenlang, fieberte mit seinen Männern mit. Die lagen ihm ein bisschen mehr am Herzen als die Damen, für deren Leistung er aber schon Respekt aufbringen konnte, wenngleich der eher daraus resultierte, dass sie etwas konnten, obwohl sie als Frauen geboren worden waren. Die Mahlzeiten wurden in der kalten Jahreszeit selbstverständlich auf das Sportprogramm abgestimmt. Wenn alles angerichtet und leicht abgekühlt war, dann erst setzte er sich an seinen Platz, schaufelte in sich hinein, was auf dem Tisch stand, redete auf seine Frau ein und lobte ihre ausgezeichnete Küche, überschwänglich und doch pointiert. Das war bereits Teil seines Savoir-vivre, denn das hatte es früher nicht gegeben, dass über das Essen geredet wurde. Im Anschluss ging er für ein paar Minuten ins Freie, nach zwanzig Minuten saß er wieder vor dem Fernseher. Die Mutter servierte ihm Kaffee und setzte sich eine Weile zu ihm, dann ging sie in den Garten oder zu ihren Fitnessgeräten. So schilderte sie ihr Zusammenleben. Dass meine Mutter erst in dieser Zeit das Fernsehen für sich entdeckte, Kochshows, für die sich auch der Vater erwärmen konnte, erzählte sie nicht. Das Fernsehprogramm war nun zweifarbig markiert : gelb für Sport und orange für Essen.

Worüber er immer redete und redete und redete, das hatten wir als Kinder nie genau gewusst. Es war nicht wichtig. Vater kam zwischen zwei Tischen, die er bediente, zu uns in die Küche, wo wir spielten, unsere Aufgaben machten, fernsahen und aßen. Er sagte zum Beispiel : auch bei der Haltestelle vom Postbus ist so ein Kleinbus aufgetaucht, Mann oder Frau, wer weiß das schon? Oder : der Berger und der Franz haben ihn immer machen lassen, nächste Woche sitzt der im Kasten, ganz bestimmt. Er redete und redete, und manchmal hörte man einen Namen, den man kannte, selten fragte jemand nach, und noch seltener antwortete er.

Aber meine Mutter sagte in seine Pausen hinein irgendetwas, und dann war er manchmal plötzlich still oder er antwortete ihr klar und ohne Umschweife. Immer wieder überraschte und irritierte mich das : Fremde.

06

Die Rehe sind stehen geblieben, ganz natürlich, sehr ruhig. Die Kitze äsen und halten sich dicht an die Böcke und Ricken. Plötzliche Geräusche machen ihnen nichts aus, Autos stören sie nicht. Sie wissen nichts von Gefahr. An alles können sie sich gewöhnen, schauen genau. Wer die Zuschauer sind und wer Darstellende, ist nicht mehr eindeutig zu erkennen, schon gar nicht für Clarissa. Aug in Aug und Aug in Aug. Eine Familie von mindestens zwei Dutzend Rehen. Wer würde sich zuerst bewegen? Dann macht sie einen Schritt, und die Gruppe zieht sich zurück, vorsichtig, immer noch. Ein Schritt nur, ein Schritt. Der Wald liegt hinter ihnen, das Fest beginnt in dem Moment, als alles schon hinter ihnen liegt, aber es erinnert in nichts an die Feste von früher.

Die Kinder sind mit Sport- und Spielgeräten ausgestattet, ein Mädchen, Lina oder Lena, posiert auf ihrem Roller. Ein bisschen ermattet wirken sie, vielleicht haben sie im Wald Ball gespielt, oder sie haben mit ihren Softbällen ein Turnier veranstaltet, wie früher : Familytennis. Der Garten hier ist fantastisch, mit einem uralten

Kastanienbaum in der Mitte, um den herum eine alte Holzbank, einmal im Kreis, und einem großen, morschen Holzbrett, das schon Generationen als Schaukel dient. Auf den Tischen bunte Tücher, und wenn sich die eisernen Sesselbeine in den Kies bohren oder hin und her geschoben werden, knirscht es laut und leise im Kopf, und die jungen Frauen, die immer wieder nachschenken und ununterbrochen neue Speisen auftragen, lächeln die ganze Zeit, aber das strengt sie anscheinend nicht an. Das Essen ist gut und ausreichend, wenngleich die Portionen nicht so riesig sind wie zuhause, der Salat ist frisch, und der Wein schmeckt. Alle bemühen sich um eine halbwegs ausgelassene Stimmung, die Unterhaltung setzt sich eher schleppend in Gang, nur die Eltern amüsieren sich blendend.

Der Vater isst die Hälfte von früher, was die Mutter sichtlich mit Stolz erfüllt und ihm Zärtlichkeiten von ihr verschafft, die Clarissa an sehr viel früher erinnern. Aber diese Erinnerung hat auf der Stelle etwas Verlogenes, unzutreffend, macht alle anderen, die am Tisch sitzen, zu zufälligen Fremden. Ein Wir ist auf diese verzweifelten Menschen, die sich unbedingt gut unterhalten wollen, nicht anwendbar. Der Vater hat nicht nur ein bisschen abgenommen, aus der Nähe sieht man sein faltiges Gesicht und dass ihm sein Anzug jetzt bestimmt zwei Nummern zu groß ist. Das macht Clarissa stutzig, dass er für diesen Anlass nicht einen Anzug gekauft hat, der ihm passt. Noch immer kein Gefühl für die richtige Größe; er wird ja nicht von gestern auf heute so viel Gewicht verloren haben. Sein Hals verliert sich in dem

Kragen, und die Krawatte gibt ihm den Rest. Ihr Vater ist alt geworden, wann ist das passiert? Er macht Pausen zwischen den Sätzen, manchmal wirkt es, als würde er mitten im Reden vergessen, was er gerade sagen wollte. Dann holt er wieder aus und spricht einfach weiter, fast wie früher. Er war fremd in dieser Gastwirtschaft, und das gefiel ihm, ließ ihn auch ein bisschen unsicher erscheinen. Zu den Kellnerinnen ist er höflich, wie er es niemals zu einer seiner Angestellten war. Er fragt Clarissa, wie es ihr geht, will, dass sie ausführlicher erzählt. So unvermutet steht er plötzlich neben ihr, dass sie sich umschauen muss, ob sein Erscheinen sonst noch jemandem auffällig vorkommt. Sie bemerkt nichts : später, sie wolle ihm nicht die Party verderben. Gleich ist er wieder verschwunden, und da versteht Clarissa, was sie so nervös gemacht hat : ihr Vater ist nie auf sie zugekommen.

Wenn sie Klärchen und den Vater in einem Restaurant am Nebentisch sehen würde, als Fremde, dann würden sie ihr wahrscheinlich nicht besonders auffallen : ein Paar, dem man zutraut, dass sie ein volles Leben hinter sich haben und noch ein paar fidele Jahre vor sich. Wenn. Sie hätte sich ausmalen können, wie sie am nächsten Tag die Enkelkinder von der Schule oder vom Kindergarten abholen und mit ihnen in ihr Wochenendhaus fahren. Ins Schwimmbad. Mit einem Kind Mathematik üben, mit dem anderen Pferdezeichnungen ausmalen, Kinderserien auf DVD anschauen, was auch immer. Das macht sie so aggressiv, dass sie aufstehen muss, und sie geht hinters Haus, wo ein privater Garten verwaist daliegt, nur eine nackte Glühbirne leuchtet schwach auf die Plastikmöbel und den Spieltraktor, der halb auf den Steinplatten, halb in der Wiese steht. Auf einem Trampelpfad, der zu einem eingezäunten Gemüsebeet führt, liegen Gummistiefel und ein Schlauch. Neben einem steinernen Podest stapeln sich Ziegel, ein Rost liegt daneben. Der Grill war bereits in Betrieb, obwohl er noch gar nicht fertig gemauert ist. Sie werden wohl niemals Enkelkinder haben, denkt Clarissa, sie geht davon aus, dass sie keine wollen. Ihre Eltern und kleine Kinder, die etwas mit ihnen zu tun haben, es ist undenkbar.

Sie geht auf ihr Zimmer und sucht das Telefon in der Tasche, niemand hat angerufen. Aus dem Garten ist jetzt Musik zu hören, Clarissa kommt sich vor wie ein kleines Mädchen, das auf dem Bett seiner Schwester sitzt und nicht mitfeiern darf, weil es zu klein ist. Im Bett der Schwester darf es nicht schlafen, aber mitten in der Nacht kriecht es unter die kalte Decke. Nach einer Weile hat es sich durchgesetzt, und die Eltern räumen Clarissas Bett aus dem Zimmer. Etwas fehlt. Niemand sagt ihm, dass die Schwester nicht wieder kommt, keiner sagt irgendetwas, nur der Onkel beruhigt es, dass es alles verstehen wird, wenn es einmal größer ist, doch daran glaubt das Mädchen nicht, an dieses Größer-Werden.

Anders als damals will sie jetzt nicht feiern, da unterscheidet sie sich nicht so sehr vom Rest der Familie, die Eltern immer ausgenommen. Denn die haben sich ja bereits verabschiedet aus diesem Verband, sie haben sich distanziert und wollen, dass sie alle mit ihnen die Gläser darauf erheben. Sie geht wieder zu den anderen, setzt sich zu Onkel Heinz an den Tisch. Sie reden wie Erwachsene miteinander, was vor allem heißt, dass er von seinen Frauen erzählt, den vergangenen und der jetzigen, von der Jugend, die er hinter sich lassen musste. Dabei ist er ein alter Mann jetzt. Und dann besinnt er sich und fängt an, auf sie einzureden, ihr gut zuzureden, Mut zuzusprechen und Durchhaltevermögen, so wie meistens eigentlich. Clarissa zeigt ihm, dass er so nicht mit ihr reden kann, beruhigt ihn, was ihr gut gelingt, denn er wolle seine Nichte nicht zum Weinen bringen; aber Tränen sind das Letzte, was er ihr bescheren würde. Sie trinken auf Vergangenes und Kommendes und tanzen zur Musik, die die Zwillinge abwechselnd aussuchen und auflegen, zwei Plattenteller gibt es. Als DJs bleiben sie akkurat, rotes und grünes und blaues Licht fällt auf ihre gegelten Seitenscheitel.

Der Ausstieg von Clarissas Eltern ist präzise geplant, dass der Vater Gewicht verloren hat, ein Detail im großen Ganzen. Ihr Gasthof ist seit über einem Jahr verpachtet, nun haben sie alles verkauft. Wohin sie gehen werden, wollen sie nicht verraten, weil sie zu dem Zeitpunkt noch nicht sicher sind, ob sie überhaupt noch Kontakt zu irgendjemandem haben wollen. Wenig Kopfschütteln von ihren Schwestern und Brüdern, von den Freunden und ihren Nachfolgern, die auch unter den Gästen sind. Spät am Abend macht die Mutter Clarissa mit ihnen bekannt, sie duzen einander, aber der Tochter tut es weh zu sehen, wie die Eltern an ihrer Anwesenheit leiden und wie sehr sie gleichzeitig bemüht sind, ihnen das Gefühl zu geben, zur Familie zu gehören. Diese Freundlichkeit, je entfernter das Verhältnis, desto freundlicher, wem sollte das gut tun, sie versteht es nicht. Und Clarissa? Sie kümmert sich doch nur mehr um sich. Um ihr Fortkommen, um ihre unmittelbare Zukunft, die kommenden paar Stunden. Die neuen Besitzer sind höfliche, vielleicht auch lustige Leute, aber sie sind fehl am Platz, vollkommen überflüssig in dieser Runde. Dass ihnen die ganze Sache gar nicht unangenehm ist, kann Clarissa nicht verstehen, will kein Wort mit ihnen wechseln, was ihr die Mutter gleich in strengem Ton vorhält. Zumindest davon sind sie dann unangenehm berührt, am nächsten Tag sind sie nicht mehr dabei. Ein letztes Mal, so der Vater, seid ihr alle meine Gäste, und ab dann bin ich der Gast, ausschließlich. Ich habe das Interesse an all dem, was rund um mich ist, immer auch ein bisschen gespielt, nein, das ist nicht wahr. Es war genau so, wie es sein musste, nicht? Wir haben doch alle unsere Pflicht getan, wir haben doch jede Verantwortung, ohne zu fragen, auf uns genommen, so sind wir. So hat man uns erzogen oder eigentlich wir uns selbst. So sind wir groß geworden, das war die Zeit. Zwischendurch winkt er dem einen Zwilling am DJ-Pult, der stellt die Musik aus, mitten im Lied wird unterbrochen, die Tanzenden stehen auf der Tanzfläche herum und hören zu. Bald geht die Musik wieder an, und er spricht einen Toast aus, die Gläser klirren, bleischwer. Ein paar Mal geht das so, niemand murrt, aber es unterbricht ihn auch niemand im Scherz, keiner ruft in diese Monologe hinein, dass er weitertanzen will, dass niemand hier Reden hören will. Niemand will Reden hören, sie tanzen aber auch nur, um sich die Zeit einigermaßen zu vertreiben. In kleineren Gruppen, wenn die Eltern nicht dabei sind, wird über ihren Plan gar nicht gesprochen, zumindest nicht in Anwesenheit von Clarissa. Alles ist klar und verständlich, wenn auch schwer zu begreifen.

Spät sitzt Clarissa mit ihrer Mutter und dem Sohn ihrer Schwester alleine auf der Bank unter dem Kastanienbaum, sie schauen in verschiedene Richtungen, drüben liegt der Wald, dunkel. Die Rehe schlafen. Manuelmanuel, sagt Klärchen oft zu ihm. Die Tanten und auch Clarissas Mutter reden von ihm immer als von einem verträumten, hübschen Buben, der dann ein schöner Mann wurde, viele Studien angefangen und nie etwas zu Ende gebracht hat. Früher hieß es : Manuelmanuel, was wird nur aus dir? Jetzt leitet er die Logistikabteilung einer Hilfsorganisation, die weltweit agiert, und ist immer noch melancholisch, aber sein Blick ist offen und weit, und mitunter sieht es so aus, als wüsste er mehr, als er seinen Tanten zumuten will. Die Tanten und Clarissas Mutter sagen auch jetzt noch, dass er immer so ein verträumter und hübscher Bub gewesen ist und jetzt so ein schöner Mann, und es klingt so, als würden sie das Mann in Anführungszeichen setzen, als müssten sie sich immer noch um ihn sorgen.

Vor ihnen im Kies steht eine Flasche Schnaps, Klärchen trinkt Wein, sie ist längst betrunken, berauscht von dem wundervollen Abend, von ihrem gelungenen

Abschied, sie lobt die Freundschaft und den Zusammenhalt in der Familie und ist ganz und gar gerührt und fühlt sich jung. Clarissa solle nur ja nicht darauf vergessen (nicht übersehen), eine Familie zu gründen, das sei im Moment ihre größte Sorge, um halb eins oder halb zwei Uhr nachts, und es ist ihr deutlich anzusehen, wie sehr sie es bedauert, dass sie diesen Auftrag, diese Aufgabe nicht einfach innerhalb der Familie vergeben kann. Das wäre ihr das Liebste : dem Cousin und der Tochter die Fortpflanzung auf der Stelle anzuschaffen. Wenn es ihr denn wirklich etwas bedeuten würde, aber dann wieder : ihr seht ja, wir sorgen uns jetzt nicht mehr. Manuelmanuel baut während ihrer kleinen Rede einen Joint, und Klärchen protestiert ein wenig, besinnt sich gleich und nimmt ihm den Joint ab, sie sei vollkommen unbesorgt, zieht ordentlich daran und muss über ihren Witz lachen und kann gar nicht aufhören. Clarissa muss auch lachen, und dann fangen sie gleichzeitig zu weinen an, die Frauen verfangen sich ineinander und heulen, und Manuelmanuel sitzt daneben und sagt gar nichts. Klärchen bestreitet die Wirkung des Marihuana, sie spüre gar nichts, sie kichert wie ein kleines Mädchen, sie fühle sich nur so leicht und schwer, und sie sei ja so froh, dass sie nie mehr wieder zu einem Klassentreffen müsse, sie könne es gar nicht sagen. Das sei das Schlimmste gewesen, diese bescheuerten, verlogenen Klassentreffen. Immer wieder, jährlich oder öfter, runde Treffen und alle möglichen Konstellationen, und sie sei viel zu oft hingegangen und habe dann ihre Schüler im Nachhinein hassen müssen.

Deprimierend sei das immer gewesen, aber in Wahrheit verheerend : du willst das nicht wissen, was aus den Kindern wird, denen du Grammatik und die Grundrechnungsarten beibringst. Clarissa kuschelt sich an Manuelmanuel, der vor sich hinlächelt, nur ab und zu ein paar Worte einstreut, aber die beziehen sich eher auf Sternenstand und Lichteffekte im Wald.

07

Am Morgen ist Clarissas Mutter beleidigt und sagt : Manuelmanuel, wie konnte ich nur? Sie sieht zerzaust aus, sympathisch. Als die Festgesellschaft auf dem Ausflugsschiff ist, zieht der Himmel zu, und die müde Herde verzieht sich ins Innere und ist dennoch verloren. Sie sind beinahe die einzigen Passagiere, die meisten Tische in dem überdimensionierten Selbstbedienungsrestaurant bleiben leer, und als sie bei Kaffee und Kuchen dasitzen und zuschauen, wie die ersten Tropfen auf der dunkelgrünen Wasseroberfläche auftreffen, ist die Stimmung gedrückt wie noch nie bei einer Zusammenkunft wie dieser. Eine Art Zombie sieht sie beim Blick in den kleinen Spiegel über dem Waschbecken, mit Make-up ist das nicht mehr in Griff zu kriegen. Sie trägt eine Windjacke über gestreiftem Hemd und Blazer, die Augenringe sind nicht zu sehen, doch diese glatte Oberfläche von Gesicht und Dekolleté, die ihr von den Eltern anerkennende Blicke oder Neid einträgt, nur sie weiß, wie es dahinter zugeht. Das Eingeschworene vergangener Tage spürt sie in diesen Stunden nicht.

Clarissa lässt sich als Erste zum Bahnhof bringen, und es fühlt sich so an, als sei sie die Einzige, die einer geregelten Arbeit nachgeht. Als Manuelmanuel eine Andeutung macht, fällt Clarissa ihm ins Wort, lass es bleiben, und es ist ihm egal. Sie haben darüber nicht geredet, wozu auch? Im Auto mit Hannes fällt Clarissa ein, dass sie vergessen hat, der Mutter ihr Geburtstagsgeschenk zu geben. Als sie ihm davon erzählt, deutet er nur auf einen großen Plastiksack auf dem Rücksitz : wir haben beschlossen, dass sie diesmal keine bekommt. Schließlich war es ja weniger ein Geburtstagsfest als ein Abschied, und darauf waren wir alle nicht vorbereitet. So ist das. Kein Happy Birthday, keine Kerzen, keine Glückwünsche. Auch von Clarissa nicht.

Sie reisen natürlich alle ab. Wie gewöhnlich, Sonntagnachmittag. Das nächste große Aufeinandertreffen findet auf dem Begräbnis von Clarissas Vater statt, dreieinhalb Monate nach dem Fest hört sein Herz mitten in der Nacht und ohne, dass er es bemerken kann, zu schlagen auf. Der Leichenschmaus in ihrem alten Gasthof, ein letztes Mal biegen sich die Tische, die mittlerweile ausgetauscht wurden oder neu furniert zumindest. Klärchen hat das Kommando längst abgegeben, sie gehört nicht mehr in diese Gaststube, nicht auf diese Terrasse, jetzt noch weniger.

08

Vor einiger Zeit war Regenwasser in das untere Stockwerk gedrungen, niemand hatte es bemerkt, ich wollte nichts sagen. Ich durfte alles benutzen, nach Inventarisierung aller vorhandenen Erinnerungen, und jetzt : wenn der Wasserschaden behoben war. Der Parkettboden warf Wellen bis unter die Einbauschränke. Darin lebten seit dem Regen Ameisen, sie wanderten in der ganzen Etage umher, kannten die Abstellräume, das Badezimmer und mich, mich kannten sie auch. Manchmal wachte ich von einem Kitzeln auf Oberarmen, Schultern, Wange auf. Was ich auch tat, die Ameisen waren immer schon vor mir da. Ich spülte sie weg mit dem dünnen Strahl aus der Dusche, sie kamen wieder. Sie füllten die Ritzen aus, gingen ihre Wege. Es gab so viele Stellen, an denen der Verputz bröckelte, da krochen sie hervor. Das Erdreich unter der Wiese wird voll sein von ihnen und irgendwann auch diese Räume. Michael hatte immer von einem ganzen Leben geredet, und das schloss das Wasser mit ein und den Himmel. Michael hatte Pläne, von denen er mir nicht so viel mitteilen konnte. Vielleicht hatte er mir aber auch davon erzählt, und ich war es gewesen, die nichts damit anfangen konnte. Und warum musste seine Zukunft dringend etwas mit meiner Gegenwart zu tun haben? Michael hatte seinen Hund mitgebracht, der wollte sich ein paar Meter von uns entfernt auf den Teppich legen, war dann aber friedlich. Eine Frau am Nebentisch holte sich alle paar Minuten eine neue Zeitung vom Zeitungstisch und stieg ausholend und demonstrativ über den Hund. Michael hatte die Haare zu einem Zopf zusammengebunden, oder vielleicht hatte er sie da schon abgeschnitten. Irgendwann waren sie auf einmal weg. Lange Haare bei Männern hatten mir noch nie gefallen, was ich Michael nie gesagt hatte. Wir hatten uns Frühstück bestellt, und Michael wollte wissen, wie es mit uns weiterginge. Er warf mir vor, dass ich mich nicht entscheiden könne. Da hatte ich eine Träne im Auge, ich weiß gar nicht mehr, warum. Ich fühlte mich nicht traurig, ich bemerkte in dem Moment, dass ich lieber sein Frühstück essen würde, und ich wollte warten, bis er mit seinem kleinen Monolog fertig war, und ihn darauf ansprechen. Tat es aber dann doch nicht. Ich nahm mir sein Brot mit Frischkäse und Schnittlauch und hörte ihm weiter zu, da musste er meine Träne bemerkt haben. Sofort war sein Tonfall ein bisschen genervt, so scharrend, obwohl er nicht besonders laut sprach. Wahrscheinlich wollte er nicht, dass die Frau, die sich schon wieder eine neue Zeitung holte, unser Gespräch mit anhörte. Oder es lag an seiner Zartheit, die auch Beharren war. Er konnte immer noch reden, wenn ich lange schon aufgegeben hatte. Wenn ich schlafen wollte, weil wir bereits seit Stunden miteinander diskutierten und nicht vom Fleck kamen. Dann war seine Stimme ruhig und einschläfernd. Ich mochte das, fühlte mich aufgehoben in der weichen Stimme, dem gleich bleibenden Tonfall, der doch nichts für einen Streit war, schon gar nicht nach so vielen Stunden, die immer blasser wurden, und in denen wir doch mehr besprochen hatten als zwei ganze Leben. Deshalb konnten wir nie streiten, wegen seiner schönen, weichen Stimme. Weil er immer ruhig blieb und gefasst. Im Kaffeehaus sagte er : wir müssen das natürlich nicht jetzt besprechen, wir können auch zuhause darüber reden, aber sag mir jetzt nur, wie lange soll das noch so weitergehen, Prinzessin? Immer wieder fing er an, wir frühstückten, ich aß seine Brote, und er reagierte gar nicht darauf, erzählte ein bisschen von Herbert und dass sie eineinhalb Tage durchgearbeitet hatten für einen Regisseur aus Kanada, der am Ende die Hälfte des Lichts wieder abbauen ließ. Er war versöhnlich, und ich dachte, er würde wieder als Lichttechniker angestellt sein, dabei war das alles frei erfunden, aber gut. Dann redete er von seiner Schwester, dem Inbegriff einer perfekten Frau, die er ohne Vorbehalte bewunderte, und nachdem er sich eine Semmel von mir genommen und mit Butter und Honig beschmiert hatte : muss ich jetzt halt damit leben, dass du mir das Herz herausgerissen hast und nicht einmal weißt, ob du bei mir bleiben willst, ah sorry, zu mir zurückkommen willst oder dich weiter von anderen Typen vögeln lässt, die eben erfolgreicher sind oder geschniegelter oder was weiß ich. Aber ich warte auf dich. Ich hab eh nichts Besseres zu tun.

Das war das letzte Mal, dass wir zusammen waren. Ich weiß nicht mehr, was ich zu ihm gesagt habe, vielleicht habe ich gar nichts gesagt, ich habe ihm jedenfalls lange zugehört und mir gedacht : so schlimm ist das doch alles gar nicht, immerhin haben wir zwei Jahre zusammengelebt, gar nicht unvernünftig. Zeit ist vergangen, und vielleicht ist es so, dass ich etwas Wichtiges übersehen habe, keine Ahnung. Ich wusste auch nicht, was er von mir wollte. Und ich? Er redete mit mir wie mit einer Frau, für die er doch nur mehr Verachtung aufbringen konnte, und fragte gleichzeitig, ob ich wieder bei ihm einziehen wolle. Ich wusste, wenn ich jetzt nach rechts schauen würde, würde ich durchs Fenster auf der Straße jemanden vorbeigehen sehen oder ein Auto von einem Parkplatz wegfahren. Vor dem Café stand kein Auto, niemand ging vorbei. Ich sah das Gerüst und die dünne durchsichtige Plane über den Eisenstangen, sie flatterte ganz leicht im Wind. Als wäre das Gerüst noch nicht da gewesen, als ich eine Weile auf dem Gehsteig gegenüber gewartet hatte, weil ich nicht zu früh kommen wollte. Ich schaute fünf oder zehn Minuten auf das Haus, sah noch einmal die abbröckelnde hellgrüne Farbe der Fassade vor mir, aber das war ein Blick, der Jahre her war.

Das Zimmer, halb unter der Erde, klein wie ich. Der Fußboden glatt, man mochte ihn nicht barfuß betreten. Ich wohnte unter der Erde. Ich befand mich auf Augenhöhe mit Wurzeln, mit Erdreich, Kies und Schotter. Unter der Schneeschicht. Dann wieder grün. Moder, der Geruch nach Erde oder faulen Pflanzen und Resten von ihnen konnte mir nichts anhaben. Natürlich stammte das Kellergeschoß aus einem anderen Jahrhundert, wahrscheinlich war früher alles stabil und haltbar. Nur die Oberflächen hielten nicht stand. Falsches Parkett, ein verfilzter Läufer in verlogenem Rot auf rauem Beton, die Fugen im Badezimmer aufgeschwemmt und fleckig. Funktionslos. Feuchtigkeit. Links von mir stieg wahrscheinlich wieder diese Frau über Michaels Hund und tauschte ihre Zeitung gegen eine andere. Alles war einigermaßen vorhersehbar, aber ich war mir plötzlich nicht mehr sicher, in welcher Stadt dieses Kaffeehaus lag und wer der Typ mit den langen Haaren war und warum wir hier saßen und ich von seinem Teller aß und er sich, immer begleitet vom gleichen, schnarrenden Tonfall, der zwischendurch noch ruhiger wurde, noch einen Kaffee und noch einen Kaffee bestellte, riesige Tassen voll Milchkaffee trank er, und er musste kein einziges Mal in der ganzen Zeit auf die Toilette, und vielleicht war das das Einzige, was ich sagte, kurz bevor ich aufstand oder sitzenblieb, während er zuerst aufstand und ging : du hast wohl aufgehört zu rauchen? Das war alles. Ach, wir schrammten doch nur aneinander vorbei, niemand riskierte etwas, niemand erfand eine Geschichte, die den anderen dazu bringen hätte können, zu bleiben, keiner kam wieder, außer wir reden hier von Koinzidenzen.

Streifte über die Bettdecke, ich ließ irgendetwas über den Rand fallen, einen Augenblick vielleicht, so einen Moment, der doch gerade eben noch alles gewesen war. Alles? Ich setzte mich in meinen bequemen Sessel, aber es machte mir Mühe zu denken : das ist ein bequemer Sessel. Mir war kalt. Klier, den ich an dem Tag, als ich mit Michael frühstückte, wieder getroffen hatte, saß an meinem Bettrand. Er hatte mir von seiner Tochter in Hamburg oder Hannover oder Kiel erzählt und von seinen Plantagen auf dem Land und dass er jetzt in Spanien lebte. Dass er meistens in Holland dealte und hier nur zufällig gelandet sei. Diese Zufälle hatten mich ein paar Mal in die vollkommene Schwerelosigkeit versetzt. Expansion in alle Himmelsrichtungen. Alle Höhen, alle Seiten, überall. Was für ein Zufall, vorbei. Ich sagte zu ihm, er könne, wenn er regelmäßig in der Stadt sei, mein idealer Liebhaber werden. Ich dachte mir : was für eine gute Haut. Ein paar Momente noch bestand diese Verbindung, wer wen berührt hatte, wusste ich nicht mehr. Ich rechnete damit, dass er mir ein Foto von seiner Tochter zeigen würde. Er klang nicht verbittert. Er sagte nicht, dass er nur zahlen durfte und sie seit Jahren nicht gesehen hatte. Auch redete er nicht von der Kindsmutter als einer Furie oder einer Verrückten. Aber ich konnte mir gar nicht denken, ob dieses Kind vier Jahre alt war oder sechzehn. Ich würde es nie erfahren. Ich würde nie seine Haut wirklich kennenlernen. Atmen also und untertauchen.

09

Im Bus, der Marie zum Kino bringt, liest sie ein paar Sätze. Ein Feuerzeug, eine Zigarette wird entflammt; dann geht das Licht an und aus, unregelmäßig und zu folgender kleinen Geschichte : ein Mann in einer großen Stadt kann eines Tages nicht mehr über die Straße gehen, es ist ihm unmöglich geworden. Einmal hat er ein Blackout und das Licht geht nie wieder an für ihn.

Der Bus hält an der neuen Haltestelle, Marie hat sich noch nicht daran gewöhnt, es steigt niemand ein oder aus. Ignacio, ein junger Mann, erzählt seiner Freundin (Inés) diese Geschichte, sie liegen im Bett. Nach Tagesanbruch wird sie sagen : *mein Leben geht weiter und weiter, aber ich bin nicht wirklich darin involviert.* Marie gegenüber telefoniert eine junge Frau, sie sagt ein paar Mal die gleichen Wörter, den gleichen Satz, den Marie nicht versteht, der er nichts sagt über die Stimmung der Frau. Fröhlich, verärgert? Marie schaut auf die Hände der Frau, als sie die Kabel in ihren Ohren bemerkt, die erklären, warum sie lauter spricht, als den meisten Passagieren lieb ist. Sie nestelt an etwas herum, beide Hände sind in ihrem Handtäschchen verschwunden. Die Protagonisten führen ein Plastikleben, sie sind Schauspieler in Werbefilmen. Alle sprechen ins Leere, ihre Dialoge führen, wie die Straßen, auf denen sie sich bewegen und die immer Nebenstraßen oder menschenleer sind, ins Nirgendwo. Kontakt haben sie maximal mit Touristinnen, mit denen sie sich nur rudimentär verständigen können. Nur Inés steigt in einen Bus, um zumindest irgendetwas zu tun, und bald ist auch sie nicht mehr erreichbar, funktioniert ihre Telefonnummer nicht mehr. *Die körnigen Schwarzweißbilder aus* Cómo estar muerto *erinnern zwar an Filme der Nouvelle Vague, die jungen Männer flanieren aber nicht, sie verschwinden, würden sich am liebsten selbst entführen, um ihrer Existenz einen Grund zu geben.* Marie reißt die Seite aus dem Magazin heraus. In ihrem Leben sind sie nicht angekommen (und das werden sie wohl auch nicht mehr).

Als sie vor dem Kino eintrifft, warten nicht Vera und Kevin wie ausgemacht; nur Kevin steht mit ein paar Leuten, die Marie nicht kennt, auf dem Gehsteig. Er trägt einen übergroßen Mantel, der ihr auch im Kaffeehaus schon aufgefallen ist. Er stellt sie als eine ehemalige Schulkollegin und zukünftige Stargaleristin vor, sie korrigiert ihn nicht. Die anderen sind Leute aus der Filmbranche, einen der Namen hat sie schon einmal gehört, und die Frau, die wohl Ausstattung oder Kostüme macht, kommt ihr bekannt vor. Sie suchen nach gemeinsamen Bekannten, finden aber keine. Sie spürt den großen Unwillen, sich an ihren Themen zu beteiligen, daran, was alles am Laufen gehalten werden soll. Als käme es vor allem darauf an, Protokolle und Ergebnisse aus allen zufälligen, flüchtigen Begegnungen zu gewinnen, um sie für eine möglichst effiziente Verwertung aufzubereiten. Die Lichter im großen Saal des Kinos gehen aus. Marie fühlt sich sehr jung jetzt. Wie wäre das gewesen, wenn wir uns vor zehn oder fünfzehn Jahren wieder getroffen hätten, als wir nicht in festen Beziehungen gelebt haben? Sie weiß nicht, ob Kevin vor zehn oder fünfzehn Jahren in einer festen Beziehung gelebt hat, sie hat auch gar keine Ahnung, wie lange er und Vera miteinander verheiratet sind und ob sie eine gute Ehe führen. Immerhin sind sie verheiratet, aber das ist auch nicht wichtig, in diesem Moment. In den paar Jahren, die sie Vera kennt, ist der Name Kevin kein einziges Mal gefallen. Als hätten sie eine Verabredung, ohne dass klar ist, ob daraus mehr wird als Freundschaft. Sie wären wahrscheinlich auch damals miteinander ins Kino gegangen. Jetzt ist Marie in Kevin verknallt, in einen jungen Mann, der nach der Schule nicht an die Universität geht, sondern sich sofort eine Arbeit sucht, um es sich leisten zu können, ins Kino zu gehen. In eine junge Frau (Marie), die wenig redet, wenn sie mit Menschen zusammen ist, die ihr etwas bedeuten, und die in jeder Diskussion ihre Überzeugung oder das, was sie dafür hält, lautstark verkündet und das letzte Wort braucht, um einen Abend als gelungen zu verzeichnen. Kevin greift nach ihrer Hand, als auf der Leinwand eine Autotür zugeschlagen wird und einer den anderen fragt : kennst du die? Ihre Hand liegt in seiner so lange, wie das Auto hinter dem Abschleppwagen herfährt, dann zieht sie sie zurück. Das Licht geht im Film, nach einer rabenschwarzen Nacht, nicht wieder an. Nur die Linien zwischen den brennenden Zigaretten, die die drei jungen Männer im Auto rauchen, bevor sie den Motor anstellen, um sich das Leben zu nehmen, bleiben als Helles im Kopf zurück, ein gleichschenkeliges Dreieck. Das Leben der Hinterbliebenen geht weiter, aber es ist ein Alltag, der aus Abwesenheit gemacht ist, aus Gleichgültigkeit in den kleinsten Gesten und Blicken, die sich immer abwenden. Niemand kann hinschauen, nur die von außen kommen. Aber die bleiben hier nicht. An vielen Stellen scheint so etwas wie Aufbruch durch, der Glaube an die Freiheit, an die Kraft zu gehen und sein Ende selbst zu bestimmen. Was man sieht, sind Hausecken; ein Dorf oder eine Monotonie, die nichts mit Provinz oder Metropole zu tun hat. Darin lebt sich das Leben wie überall, aber es fühlt sich nicht mehr echt an. Hat es das je?

Danach stehen sie in einer ähnlichen Konstellation vor dem Kino wie vor dem Film, einer wechselt Blicke mit einer, die vieldeutig sein wollen, und als Kevin betont melancholisch wiederholt : hat es das je?, zieht ein Bekannter von Kevin eine Augenbraue hoch und tippt mit dem Zeigefinger gegen seine Stirn. Die Freunde von Kevin verabschieden sich gleich und Marie ist erleichtert. Es ist nie alles wie vorher, wenn es ein guter Film war, sie mag sich das nicht nehmen lassen. Weg sind sie. Dann wiederholt sich jener schüchterne Moment. Kevin und Marie stehen vor dem Kino und wissen noch nicht, wohin und wie sie aufbrechen werden. Früher hätten sie geraucht.

Sie gehen in das Café-Restaurant ums Eck und trinken Wein : Ich habe gelesen, wie in dem Film im kleinen Kreis Kuchen gegessen werde, selbst gemachter nämlich, mache daraus einen kleinen Hinterstuben-Horrorfilm. Blödsinn, nicht? Oder hast du dich vor diesen Resten von Familienleben auch gegruselt? Marie versucht eine aufrechte Haltung, die Frauen an den Nebentischen sind blondiert, sie stecken in dünnen Tops und Blusen, Marie fühlt sich einen Augenblick nicht gut genug gekleidet und ist sofort genervt von dem Gefühl : Gruseln ist bestimmt das falsche Wort; aber all die Abstoßungen von lebender Materie – manchmal ist es direkt ein Wunder, dass nicht mehr Menschen zum Küchenmesser greifen. Wenn sie aufrecht sitzt, hat sie das Gefühl, Kevin um einen Kopf zu überragen, das

Reden und Sitzen fühlt sich so steif an, ungut. Was hilft es, die Schultern sinken zu lassen, den Rücken zu beugen? Schräg gegenüber lässt sich eine sehr junge Frau an einem Tisch nieder. Den Schauspieler, zu dem sie sich hinüberbeugt im Hinsetzen, nein, in dem Moment vor dem Hinsetzen, bemerkt Marie erst, als die Frau sitzt. Da hat sie ihn schon geküsst, und Marie freut sich über den magischen Moment. Die junge Frau ist wie aus einem Guss, könnte direkt vom Set für einen Film aus dem Berlin der zwanziger Jahre hierher gekommen sein. Dass sie ihre Zigarette nicht in einen Spitz steckt, macht sie nur noch authentischer. Zu schön. Marie will die beiden nicht beobachten, registriert dennoch, dass er weißen und sie roten Wein trinkt, wie viele Zigaretten sie beide rauchen (viele und aus einer Schachtel) und wer wann nach der Hand des anderen greift. Über den Tod reden heißt doch, so Kevin, sich mit dem Leben auseinandersetzen. Das alles ist Fragment, sinniert Marie weiter. Vom Nebentisch nimmt sich einer ihren Aschenbecher, der Augenblick im Kino, jener Moment vor dem Kino, ist nicht mehr wahr, dieser Film, die jungen Leute, die keine Ahnung haben, wie sie ihr Leben anfangen sollen, unser Leben, vor allem der Verlust. – Der Verlust? Welcher Verlust ist Fragment? Kevin hat sich zurückgezogen, er sitzt zurückgelehnt, rotes Leder, immer wieder wandert sein Blick, registriert er, wer hereinkommt, und erkennt ein paar Leute, die er aber nicht grüßt oder manchmal erst ein bisschen später, flüchtig, wenn sie ihn auch erkannt haben. Marie will sich nicht auf dieses Spiel, das sie gut kennt, konzentrieren, schwarz glänzende Tischplatte, ihr Glas ist leer. Dann rutscht Kevin ein Stück näher an den Tisch heran, schiebt sein Wasserglas in dessen eigener Pfütze herum, stellt es ins Trockene. Er sagt, dass der Verlust seiner Eltern für ihn nichts Fragmentarisches hatte. Das hat wirklich stattgefunden, voll und ganz. Aber dieser Tod, diese Tode haben mich nicht fragmentiert zurückgelassen. Nachdem er seine Eltern begraben habe, habe er viel mehr über das Leben gewusst als vorher. Marie dreht am Stiel ihres leeren Weinglases. Sie nimmt den vorbeigehenden Kellner aus dem Augenwinkel wahr. Schaut wieder auf die junge Frau am Tisch schräg gegenüber und beschließt, zum Friseur zu gehen. Einen Moment verärgert darüber, dass sie sich heute nicht die Haare gewaschen hat. Wenn sie Kevin ein bisschen besser kennen würde, würde sie am Klo Lippenstift auftragen. Marie hasst sich für solche Überlegungen. Sie setzt sich auf ihre Hände, richtet sich ein wenig auf, richtet sich ein in ihrer Haltung Kevin gegenüber, das Steife ist fast verschwunden, auch der leichte Schmerz in der Schulter. Ach nein, winkt Kevin ab, das Leben ist nicht lächerlich, ist es auch nicht, wenn man über den Tod nachdenkt, wenn der über einen herfällt und einem die wichtigsten Menschen wegreißt. Da kommt einem zuerst vor, alles, alles ist jetzt weg. Nicht ein Teil, nicht einzelne Fragmente. Und dann : schön ist es. Es ist unser Leben.

Nach einer großen Stille, in der Marie spürt, dass sie jetzt keine Floskeln anzubringen braucht, in der sie nicht seine Hand nimmt und darüber streicht wie über ein Stofftier, eine kleine Stille, Überleitung zum leichteren Reden über die superlativischen, parolenhaften Gesten, von denen sie umgeben sind. Dass die sich schlecht mit einer gründlichen Auseinandersetzung mit Bildern oder Texten vertragen, darin sind sie sich einig. Sie bestellen noch ein Glas Wein, und Kevin verteidigt seine Zunft nicht so penetrant, wie es Marie vermutet hätte. Seine Frau wolle später doch noch vorbeikommen und ihn abholen oder sich mit ihm auf einer Party treffen. Kevin schickt oder bekommt alle paar Minuten eine SMS, was ihn weniger aus dem Konzept bringt als Marie, die sich immer wieder unterbricht, wenn sein Telefon leise zwitschert. Hin und wieder entschuldigt er sich, meistens muss er nicht einmal auf sein Display schauen, jedenfalls wirkt es so auf Marie, der einfällt, dass sie ihr Telefon, seit das Licht im Kino ausgegangen ist, gar nicht wieder eingeschaltet hat.

Es erstaunt sie, dass er immer schon gewusst hat, was aus ihm einmal werden wird. Aber dann sagt er : du hast doch auch in der ersten Klasse gezeichnet wie wild. Und ich kann mich gut erinnern, wie wütend du wurdest, als die Lehrerin – Fräulein Savotny, schießt es da Marie –, ja, genau : als die Savotny mit dir geschimpft hat, weil du so eine Klaue hattest. Dabei konnten wir ja noch gar nicht schreiben, oder? Das lässt Marie aber nicht gelten, weil sie nie mit dem Gedanken gespielt hat, Malerin zu werden, und außerdem, Marie erinnert sich an viele goldene Sterne, die sie für schöne Buchstaben und schöne Zeichnungen bekommen hat, aber das war vielleicht eine andere Lehrerin. Über Kevins

Blick könnte sie sich auf der Stelle wieder so aufregen. An eine Stimmung erinnert sie sich und wie froh sie manchmal auch war, wegzugehen. Obwohl das kaum etwas mit dem Gefühl eines sechsjährigen Kindes zu tun haben kann. Denkt sie. Aber kennt sie sich als das Kind, das sie war? Ich hab die ganzen Sachen nicht mehr. Eine Zeitlang hab ich viel weggegeben, mir war das zu viel, Ballast. Und in letzter Zeit verliere ich alles. Letztens habe ich in meiner Wohnung eine 10-Liter-Gießkanne verloren, und als ich am Wochenende die Stiefsöhne zum Autobahnteich chauffieren wollte, hab ich den Weg dahin auch nicht mehr gefunden.

Vor dem Café verabschieden sich Marie und Kevin, es ist so spät geworden, wie es sich für einen gelungenen Abend gehört, aber nicht zu spät, um noch auszugehen. Der Schauspieler und seine junge Begleiterin haben mit ihnen zusammen das Café verlassen. Marie hat nicht beobachtet, wie sie bezahlt haben. Die Absätze der Schönen sind sagenhaft hoch, Marie kann darüber lächeln. Er könnte ihr Vater sein, denkt sie sich nur und schmunzelt den beiden hinterher. Kevin verzieht sein Gesicht, sagt aber nichts. Kevin fragt Marie nicht, ob sie ihn auf die Party begleitet, sie schickt liebe Grüße an Vera, und dann fragt sie noch, was denn stärker sei, Verlieren oder Verschwinden? Kevin klopft ihr auf die Schulter : schon okay, Mariechen, kommt auf die Kameraperspektive an, oder?

Als Kevin später auf die Premierenparty kommt, weiß er schon, dass Vera sich auf den Heimweg gemacht hat. So ist es häufig, sie feiert nicht so viel. Eigentlich ist es fast immer so, und sie reden vor allem darüber, gemeinsam auszugehen. Meistens telefonieren sie am frühen Abend über ihre Vorhaben. Sie entwerfen Hierarchien ihrer Wünsche oder mögliche Szenarien des Zusammentreffens. Vera und Kevin haben viele gemeinsame Freunde, aber die treffen sie fast immer getrennt. Im ersten Raum des Lokals erkennt er beim Hereinkommen niemanden, lauter Jugendliche stehen da herum, die kaum zu den Gästen gehören können, nur an der Bar stehen zwei Frauen, die ihm zunicken. Trinken Gin Tonic und sind in ein ernsthaftes Gespräch vertieft. Die Sause ist im Keller, beruhigt ihn die Kamerafrau, Linda, Lisa, er weiß es nicht, er weiß es gleich wieder : Linda, die Kamerafrau. Wir findens am Kindergeburtstag lustiger, kichert Lisa, die auch Kamera macht oder noch studiert oder gerade fertig ist mit ihrem Studium. Kevin bestellt ein Bier und steigt die Wendeltreppe hinunter, Graffiti und Neonlicht. Seine Kollegin ist da, er begrüßt den Regisseur und einen der Hauptdarsteller, beide am Buffet, das einigermaßen verwüstet aussieht, Berge von Pilzen und riesige Papierblumen in grellen Farben liegen noch herum, wenig Essbares.

Er denkt an Marie, die sein Vater wahrscheinlich nur ein einziges Mal Mariechen genannt hat. Sie war auf seinem Geburtstagsfest, es muss sein siebter Geburtstag gewesen sein, sie hatte nicht kommen wollen, weil ihr Hamster oder ihre Katze kurz vorher gestorben war. Ihre Mutter brachte sie aber doch, sie feierten wie jedes Jahr im Garten seiner Großeltern, das Schwimmbad war schon eingelassen. Marie hatte keine

Lust zu spielen, sie wollte nicht ins Wasser, sie wollte keine Geburtstagstorte, sie war so traurig und zornig, weil die anderen sie nicht in Ruhe ließen. Auch Kevin wollte sie trösten und hatte sie sogar umarmt, als sie von ihrer Mutter durch das Gartentor hereingeschoben wurde, und sagte irgendwas wie : ich freu mich so, dass du da bist, und immerhin habe ich Geburtstag. Sie saß auf den Waschbetonstufen und stierte vor sich hin, da setzte sich sein Vater zu ihr und sagte : wenn du willst, kannst du weinen oder schreien, du kannst machen, was du willst, ist alles richtig. Mariechen. Es kommt dir jetzt so vor, dass dein Lieblingstier verschwunden ist, und das stimmt ja auch, weil es tot ist. Richtig tot. Aber verlieren wirst du es nie. So war sein Vater. Mariechen. Vielleicht konnte sie sich ja doch an mehr erinnern, als sie zugab.

Rosa. Sie sieht Kevin gleich, tut so, als hätte sie nicht, und überlegt, wie sie verschwinden kann, ohne dass jemand sie fragt, was los ist. Redet mit irgendwem, Gin Tonic oder Wodka Lemon oder was immer in der Hand, schwarz lackierte Fingernägel. Sie schauen einander an. Rosa, hallo Rosa. Du bist immer im richtigen Moment in meiner Nähe, ich könnte genauso gut dir die Schuld – Rosa sagt : geh weg, wir verabschieden uns auf der Stelle und du – Du übertreibst gerade ein wenig, weil wir ja nur hier stehen und reden. Wie gehts dir Rosa? – Ich übertreibe gerade ein wenig, weil ich eigentlich nicht mehr wollte, als meinen Freunden zu ihrer Arbeit gratulieren, und nicht einen Schlag in die Magengrube, von dir. Scheiße, gehst du oder gehe ich? – Rosa, Rosa, mir tut das auch weh, was du da sagst, ich bin schon weg, aber ich finde, wir sollten wirklich noch einmal. Lass uns bitte nicht so. Aufhören. Gibt kein Ende. Rosa dreht sich um, sagt etwas zu dem älteren der beiden Hauptdarsteller und gibt ihm ihr Glas in die Hand. Dann schaut sie noch einmal auf Kevin und sagt ein bisschen zu laut : okay, fein, machen wir das so. Bis bald. Weg ist weg. Als Kevin ein wenig später die Treppe ansteuert, schaut ihn der Schauspieler an, als würde er ihm das Gin Tonic ins Gesicht schütten wollen, was Kevin etwas übertrieben vorkommt. Dann sieht er, das Glas ist leer. K. o. fühlt er sich. Seine Müdigkeit, denkt er, rührt von dem fehlenden Kampf her, er kann sich an keinen erinnern. Seine Kollegin steht immer noch am selben Platz und spricht mit einem Typen, der dieselbe Frisur hat wie sie. Vor dem Lokal schaut er auf sein Handy, steckt es in die Hosentasche und macht sich auf den Nachhauseweg.

Irgendwas wie Streicher breit. Marie zieht die Augenbrauen hoch. Wie jedesmal, wenn sie nachhause kommt, schaut sie, bevor sie die Straßenseite wechselt, in welcher Wohnung noch Lichter brennen, häufig nur in ihrer. Zwischen dem ersten und dem zweiten Stock erkennt Marie das Lied. *Lass uns unter Arbustos schlafen, cara mia ti amo, sun is always harmful, but la luna esta nor noturna.* Sie sperrt die Wohnungstür auf und steht im Vorzimmer, *träumen vom Meer, vom Meer ist zu wenig, drum lass uns nach Genua fahren, Liebling, schwing dich auf die Vespa, Schatz.* Im Arbeitszimmer sitzen Jörg und Otto auf den alten Fauteuils, jeder hat eine Flasche Bier in der Hand und in der anderen eine Tüte. Sie grinsen breit. *Our revolution, Carlo, has just begun, has just begun.* Geigen und von weiter weg Synthesizer. Es knistert. Die beiden dirigieren, rauchen, Otto will an Marie weitergeben, aber die winkt ab. Ins Fade out hinein (das in ein Fade in übergeht, in den gleichen Song) sagt sie nur : ihr seid fertig! Schnitt (Jörg), Cut (Otto), Carlo (beide), Marie schaut auf die beiden Monitore (Standbild), und während Jörg ein bisschen lallend, aber sehr sanft mit Gustav einstimmt, *lass uns nach Genua fahren, Liebling / schwing dich auf die Vespa, Schatz / Lass uns Strand finden unter dem Pflaster der Revolution / La terre appartient aux previlégiés / bientôt l'univers tout entier / qui trop haut prend le ton / n'achèvera pas la chanson // nos quatre cent coups / mon amour,* setzt sie sich, wie eine Frau, die sich freuen kann für andere, auf die Lehne von Jörgs Fauteuil, *träumen vom Meer / vom Meer / ist zu wenig.* Loop.

10

Eine Frau kommt Vera entgegen, ihre gelbgrüne Montur leuchtet an manchen Stellen, sie hat ihren Wagen am Fahrradweg abgestellt, eine Baumschere und Rechen lehnen am Anhänger. Stadtgärtnerin. Ein Kollege sitzt auf dem betonierten Tischtennistisch. Nachdem er den Apfel mit Butz und Stängel aufgegessen hat, springt er vom Tisch und kürzt die Äste, die am Gitter des Käfigs sich nach oben schlängeln. Am Asphalt liegt Blattwerk mit kleinen und etwas längeren Ästen. Kleine Haufen, größere Haufen. Hindernisse für die Radfahrerin, sie fährt langsam, in Schlangenlinien. Vera sieht die Sonnenstrahlen, die über die Dächer und durch die alten Bäume hindurch in den Park fallen. Wie jeden Tag. Ein Sandler in karierter Jacke sitzt mit Bierdose in der Hand auf einer Parkbank, wahrscheinlich trägt er einen oder zwei dicke Pullover mehr als beim letzten Mal, und da fällt Vera ein, dass sich damit voriges Jahr der Winter angekündigt hat. Der Gedanke an Kalt. Ist noch früh. Ein paar Meter weiter die kleine Frau mit dem Knick in der Halswirbelsäule. Ihr Hund, der Karl oder Andreas oder Walter heißt, sitzt brav an ihrer Seite. Das ist nicht immer so, manchmal muss die alte Dame mit ihm schimpfen, und man denkt, ums Eck kommt gleich eine Großmutter mit ihrem Enkelkind, das das langsame Tempo verweigert. Aber dann taucht der winzige Hund auf und am Ende der Leine die alte Dame, die den ganzen Tag über Spaziergänge zu machen scheint, die immer unterwegs ist in ihrem Grätzel, und es sieht doch so beschwerlich aus, wie sie, den Kopf in einem Neunzig-Grad-Winkel nach unten gebeugt, über den Gehsteig trippelt. Man sieht sie auf dem Platz vor der Kirche, in den Geschäften, im Park. Vera hat sie auch schon jenseits der größeren Straße entdeckt, aber die alte Frau hat sie noch nie gesehen, ihre Blicke haben sich nie getroffen, wie auch? Läufer begegnen ihr, Frauen und Männer mit Stöcken, gehend manchmal. Zwei- oder dreimal die Woche ein älterer Mann in sehr korrekten Anzügen, sie nehmen einander wahr, grüßen nicht, manchmal muss Vera sich zurückhalten, so sehr bietet sich ein Gruß an. Milde oder Güte, und Vera ist manchmal verwundert, dass der alte Herr noch nie das Wort an sie gerichtet hat, und als sie sich einmal bei einer Buchpräsentation in der ältesten Bibliothek der Stadt treffen, nimmt er sie gar nicht wahr. Da spricht sie ihn an, seine Unverbindlichkeit und Zurückhaltung irritieren Vera nachhaltig, und ihre Theorie über die Zerstörung von Magie im Alltag wird einmal mehr bestätigt. Auf dem Weg ins Büro, bei diesem Hineingehen in den Tag, der zu dieser Zeit ganz ihr gehört, ist sie der zuversichtlichste Mensch, fühlt sich alles so einfach an und klar und deutlich, als gäbe es Klugheit und Liebe und Würde und Regeln und Fairness im Leben und im Alltag, alles, einfach so. Für sie und alle. Was nachts auf den Schädel drückt und sie tagsüber zwingt, dutzende Male zu telefonieren, sie immer wieder nach dem Taschenrechner mit den großen Tasten greifen lässt, als würde es eine Wiederholung leichter machen, die Rechnungen zu bezahlen, ist jetzt einfach etwas, was zu tun ist. Da kann sie denken : am Nachmittag mache ich einen Teil der Überweisungen, aber vorher arbeite ich einen Manuskriptstapel ab, bereite ich die Anträge für die Anthologie und die Neuauflage eines Katalogs vor, der zum runden Geburtstag eines Künstlers erscheinen soll. Da ist der Tag einteilbar und die Freude, dass sie in ihr Büro geht, mit ihren Autoren korrespondiert, ihre Mitarbeiter koordiniert, so groß wie in keinem anderen Moment. Dann schaltet sie ihren Computer ein, und das Programm, mit dem sie Adressen ausdrucken will, spinnt plötzlich, beim Lesen wird sie unterbrochen von einer Autorin, die wegen irgendwelcher Gerüchte ihr Manuskript zurückfordert, an dem schon zwei Leute ziemlich gearbeitet haben, und als sie Überweisungen machen will, stellt sie fest, dass einige Zahlungen noch nicht eingetroffen sind und das Verlagskonto früher als angenommen am Limit ist. Dann ist der Gedanke an einen Spaziergang kein schöner Ausblick auf eine Mittagspause, wie sie sie gerne macht, sondern eine Flucht nach draußen, weil sie sich vor den Absagen drückt oder hofft, dass sie im Gehen irgendeine Idee hat, wie ein bestimmtes Projekt dennoch finanziert werden könnte. Als wären Probleme dieser Art ausschließlich kreative Prozesse, die man nur zulassen müsste, um sie zu lösen.

Vera ist die erste der vier Frauen in dem Großraumbüro, die Heizperiode hat noch nicht begonnen, aber das ist der dritte Herbst, der mit Gedanken an einen Umzug beginnt. Schick ist der stille große Raum mit den riesigen Fenstern, aber gleich denkt sie an den Sandler, weiß nicht mehr sicher, ob er ein Bier in der Hand hatte oder ein Tetrapak mit Wein, denkt an die Kälte des letzten Winters. Nach ihr kommt die Grafikerin, später die Architektin, die seit einer Weile und, obwohl sie ihre Selbstständigkeit mit zwei einigermaßen renommierten Projekten begonnen hat, eher als Zeichensklavin arbeitet und in ihrer Freizeit ein Wochenendhaus für den Unternehmer-Bruder entwirft, und zuletzt Carla, die schon Programmiererin und Logistikerin in einem

Catering-Unternehmerin war, sich mit Barrierefreiheit im Internet auseinandergesetzt und verschiedene Plattformen in der virtuellen Welt auf die Beine gestellt hat, die manchmal bei ihr aushilft und zurzeit ein Fahrradlastentaxi plant. Auf dem Anrufbeantworter eine Nachricht des Autors, der gestern in der Stadt gelesen hat. Nach dem Essen ließ Vera ihn mit der Moderatorin, einem Schriftsteller-Kollegen und zwei jungen Frauen, die sich als langjährige Bewunderer herausstellten, alleine. Heiser sagt er den angekündigten Besuch bei ihr im Büro ab, was Vera ein oder zwei Stunden verschafft, aber sie muss dennoch mit ihm sprechen, ihm sagen, dass sie das neue Manuskript nicht veröffentlichen wird, was sie noch gerne weiter hinausschieben würde. Sie wird es ihm heute sagen (denkt : wie werde ich es ihm sagen?), vielleicht bei einem guten Mittagessen, wenn er da schon ansprechbar ist, spätestens am Nachmittag, bevor er wieder in den Zug steigt. Sie will eine Nachricht an Marina schicken, die Grafikerin, die die meisten Bücher und Kalender des Verlags gestaltet, um den Termin eventuell vorzuverlegen, idealerweise würde sie jetzt sofort vorbeikommen. Vera schaut auf die Uhr, sie schaltet das Telefonierprogramm am Computer ein, Marina sitzt noch nicht am PC, das sieht Vera, und schickt ihr also eine E-Mail, lässt die Gute noch schlafen oder frühstücken oder in einem schönen Buch oder in der Zeitung blättern ohne das Rauschen der Lüftung ihres Computers im Hintergrund. Während Vera Mails abruft und Bestellungen ausdruckt, online die Tageszeitung durchstöbert und zwischendurch Kaffee zubereitet, dreht sich Kevin noch einmal auf die andere Seite. Er wird in ein paar Minuten, bevor sein Wecker läuten kann, aufstehen, sehr heiß duschen, sehr lange sehr heiß duschen, dann wird er das Wasser, das schon eine Weile kocht, über schwarzen Tee gießen, den er dann an seinem Schreibtisch trinkt. Er schaltet den Fernseher ein, er schaltet seinen Computer ein, liest ein paar Nachrichten, ein paar Mails, packt seine schwarzen Notizbücher und den Laptop in den Rucksack und ein völlig abgewetztes Buch mit Hitchcock-Interviews in die Tasche seines Mantels. Dann geht er wieder ins Schlafzimmer und braucht ziemlich lange, bis er Hemd und Hose gewählt hat. Er zieht sich an, trinkt noch eine Tasse Tee und macht sich auf den Weg zu einer Pressevorführung.

11

Diese feuchte, mit kleinen Tieren und Larven durchsetzte Erde, mir wurde schwindlig. War so beschwert, ich lehnte mich zurück. Falten auf der Wolldecke auf dem Bett; ich konnte mich gegen den Wunsch wehren, auf die Wolldecke, bald unter die Wolldecke zu kriechen (unter die Wolke), am Radio herumdrehen, Stimmen ins Zimmer hereinholen. Manchmal hielten mich die Stimmen vom Schlafen ab, immer war es spät. Nicht immer eindeutig : weigerte sich mein Kopf, den Körper loszulassen, oder waren es die Stimmen, die in den

Kopf hineinwollten? Das Gehirn bleibt ja gleich groß, da ist ja nicht auf einmal mehr Platz. Für Stimmen nicht und nicht für Gedanken, für Pläne oder Ideen nicht und auch nicht für Menschen, die sich breitmachen wollen, in diesem Schädel, der auf zwei Gelenkköpfen lagert. Nur für die Leere. Und für den Lärm. Im Zimmer hin und her gehen. Natürlich kein Schreiten, kein Schreiten und kein Schreien hier. Das Klappern meiner Schuhe ein hohles Geräusch. Nicht besonders laut, aber laut genug. Hinaufschauen, über Gras hinweg in das, was die anderen Himmel nennen. Nicht in meiner Anwesenheit. Es gab einen alten Garten hinter dem Haus, der von oben besehen schön war, die Sträucher und die Bäume, Blumen nahmen sich den Platz, den sie brauchten, und zwar in alle Richtungen. Das Gras war saftiger im alten Garten, von oben. Hinaufschauen konnte man immer, und das war doch keine Frage der Perspektive, die änderte sich nicht, in welchem Stockwerk man sich befand. Dabei : Untersicht und Froschperspektive, natürlich war alles anders hier, und ich war die Einzige, die davon wusste. Die Frage der Konzentration war zu klären, ich begann noch einmal von vorne. Das Bett war gemacht wie immer, ich wollte hier diese Unordnung nicht, ein zerwühltes Bett hätte einen Zusammenbruch provozieren können, der zerknautschte Polster ließ mich gleich daran denken, dass jetzt sofort etwas zu tun war. Jetzt. Aber wusste ich auch, was? Ich kontrollierte die Ablage auf dem Schreitisch im Arbeitszimmer. Hier würde niemand arbeiten können, die Kisten zeigten ihr Inneres, es standen schon wieder mehrere offen auf dem Boden, in Wahrheit war das Zimmer vollgeräumt. An einem anderen Tag standen neue da, Kleidungsstücke, Spielzeug, Ordner, teilweise auf dem Boden liegend, gestapelt, es wurde ein- und ausgeräumt, Kisten und Schachteln wanderten in die Einbauschränke oder in die Regale, andere wurden ausgeleert. Einmal lag Werkzeug auf dem Fußboden. Dutzende Schraubenzieher, Hämmer, Zangen, Sägen und Sägeblätter und anderes Zeug. Tobias' Revier. Jetzt konnte ich die Schachteln auf die Seite schieben, und ich hob die Tücher vom Fußboden auf, legte den Stapel vergilbter Stoffservietten auf das Sofa, auf dem der Projektor stand, auch schon seit ein paar Wochen. Der Stapel kippte, geräuschlos, und da sah ich : an manchen Kanten war der Stoff gebrochen. In jeder der drei Schubladen lagen einige unbeschriebene Blätter über den Notizen und Unterlagen. Tobias würde die Schreibtischschubladen in meiner Abwesenheit selbstverständlich öffnen. Niemals würde er in meinen Sachen stöbern, sicher nicht. Aber wenn sein Blick zufällig, während er die Schienen, auf denen die Laden liefen, kontrollierte und ölte, auf meine Notizen fallen würde, würde er die Augen nicht zumachen oder wegschauen. War es überhaupt sicher, dass das mein Arbeitsplatz war? Hatten wir das nicht so besprochen oder bildete ich mir alles nur mehr ein? Dass ich ihn benutzen konnte, hieß ja noch lange nicht, dass niemand sonst hier auch arbeitete. Tobias musste den Bestand sortieren, das würde noch Jahre in Anspruch nehmen. Dagegen konnte ich schwer angehen, schließlich war es sein Haus, und zum Haus gehörte dieser Keller. Tobias war zwar nicht besonders zurückhaltend, aber einigermaßen gut erzogen. Er hatte nur etwas Besitzergreifendes, und es war schwierig, sich dagegen zu wehren. Ich konnte mich nicht entscheiden. Wo anfangen? Vom Schreibtischsessel aus hatte man die gleiche Aussicht wie durch mein Zimmerfenster, aber hier gelangte mehr Licht durch die Fenster, die Gitter auch hier nach außen gebogen. Immer lag eine Schicht Staub auf allem, im Arbeitszimmer noch mehr als bei mir, aber ich saugte und wischte mindestens jeden zweiten Tag. Dann eben täglich. Die Filzeinlage auf dem Schreibtisch fühlte sich fettig an, ich würde einen Karton darüber legen, wenn ich hier arbeitete, austauschen konnte ich sie ja schlecht. Die Tiere ließen sich von meiner Anwesenheit kaum beeindrucken, manchmal waren Mäuse zu hören, aber ich redete darüber nicht. Vielleicht bildete ich mir die Mäuse auch nur ein, das konnte schon vorkommen, bei schlechtem Schlaf und schlechter Luft. Die Ameisen mit Gift bekämpfen, kein Problem, die Mädchen durften nicht in den Keller. Immer wieder das Gift in die Ritzen streuen, ja sicher. Den Beginn suchen, darum ging es meistens, in den Anfang hineinfinden.

Ich könnte kurz nach oben gehen, auch wenn es immer schwierig ist, den Moment zu erwischen (begreifen), in dem man sich zurückzieht. Manchmal war es so : der Tag hat gerade begonnen, die Mädchen schwirren gut gelaunt durch die Zimmer. Als wäre die Welt nur für sie da. Sie kennen nicht viel, sie kennen ja nur das kleine Glück ihrer intakten Familie. Wir trinken Kaffee zusammen, reden. Das heißt : ich trinke Kaffee, sie macht mir mit der schicken Espressomaschine einen kleinen Espresso und manchmal Milchkaffee mit viel Schaum. Sie trinkt Kräutertee, immer in einer riesigen Tasse, und der Beutel bleibt die ganze Zeit drinnen. Nicht wirklich unappetitlich, aber ungemein egozentrisch. Sie geht ja auch mit ihrer riesigen Tasse, die es natürlich in verschiedenen Ausführungen, Formen und Farben gibt, im Haus umher, im Garten, dann steht wieder einmal eine blaue Riesentasse auf dem groben Holztisch hinten bei der Laube und eine mit grünen und gelben und orangen Streifen auf dem Fernseher im Wohnzimmer. Sie trinkt sicher ein paar Liter über den Tag verteilt, der Teebeutel trocknet am Innenrand einer großen schweren Tasse : so stelle ich mir funktionierenden Alltag vor.

Ich bin gerade erst aufgestanden. Die Tage fangen jetzt immer mit einer Erschöpfung an. Weil es uns schwerfällt, das Gespräch beiläufig zu halten, muss oft bald der Rückzug angetreten werden. Unvermittelt, der Schaum in meiner Kaffeeschale ist gerade erst ausgekühlt. Da ist es aber selbstverständlich, dass ich mich davonmache. Schließlich stehen wir in ihrer Küche, in ihrem Wohnzimmer, auf ihrer Terrasse undsoweiter. Es ist nicht möglich, mich in den hinteren Teil des Gartens zu verziehen und eine Liege aufzuklappen. Es ist nicht möglich. Ich kann nicht denken : hier kann ich auch sein, ich zahle doch Miete, oder? Genauso undenkbar ist es, dass Klara je in den Keller hinabsteigen würde.

Ulrich hatte mir einmal, es war die erste Veranstaltung, die wir gemeinsam besuchten, verboten, mich mit den Losern an einen Tisch zu setzen. Genau genommen saß ich schon in einer solchen Runde, zwei ältere Herren, nicht unsympathisch, vielleicht ein bisschen verloren, eine Frau in meinem Alter kam dazu, ihr war gleich anzusehen, sie war Begleitung, und jemand hatte ihr gesagt : setz dich an einen Tisch, unterhalte dich mit irgendwem, ich hol dich, wenn ich dich brauche, oder so etwas in der Art. Ulrich sagte : kommst du bitte? Er legte offensichtlich keinen Wert darauf, vorgestellt zu werden. Ich hatte das noch nie gesehen, dachte, das käme nur in Filmen vor, dieses wortlose Nicken, weites Feld zwischen viel Anerkennung und sagenhafter Gleichgültigkeit. Dann erklärte er : du stehst sofort auf, wenn du merkst, dass da gar nichts geht, und sagst freundlich, ich schau mal weiter, wir sehen uns nachher noch. Gib dir keine Mühe, die Visitenkarten brauchst du gar nicht auszupacken, das ist Verschwendung, bleib freundlich, aber vergeude deinen Charme nicht. Du darfst ihnen nicht das Gefühl geben, sie könnten sich jederzeit an dich hängen oder über dich jemanden kennen lernen. Sonst sitzt du einen ganzen Abend lang im totalen Out : die Leute merken sich das, du wirst unberührbar, unsichtbar, kommst mit anderen nicht mehr ins Gespräch. Michael hatte sich immer lustig gemacht, wenn ich so etwas erwähnte. *I'm a Loser, Baby, so why don't you kill me?* Ich konnte doch nicht mit dieser Melodie im Ohr aufstehen und sagen : bis später dann.

Bei Klara stellte ich mir nur die Frage, wie ich aus unserem Gespräch wieder herauskam. Wir standen in ihrer Küche, und ich wusste wieder einmal nicht, wie ich umgehen sollte mit dem Gefühl, hier völlig fehl am Platz zu sein, sie zu stören in ihrem schönen, einfachen, einwandfreien Leben. Für sie war es nicht so schwierig, sie hatte außerdem die Mädchen, die nach ihr riefen oder nach denen sie schaute. Sie hatte einen Haushalt, in dem es immer viel zu tun gab, ja natürlich war das so. Aber sie hatte auch einen Hometrainer und Blumen, die man gießen konnte, Zeitungen und Zeitschriften, die man auf einen Stapel schmiss, oder einen Stapel Zeitungen und Zeitschriften, den man zum Altpapiercontainer bringen konnte. Sie hatte Spielzeug, das im Weg herumlag, eine Kinderzeichnung, die bewundert und bestaunt und an eine Wand gehängt werden konnte, in der Küche zum Beispiel. Geschirr, das man ein- oder ausräumen musste. Einen Korb mit nasser Wäsche mitten in der Küche. Sie hatte einen Festnetzanschluss, der klingelte (es piepste zwar eher), sie hatte ein Handy und die Gegensprechanlage, alles in Betrieb und für Antworten gut. Sie musste die schnurlosen Telefone manchmal suchen, dabei konnte man ihr helfen, auch wenn man unversehens eine Grenze übertrat. Weil etwa das Telefon unter einem Blatt Papier und auf einem Blatt Papier lag, und darauf stand etwas so prägnant Kurzes, das persönlich und nur für sie bestimmt war. Da läutete (oldphonering) oder piepste das gesuchte Gerät, und man wollte nun doch nicht danach greifen, aber es ging nicht anders, weil sie es ja doch bald finden würde, und dann würde sie es nehmen, schauen, wer angerufen hatte, und mich anschauen. Sie hätte die kleine Notiz gesehen, die ich lesen hatte müssen beim Hingreifen, beim Griff nach einem Geräusch, das mich doch gar nichts anging. Das Läuten stellte mich auf eine Probe, die nie, nie zu bestehen war. Dann sah sie mich an, als hätte ich einen psychischen Defekt. Wenn ich ihr das Telefon reichte, konnte ich ihr nicht in die Augen schauen, gerade so, als wäre ich wirklich blöd und unfähig, es einfach so vom Tisch aufzuheben, war ich wohl auch.

Auf einmal wusste ich nicht, wie ich aus dieser Küche hinauskam. Klara öffnete das Backrohr und zog sich Gummihandschuhe an. Zuerst kehrte sie mit dem Handbesen Brösel heraus, wahrscheinlich hatte sie irgendwas aufgebacken oder auch Tobias, der ja manchmal spätnachts noch Toasts machte oder ein Sandwich mit Schafskäse, Tomaten, frisch oder getrocknet. Riesendinger, und seine Frau putzte am nächsten Tag sofort und ohne darüber nachzudenken das Backrohr. Da sehe ich mich, wie ich zur Abstellkammer gehe und Putzzeug hole, ihr die Schaufel reiche, wenn sie die nicht schon selbst unter die offene Backrohrtür hält, sie darauf hinweise, dass das Scheuermittel beinahe aufgebraucht ist, und dann, ganz freundlich : lass mich dir helfen. Ich will auch noch sagen, dass die Brösel oder die eingetrockneten Käsetropfen am Boden des Backrohrs wahrscheinlich von mir stammen und wie unangenehm mir das ist, ich möchte sie am liebsten zur Seite drängen und ihr sagen, dass sie sich in den Garten setzen, mit den Mädchen spielen oder eine Zeitschrift nehmen und sich auf das große Sofa verpflanzen soll, aber ich ziehe und zerre immer noch an den Gummihandschuhen herum, die mir immer zu eng sind, egal wie groß sie sind, die sich immer irgendwo zusammenziehen oder aneinanderkleben, da schaut sie mich ganz verwundert an und sagt nur : lass das bitte oder brauchst du die?

Oder ich erzähle ihr von Sarah, Agnese und Bea. Bea? Ja eben, die ist noch nicht vorgekommen. Dabei waren immer alle Exfreundinnen von Tobias präsent; mit den meisten war er noch lange Zeit befreundet. Unvorstellbar, dass Tobias je ein geheimes Verhältnis gehabt hätte, aber vielleicht überschätzte oder unterschätzte ich ihn da. Tobias hatte immer eine Freundin gehabt, ich glaube, seit seinem sechzehnten Lebensjahr, jedenfalls seit wir uns kannten. Einmal fragte mich Klara wie nebenbei : wie lange wart ihr eigentlich zusammen?, und ich musste sie aufklären, weil sie selbstverständlich angenommen hatte, dass wir einmal ein Paar waren, und siehe da, sie hätte damit gar kein Problem gehabt. Bea nannte Tobias Tobia, italienisch, war ein paar Jahre älter als er und eine dieser hinreißenden Erscheinungen, vor der die meisten Männer eher Angst haben, sodass sie sich vor Zuvorkommenheit überschlagen. Natürlich nicht Tobias. Er bemerkte es vielleicht gar nicht, und das machte ihn fast gleichwertig, wenigstens in den Augen der anderen. Natürlich waren sie ein Traumpaar, aber ich glaube, es hat nicht lange gehalten, an Details kann ich mich nicht mehr erinnern. Ich schlug Klara vor, Tobia zu fragen, was Bea heute machte, er habe doch sicher Kontakt zu ihr. Aber

Klara interessierte sich nicht dafür, woher ich das wisse, sie fragte gar nicht nach, und da ging ich doch langsam aus der Küche hinaus.

12

Obwohl ich immer wieder lautstark erkläre, dass ich noch nicht wieder arbeiten gehe, bekomme ich von Clarissa, die Direktorin einer Schule ist, einen Job als Lehrerin angeboten. Sie bestreitet, dass ich Kinder habe. Ich denke die ganze Zeit : spinnt sie jetzt vollkommen oder weiß sie mehr als ich?! Diese Ausrede gilt nicht. Ich werde umworben, Clarissa lockt mich mit traumhaften Bedingungen : du brauchst nur drei oder vier Stunden in der Woche unterrichten, bekommst fünfzig Prozent vom Gesamtgehalt. Es macht nichts, dass ich nicht als Lehrerin ausgebildet bin. Vielleicht ist es besser, ihr nicht zu sagen, dass ich nicht einmal maturiert habe – wenn ich doch auf einmal Arbeit brauche. Clarissa hängt die ganze Zeit bei uns in der Wohnung herum, und ich liege faul im Bett. Ich trage schon seit Tagen die gleiche hellblaue Trainingshose, dann kommst du von der Arbeit nach Hause, und Clarissa lässt dich nicht ausreden, kein einziges Mal. Du kochst für alle, auch für die Handwerker oder Maler, die im Haus sind, dann essen wir im Wohnzimmer auf dem Fußboden. Später wäscht sie ab, um irgendetwas wieder gutzumachen, aber obwohl sie ein schlechtes

Gewissen hat, redet sie immer weiter, da renne ich ins Schlafzimmer zurück und schaue aus einiger Entfernung der Geburt meines Kindes zu, das weder Kyra noch Selina ist. Ich sitze im Schlafzimmer im Haus deiner Eltern auf dem Boden. Da regt sich plötzlich etwas im Bett. In einem Kopfpolster hat sich mein Kind aus der Fruchtblase befreit. Es ist klein, winzig und witzig, es kann schon reden, kann eigentlich alles, wir sind aber doch durch die Nabelschnur verbunden. Du bist nicht da, hast irgendeine Verabredung. Und vorher, als du noch da warst, hattest du ziemlich große Angst vor allem. Jetzt wirst du gar nicht angerufen, weil der Termin viel früher ist als erwartet. Clarissa und die Handwerker und ich warten auf die Hebamme, wir haben nichts, womit man die Nabelschnur durchtrennen könnte, auch die Handwerker nicht. Ich werfe sie aus dem Haus. Das Kind ist voller Energie, reißt die ganze Zeit an der Nabelschnur. Reißt sich los, reißt mir die Nabelschnur heraus. Mitten in unseren Kampf um die Nabelschnur platzt Clarissa herein, trotzig oder störrisch ruft sie mir zu : siehst du, hab ich dir ja gesagt, dass du noch keine Kinder hast! Und ich, mindestens genauso eigensinnig, rufe ihr hinterher, dass ich jetzt ganz sicher nicht unterrichten werde. Einmal unentschieden. Dann will das Kind das Haus besichtigen, aber ich sage ihm, das ist gar nicht unser Haus, lass uns jetzt endlich aufbrechen. Das Kind ist komplett eigenständig, es kann auch schon gehen und umfallen, weil es noch nicht so stabil ist. Es verletzt sich die ganze Zeit, es will die Hausbesitzer kennen lernen, die aber nicht da sind, und weil das Kind so gut entwickelt ist, fällt es mir schwer, ihm das Verwandtschaftsverhältnis zu seinen Großeltern zu erklären. Als es hört, dass es nicht nur eine Mutter, sondern auch einen Vater hat, wird es wütend. Im Bett jedenfalls ist alles voller Blut. Deine Mutter, die sich die ganze Zeit im Hintergrund hielt, ohne ein Wort zu sagen, wechselt die Bettwäsche. Ich zeige dem Kind alles, was es sehen will. Dann liegen wir gemeinsam im Bett, und endlich will es von meiner Brust trinken, schläft ein dabei, trinkt wieder.

Klara möchte auch wieder einschlafen, das heißt, sie möchte jetzt nicht aufwachen. Nach einer Weile identifiziert sie den Wecker als das Geräusch, das sie vom Einschlafen abhält, ihr neugeborenes Kind hört ihn gar nicht. Als sie ihn abstellt, dreht Tobias sich auf die andere Seite und schnarcht ein paar Mal auf. Klara weckt ihn. Klara geht ins Badezimmer. Das ist sie im Spiegel, sie betrachtet ihren Körper genau. Sie sucht eine Trainingshose. Die hellblaue. Klara besitzt keine hellblaue Trainingshose, ihre ist rot und hat dunkelblaue Streifen. Die zieht sie an, und mit dem Deodorant in der Hand geht sie zurück ins Schlafzimmer und erzählt Tobias den Traum, den sie gerade geträumt hat. Kommentare lässt sie nicht zu, weil sie kein Detail verlieren möchte. Und dann : ich habe schon wieder so geschwitzt im Schlaf, vielleicht bin ich schwanger. Aber nein, das war ja erst gegen Ende der Schwangerschaft. Tobias wird gar nicht richtig davon munter. Murmeltier. Du solltest schön langsam aufstehen. Murmeltier. Sie wirft einen Blick ins Kinderzimmer. Am nächsten Morgen wird

Klara nicht wissen, ob sie den Traum gestern oder heute Nacht geträumt hat, es wiederholt sich alles, in echt und im Traum. Aber das macht nichts. Kyra liegt mit offenen Augen quer in ihrem Bett, ihren Schnuffelhund im Arm, flüstert ihm etwas ins Ohr. Als sie Klara in der Tür stehen sieht, erklärt sie ihr, dass sie ihrem Schnuffelhund so gerne ein Einschlaflied vorsingen würde, aber das sei ja nicht möglich, weil daneben die kleine Selina schlafe. Deine Haare stehen überall hin, Mama. Klara geht ins Badezimmer zurück, zieht sich fertig an, fängt an, ihre Haare zu kämmen, aber sie kommt nicht durch. Tobias steht unter der Dusche, heißer Dampf, ein bisschen sieht es aus, als würde er noch immer schlafen; sie bindet ihre Haare mit einem Gummiring zusammen.

Klara fängt an, den Tisch für das Frühstück zu decken. Das Licht fällt in einem schmalen Streifen von oben ins Esszimmer, ein kleiner Raum, der irgendwann angebaut wurde, später. Oder falsch geplant, sagt Tobias, wenn jemand zum ersten Mal zu Besuch ist. Zwischen Küche und Esszimmer eine Stufe. Stolperstufe. Flocken in einem kleinen Topf mit Wasser. Auf der kleinsten Herdplatte. Butterdose. Sie schaltet das Radio ein, summt auf der Stelle die Melodie mit. Ein Brotkorb, kleine Schalen für Müsli und Dinkelpops. Auf dem Teller das Obst. Eine Dose Kakaopulver. Kyra kommt in die Küche, will jetzt angezogen werden, den Pyjama hat sie bereits ausgezogen, weiß nicht weiter. Der Wasserkocher pfeift und schaltet sich aus. Klara gießt das heiße Wasser auf ein paar frische Minzeblätter in eine sehr große Tasse, mag den Duft, der gleich in ihre Nase strömt. Sie schaltet die Kaffeemaschine ein und schüttet Milch in einen hohen schmalen Topf. Sie nimmt das aufgeweichte Müsli von der Herdplatte, schüttet es in eine kleine Schale und spült den Topf aus, lässt ihn in der Abwasch stehen. Während sie Kyra beim Anziehen assistiert, wacht Selina auf. Schaut. Lacht sie beide an. Dann verschwindet das Lächeln wie in Zeitlupe aus ihrem Gesicht. Kyra gibt ihr einen Kuss, Klara drängt zwischen die beiden Kinderköpfe, sie kuscheln und umarmen einander alle drei, Selina gurrt und Kyra maunzt etwas und Tobias kommt ins Kinderzimmer. Kyra windet sich als erste heraus. Papa, nicht du auch noch! Mama, kannst du mit Selina rausgehen, Schnuffel muss endlich schlafen, es ist schon spät für ihn und ganz hell. Klara nimmt die Kleider ihrer jüngeren Tochter von der Kommode, Selina schlingt ihre Arme um Tobias' Hals, ihre Beine um seine Hüften, und die drei gehen aus dem Zimmer. Klara stopft die Kleider zwischen Tochter- und Vaterhals und deckt weiter den Tisch. Schaltet die Herdplatte ein, auf der der Milchtopf steht. Saftgläser. Trinkt ein Glas Wasser. Stellt Honig und Marmelade auf den Tisch, ein großes Rexglas mit den Pops. Sie stellt die Radiowerbung leiser. Aus dem Wohnzimmer hört sie Tobias und Selina, die vom Sofa auf den Fußboden purzeln. Tobias' tiefe Stimme und Selinas helles Lachen, das ein bisschen einschneidet, hoch. Barfuß geht sie vor die Haustür, hüpft über den groben Asphalt und holt eine Zeitung aus dem Rohr, das extra dafür in die Gartenmauer eingelassen wurde.

Sie mag Tage, die anfangen wie dieser. Wenn keines der Kinder schlecht geträumt hat und sie gut aufwachen können. Wenn Tobias nicht verschläft und niemand halbverzweifelt durch das Haus rennt, Sachen sucht oder Geschirr auf den Boden scheppert. Wenn sie nicht auf dem Stehkalender in der Küche einen Arzttermin entdeckt, im letzten Moment.

Genug Licht für alle.

Als sie in die Küche zurückkommt, macht Tobias Milchschaum, und die Mädchen halten ihm ihre Tassen hin. Er schickt sie zum Tisch. Selina nimmt die Stolperstufe respektvoll vorsichtig, dann versucht sie, auf ihren Hochsitz zu klettern, ohne die Tasse aus der Hand zu geben, Kyra gelingt das spielend. Ein bisschen verächtlich sagt sie Baby zu ihrer kleinen Schwester und zieht eine Grimasse, aus dem Augenwinkel Blick zu den Eltern, die nichts gehört haben oder so tun, als ob. Selina beschwert sich, sie hat noch nicht so viele Wörter dafür, alle verstehen sie.

13

Manchmal war es so : auf dem Tisch im Esszimmer stand ein Brotkorb, ein angebissenes Stück Brot mit Butter und Honig lag neben einem der Kinderteller, das meiste weggeräumt, in den Geschirrspüler oder auf die Ablage zumindest. Sonnenlicht von oben. In einer kleinen Müslischüssel klebten Flocken, kleine Obststücke trockneten vor sich hin. Auch eine Puppe konnte auf dem Tisch liegen oder auf einem der Hochstühle, ein kleines Stoffschwein oder Puzzleteile. Dieses kleine bisschen Eile war liegengeblieben auf dem halb abgeräumten Esstisch und zeigte so deutlich : hier war ein Tag angefangen worden; erfolgreich. Sollte ich aufräumen, sollte ich die bunte Schüssel ausspülen, bevor sie jemand in den Geschirrspüler räumte? Ich war ja nicht die Haushaltshilfe. Manchmal war ich froh, alleine und bei Tageslicht meinen Kaffee trinken zu können, und ich ärgerte mich kein bisschen über die Essensreste, dic sie mir dagelassen hatten, konnte mich ganz auf das Helle konzentrieren, das sich überall ausgebreitet hatte, sicher auch in den anderen Zimmern. Ich mochte den Gedanken, barfuß wie sie auf der Wiese herumspazieren zu können, denn für die Füße war das Gras, an dem noch Tau haftete, eine Wohltat. Das war also der Unterschied zwischen unten und oben; wer hätte gedacht, dass er sich auf Augen und Fersen reduzieren lässt? Oft schien die Sonne in diesen Garten, Schatten fehlte natürlich auch nicht. Der Garten zeigte einem, wie man ein paar Stunden verbringen konnte. Schnapp dir ein paar Unterlagen, schau die Konzepte durch und nimm dir auch eine Zeitschrift, es ist ruhiger, weil die Mädchen jetzt nicht da sind, besser für die Konzentration. Zuerst am Gartentisch die Arbeit, später faul in der Sonne liegen oder im Halbschatten. Ich könnte ihr zur Hand gehen, ihre Tage, die so ausgefüllt waren, entwuchern, auslichten. Ich konnte nur nicht sagen, ob sie das auch wollte. Menschen kamen und gingen, sie war ja so ein offener

Mensch, immer wieder neue Gesichter, Erwachsene, Kinder, alles Mögliche wurde angeschwemmt an diesem freundlichen Ufer. Aber Themen? Perspektiven? Immer lief das Radio. Sie summte die Schlager und Hits mit, wahrscheinlich war ihr das gar nicht bewusst. Sie las keine Bücher, sie hörte sie, und es klang irgendwie albern, wenn sie von den Wälzern redete, die sie sich reinzog. Und warum machte sie alles selber? Manchmal lag sie den halben Nachmittag in der Sonne, und mitten in der Nacht fing sie an, Sachen herumzuräumen. Mit zwei Kindern musste man sich doch nicht schämen, wenn einem jemand im Haushalt zur Hand ging. War es ihr unangenehm, wenn sie nachhause kam und die Küche vor Sauberkeit blitzte? Oder fühlte sie sich wie nach einem Besuch der Schwiegermutter, von deren Grenzüberschreitungen genervt oder bedroht? Würde sie mit spitzen Fingern auf die frisch geputzten Ablageflächen, auf die Tischoberfläche tippen und zu Tobias oder zu sich selber sagen : diese Frau macht mich wahnsinnig! Würde sie vielleicht sogar ein bisschen grinsen oder vor sich hinlachen und darüber nachdenken, wie das wäre, wenn ich ihr regelmäßig im Haushalt helfen würde? Vielleicht würde sie dann zum ersten Mal zu mir in den Keller heruntersteigen und mit mir reden wollen. Über meine Pläne, über die Phase jetzt, bei ihr wie bei mir etwas Außergewöhnliches, über das, was kommen würde. Die Wahrheit aber war, ich vergaß das immer wieder, dass sie es gar nicht bemerkte. Sie ging einfach davon aus, dass sie alles so vorfand, wie sie es zurückgelassen hatte. Dabei hatte sie mehrmals und laut rufend ihre Kinder eingesammelt, sie immer wieder in den Vorraum geschickt und gewarnt, nun nicht noch einmal irgendein Spiel zu beginnen. Mehrmals war sie zurückgegangen, um eine Rechnung in dem Stapel Post zu suchen oder den Schlüssel, weil sie schon wieder nicht wusste, ob sie ihn verlegt hatte oder in ihre Jackentasche gesteckt, wie es meistens der Fall war. Oft fiel bei diesen sich in die Länge ziehenden stürmischen Aufbrüchen eine kleine Schüssel auf den Boden oder ein Glas, die Dose mit dem Kakao kippte um und das Pulver verteilte sich über den Tisch und auf dem Fußboden undsoweiter. Dann kehrte sie den Mist weg, das schon, aber ein Rest Aufbruch blieb immer. So ein Leben führte Klara : dieses Leben ohne Scherben stand ihr einfach zu. Wer die Brösel wegwischte oder wegkehrte, wer die eingetrockneten Kräuterteebeutel in den Biomüll warf, das war nicht wichtig für sie.

14

Es gibt einen natürlichen Gang der Dinge, des Lebens : ganz bestimmt, und alles, was nicht ihre Familie betrifft, hat sich verändert. Klara kann im Moment keine Entscheidung treffen, sie will jetzt keine Entscheidung treffen. Vielleicht braucht sie einen neuen Horizont, ja, kann schon sein, aber Kyra, Selina, ihr Mann Tobias und vielleicht ein drittes Kind, auch das ist Ausblick und Weite. Das ist doch ein Horizont. Eine Familie, eine

Familie. Es ist für Klara nicht immer selbstverständlich gewesen, dass es das ist, was sie sich wünscht, was sie vom Leben erwartet. Was für eine unnütze Frage. Das Leben, was sonst! Als wäre sie in einer Art Zwischenzustand, als hätte sie etwas zu überdauern, und dann. Und dann. Sie wird nach ihrer Arbeit gefragt, nach dem Zeitpunkt des Wiedereinstiegs. Über Betreuungseinrichtungen hätte sie Bescheid wissen sollen, noch bevor ihre Kinder gehen konnten. Am frühen Nachmittag wird Irmi vorbeikommen und ihr deutlich machen (zum wie vielten Mal eigentlich?), dass Frauen selbstbestimmt leben müssen. Irmi, eine andere Zeit! Ich habe Tobias nicht geheiratet, weil ich vor meinem Vater geflohen bin. Der war ja sowieso nicht da. Tobias' Mutter ist dann in einer interessanten Doppelrolle, und das ist die Rolle ihres Lebens. Sie macht sich Sorgen um ihre Schwiegertochter, wie um ihre eigenen Töchter. Denen hätte sie großartige Karrieren gewünscht, aber damit ist es nicht weit her. Ihren Sohn verehrt sie heftig, mit Augenzwinkern sieht sie über seine Schwächen hinweg, die man auch als Stärken auslegen könnte, je nachdem, eben. Die Verehrung schmälert das nicht. Und ja : bevor Klara Mutter geworden war, hat sie ihre Arbeit gemacht. Sie hat gerne gearbeitet. Sie engagierte sich ja und es war nicht einfach, aber es war auch nicht so wichtig. Jetzt wird sie zornig, wenn sie an die schlechte Bezahlung denkt, an die Anmaßungen des Dienststellenleiters. In ihrer alten Wohnung hingen Computerausdrucke, vergrößerte Fotos von Kakteen, von Mammutbäumen, von dunkelhäutigen Kindern in bunten

Farben an den Wänden des viel kleineren Wohnzimmers. Auf manchen Bildern sitzt Klara auf einem Pferd oder sie liegt in der Hängematte, man kann ihre Zehen sehen, von einem Foto schauten die zierlichen Fersen auf die überkommene Wohnzimmereinrichtung, bald schon ausgebleicht. Sie war dem Leben entgegengegangen, war gereist und nicht überrascht, als sie es hier gefunden hatte, in der nächstgrößeren Stadt, die sie nie besonders interessiert hatte. Jetzt würde sie nicht mehr für einen Hungerlohn arbeiten, während die Mädchen von anderen Leuten betreut wurden, die wahrscheinlich ebenso schlecht bezahlt waren wie sie. Das kleine Kind Klara war immer eines der ersten im Kindergarten gewesen und immer das letzte, das abgeholt wurde. Als sie zur Schule gegangen war, hatte sie den Wohnungsschlüssel an einem langen Band in der Schultasche getragen, etwas, wofür man damals fast ausgestoßen worden war. Ihre Mutter hatte ihr gezeigt : das Leben ist hart, ungerecht und schwer, und immer musst du rennen, obwohl du eigentlich kaum kriechen kannst. Das Graue der ersten Jahre kann Klara ihrer Mutter nicht vergeben, und deshalb mag sie nicht, wenn sie zu ihr kommt und mit neidvollem Blick auf das riesengroße Wohnzimmer schaut, auf den schönen Garten, in dem ihre Enkeltöchter Platz haben zum Leben.

Kyra und Tobias verlassen das Haus kurz nach acht, seit einigen Wochen bleibt sie bis nach dem Mittagessen im Kindergarten, und Tobias fährt in die Arbeit. Frische Luft für alle Zimmer, Bettdecken aufschlagen und glattstreifen, den Küchenboden und den im Esszimmer saugen, Geschirrspüler einräumen und einschalten, zu einer Kinderlied-CD ein paar Lieder singen, Spannenlanger Hansel immer zwei- oder dreimal. Im Stehen überfliegt Klara die Schlagzeilen, liest einen Artikel über Dealer im Stadtpark und die Leserbriefe, überfliegt das Fernsehprogramm und die Leute-Seite. Der Stapel mit den Zeitungen auf der Anrichte wird immer größer, das Gefühl, eine bestimmte Unordnung nicht in den Griff zu bekommen, verzieht sich gleich wieder, Apfelspalten und eine halbe Banane, Telefonate mit einer Freundin, die am Nachmittag mit ihren Kindern vorbeikommen wollte, aber wegen Fieber absagt, mit ihrer Schwester wegen eines gemeinsamen Ausflugs am Wochenende und mit der Gerüstfirma, der sie dann Tobias' Nummer gibt. Sie schaltet den Laptop auf dem Schreibtisch im Schlafzimmer ein, dann setzt sie sich damit auf ein Sofa im Wohnzimmer. Selina will ein Foto machen. Sobald jemand den Laptop einschaltet, will sie immer ein Foto machen, seit Tobias ihr gezeigt hat, dass das geht, und klettert auf Klaras Schoß. Weil das Internet nicht funktioniert, geht Klara zu dem kleinen grauen Kasten, kennt sich nicht besonders gut aus damit, das Licht leuchtet grün, es sollte funktionieren. Sie holt den Laptop ins Vorzimmer, drückt den kleinen Knopf auf dem grauen Kästchen, einmal, zweimal, dann blinkt das Licht orange, leuchtet grün, die Internetverbindung sollte funktionieren, tut sie aber nicht. Gleich beklagt sich Klara murmelnd über die Zeitverschwendung, wundert sich einmal mehr, warum sie sich ernsthaft dafür interessieren sollte. Es läutet an der

Tür, und Klara nimmt die Post entgegen, die der strahlende Briefträger auch durch den dafür vorgesehenen Schlitz in der Gartenmauer werfen könnte. Unten ist es ruhig. Selina hat den Rest der Banane auf dem Wohnzimmerboden verteilt, sie wollte ihre Puppe damit füttern. Sie hat den Topf aus dem Badezimmer geholt, sitzt eine Weile darauf, wird gewickelt, Klara wischt den Wohnzimmerboden, gießt die große Pflanze mit dem Wasser aus der Karaffe, die noch vom letzten Abend auf dem Wohnzimmertisch steht. Dann sitzt sie mit Selina im Garten, Selina will ein Buch anschauen und schläft kurz, bevor sie aufbrechen müssen, um Kyra abzuholen, in ihrem Arm ein. Mit der schlafenden Kleinen im Kinderwagen und einer müden Vierjährigen kauft sie im Sparmarkt ein paar Sachen ein und schlendert nachhause. Kyra fragt sie mehrmals auf dem Nachhauseweg, ob sie auch einmal am Nachmittag im Kindergarten bleiben darf, variiert dann : aber wenn ich fünf bin zum Beispiel, dann darf ich auch am Nachmittag und Selina nur bis Mittag, oder?

Kyra legt sich für eine Weile zu ihrem Schnuffelhund, schlafen will sie nicht, aber ihm Gesellschaft leisten. Ein bisschen ruhen, das mag sie. Klara sollte Staub saugen, sie sollte sich um den Berg Wäsche in der Waschkammer kümmern, aber sie setzt sich auf ihr Rennrad, auf dem in silbernen, schön geschwungenen Buchstaben der Name seines ersten Besitzers steht. Paul. Nachdem ihr Cousin vor einigen Jahren bei einem Unfall am Berg gestorben war, überließ seine Mutter ihr das Rad. Paul war ihr bester Freund gewesen, er nahm sie mit ins Schwimmbad und spielte mit ihr Tischtennis, sie gingen zusammen joggen, und zu ihrem achtzehnten Geburtstag schenkten er und seine Mutter ihr einen Tandemflug mit dem Fallschirm. Tante Rosi war auch Alleinerzieherin gewesen, ihr Mann war schon lange tot, aber sie war nicht mürrisch und sie war nicht verbittert. Klaras Mutter wandte das Wort glücklich auf sie an, als wäre es der allergrößte Vorwurf, den man einem Menschen machen konnte. Letzte Weihnachten schenkte Tobias seiner Frau ein Gestell, in dem das Rad nun fixiert ist. Klara benutzt es wie einen Hometrainer; sie kann sich gut vorstellen, im Freien unterwegs zu sein, meistens im Windschatten des flotten Cousins.

15

Ein Segelboot, ein schnelles Auto und Nachholbedarf, was intellektuelle Frauen betrifft; Roberts Worte waren das. Woher kam der? War er Deutscher? Amerikaner? Vielleicht war er beides, er hatte einen amerikanischen Akzent, und alle außer dir nannten ihn Bob. Ihr wart segeln. Du hast nicht vermutet, dass er dich meinen könnte, wenn er über Frauen mit oder ohne Niveau sprach. Es war eine ernste Angelegenheit. Lydia sorgte sich um die Grenzen. Grenzen einhalten! In dem riesigen alten Haus, nahe am See, wo du Robert immer wieder besucht hast, hast du ihm von dem Buch erzählt, das du in diesem Sommer entdeckt hattest. Robert hörte dir zu, sich in die Länge ziehende Nachmittage, du hast darauf bestanden, Zigaretten zu rauchen, die dir nicht besonders gut schmeckten, aber endlich konntetst du es; im Laufe des Sommers hat Robert begonnen, sich Marihuana in den Tabak zu bröseln, und dich nicht mitrauchen lassen. Ihr seid mit den Fahrrädern gefahren, einmal wart ihr in dem kleinen Auswanderer-Museum, du konntest nicht verstehen, warum er da immer wieder hin wollte, hast ihn noch einmal begleitet, weil es lustig war, in seinem Cabrio übers Land zu brausen. Die schöne Lydia mit ihrem perfekten Mann, ihrem perfekten Sohn und dem perfekten Haus, eigentlich waren es zwei, denn eine Wohnung gab es ja auch, eine große Wohnung in der Stadt und das Sommerhaus. Lydia hatte für alles eine Erklärung, aber dich schaute sie nur an und sagte gar nichts. Sie erkannte dich, dachtest du. Wenn Marius den Mund nicht aufmachte, weil er dich in Ruhe ließ, wenn du es so wolltest, wenn er es so wollte, wurde sein Vater Malte gleich nervös, dass das jetzt nicht männlich genug sein könnte. Dabei machte er selber den Mund nicht auf, die Familienkutsche fuhr immer nur er. Marius wurde dein Bruder in diesem Sommer. Dabei hätte er dein Geliebter werden sollen, so war es doch geplant, ihr wart sehr jung und er dein erster Freund. Lydia war hinter dir her. Wenn du mit dem Fahrrad durch den Ort fuhrst, zu Roberts Haus am See. Immer hinterher. Manchmal war sie auch schon vor dir da, vielleicht. Erwartungen lagen in der Luft, du wusstest nicht, wohin die gehen. Wind braucht es. Wind war da. Außen tat sich viel, dein Blick ging immer wieder über den Schilfstreifen. Es ist ja nur Schilf, dachtest du, wusstest, dass dahinter niemand ermordet werden würde, auch wenn du damit rechnen wolltest. Lydia hatte nach diesem Sommer alles hinter sich gelassen, den Mann, den Sohn, die Wohnungen und Häuser, ihren okay bezahlten Job, sie hatte dann das Land gewechselt. Der Unfall beschied euch allen doch nur einen Moment zum Innehalten. Ihre Sicherheiten hatte sie an der Krankenhauspforte hinterlegt, den Komfort auf dem Rücksitz irgendeines Taxis liegengelassen, sicher hatte sie noch einmal zurückgeschaut, den weinerlichen Blick Maltes im Rücken. Hatte wieder nicht den Mund aufgemacht. Sie hatte ihn so sehr geliebt, dass sie ihm nichts erklärte, dass sie sich bei ihm nicht entschuldigte, er war allein jetzt. Sie war gegangen. Irgendwer wird einen Knoten im Hals gehabt haben, aber bestimmt nicht Lydia. Warst du das, als du gesehen, gespürt, gehört hast, was diese Frau sich traute? War doch ganz normal, trennen sich doch immer wieder Paare. Dabei haben sie gar nicht zusammengepasst. Lydia und Malte. Für Marius waren sie eben Eltern, gute Eltern, vielleicht. Bestimmt gut genug. Es war kein Platz, keine Notwendigkeit für eine Bestürzung, für Verwunderung, vielleicht haben es die anderen auch nicht gesehen. Da standen sie auf dem Parkplatz des Krankenhauses, du schautest vom Fenster auf sie herab und stelltest dir vor, wie sie darüber stritten, was zu tun sei. Vielleicht hat dir auch Marius später davon erzählt. Wie sie hin und her überlegten, wer zur Polizei gehen sollte. Lydia wollte sich selbst anzeigen,

Malte war dagegen, aber das war lachhaft, es war ein Unfall, an dem du ebenso schuld warst wie Lydia und Robert. Marius war der Erste, der sich von der kleinen Gruppe, von dem Rest Familie wegbewegte, er stieg auf sein Fahrrad und fuhr über den Parkplatz. Da schauten sie ihm nach und waren plötzlich still. Wussten es. Sein Vater rannte hinter ihm her, ohne eine Wort. In der Einfahrt zum Krankenhaus stieg Marius vom Fahrrad, kurzes Gerangel, Marius schleuderte seinem Vater ein paar Worte entgegen, dass der sich duckte, dann schleuderte der Sohn das Rad in den Graben, er ging zurück auf seine Mutter zu, aber ein Stück nur, drehte um und ging dann weg. Marius war allein ab diesem Augenblick, er hatte keine Familie mehr. Lydia war noch einmal auf den Eingang zugegangen, du konntest sie nicht mehr sehen. Im Herbst wechselte Marius in eine Schule mit Internat, er exilierte sich, wie du dir dachtest, an den Wochenenden war er anfangs manchmal bei dir und deiner Mutter, und als dein Vater wieder einzog, war er schon länger nicht mehr da gewesen, und eure Freundschaft war eine sporadische Angelegenheit geworden, gegen die es nichts einzuwenden gab. Da stand Malte auf dem Parkplatz des Krankenhauses, an ihm zog alles vorüber, das war aber vielleicht immer so gewesen und es war nur nicht so sehr aufgefallen, weil Lydia da war, dann Marius. Ab jetzt würde er Frauen kennen lernen, vielleicht wieder einmal eine Partnerin haben, aber nie mehr wieder eine Frau. In diesem Sommer hast du den Unterschied zwischen Spannung, Überraschung und Suspense verstanden, obwohl du die

Begriffe erst viel später, vielleicht sogar erst in einem Artikel von Kevin wiedergefunden hast. Die Familie, die dich für einen Sommer aufgenommen hatte, war wie deine zum Untergang bestimmt, keiner würde eine Dynastie begründen, waren lauter kleine Inseln im weiten Wasser. Du wusstest das, was die anderen nicht sahen, und weil sie es nicht sahen, war es auch nicht da. Nach ein paar Tagen wurdest du abgeholt, vom Bruder deines Vaters, denn deine Eltern waren ja in Macondo, oder wenigstens in der Gegend, auch wenn sie da ganz und gar nicht hingehörten. Viel später erst haben sie dir gestanden, dass sie diesen Sommer auf verschiedenen Erdteilen verbracht haben. Wie lächerlich das alles war, ihnen war aber auch wirklich nicht zu helfen. Die Delle auf deinem Hinterkopf ist der einzige Beweis für die Wahrheit dieser Geschichte; und ein erster, unbedingter Hinweis auf deine Sterblichkeit. Viel später hast du Lydia und Bob in der Lobby eines schicken Hotels wiedergesehen, Szene wie in einem Film. Lydia kam aus dem Lift, ephemer, du dachtest dir eine Zeitlupe, sie trug ein Kleid, das ihr perfekt passte, der Wind ging über das Gras am Wasser, legte sich auf das Schilfrohr, streifte es und streifte darüber hinweg. Sie hatte keine Perspektive auf Vergangenes und Zukünftiges gehabt, wusstest du da, Lydia war anstrengungslos und dabei voller Kraft. Lydia ging zu Bob an die Bar, wie im Film, jeder kennt das, sie flüsterte ihm etwas ins Ohr, bevor sie auf den Barhocker stieg. Sie sahen dich nicht.

16

Vera telefoniert mit Veranstaltern, sie spricht auf mehrere Mailboxen und Anrufbeantworter, da schau her, immer wieder überrascht, dass es die noch gibt, noch immer. Werden aber immer weniger, es muss alles sofort gehen, man bleibt dran, bis man jemanden erreicht hat. Auch die Vorstellung, jemand hört einen AB ab, ruft dann zurück, was sofort sein kann oder im Laufe des Tages oder ein paar Tage später, diese Vorstellung, ein AB, ein Anrufbeantworter, sei ein adäquates Kommunikationsinstrument, wird immer sentimentaler. Dann rennt sie hinaus, weil sie nachdenken will, sich auf die Absage vorbereiten, dabei gehört das zu ihrem Geschäft, man muss fast sagen : Kerngeschäft. Sie setzt sich auf die Bank vor einer Hundezone, da stinkt es zwar, aber Notizen müssen sofort gemacht werden, sonst sind sie weg. Weg. Sie trifft eine Fotografin in einem Kaffeehaus in Bahnhofsnähe und ärgert sich darüber, dass die andere davon ausgeht, dass ihr Kaffee und alles, was sie vorher hatte, von der Auftraggeberin übernommen werden. Vera ist gerne großzügig, aber. Dass die letzten Fotos nicht wirklich brauchbar waren, sie aber dennoch dafür bezahlte, und dass die Fotografin heute so tut, als wären sie die allerdicksten Freundinnen, macht die Sache auch nicht geschmeidiger. Ohne ein Wort darüber zu verlieren, zahlt Vera mit Kreditkarte die beiden Kaffees und das Frühstück der Fotografin. Auch der Schriftsteller hätte hierher kommen sollen, aber er verspätet sich so sehr, dass er direkt zum Zug muss, sie sehen einander nicht mehr. Sie sollte zurück in den Verlag, so ist es doch meistens : der Tag verteilt sich, zwischen Schreibtischen und mehreren Telefonen. Am Vorabend saß Vera lange mit Raimund in ihrem Büro, sie besprachen Manuskripte, das heißt, sie besprachen die Absagen, die rausgeschickt werden mussten. Einige werden noch zurückgehalten, es gibt Projekte, also Bücher, die Vera gerne machen möchte, für die aber das Geld fehlt. Noch. Und weil Vera tatsächlich immer wieder Geld auftreibt, will sie nicht allzu früh absagen. Raimund ist ihr Mädchen für alles, ist ihr inhaltliches Gegenüber. Seit er eine kleine Tochter hat, arbeitet er fast nur noch nachts, wenn sie schläft, redet aber auch über die Schöne im Schlaf, als wäre er immer an ihrer Seite. Wieder einmal dieses Dilemma : ist das Projekt so gut, dass man es unbedingt machen will, selbstlos, kann es vorkommen, dass Raimund vorschlägt, die Karten auf den Tisch zu legen, es gibt schließlich so viele Verlage, so viele Möglichkeiten, sollen es die Wissenschaftler, Künstler, Nachdenker doch auch anderswo probieren, zu ihnen kann so einer später immer noch kommen, ein Ausweg oder eine Aussicht, und vielleicht gibt es dann auch wieder Mittel. Aber Vera will davon auch etwas haben. Sie glaubt daran. Vera will nichts verhindern. Vera lebt mit dem Dilemma besser als Raimund. Deshalb ist er ihr Mitarbeiter und weil er kein Risiko eingehen will, kein so großes wenigstens. Vera und Raimund kennen einander aus der Zeit, als sie beide ihr Jusstudium abgebrochen haben. Raimund wechselte zu Kunstgeschichte und Vergleichender Literaturwissenschaft, Vera brachte die ersten Bücher heraus. Immer wieder hatte sie ihm angeboten, ihr Kompagnon zu werden, einmal hatte sie ihn auch gebeten, allein, er ging auch darauf nicht ein. In manchen Monaten verdiente er bei ihr mehr als Vera selber, aber so war das eben. Raimund redete den halben Abend über die Studenten, die seit einigen Tagen (wie lange nun schon?), seit einer Woche oder zwei vielleicht, die Hörsäle besetzten, und dass er spätabends auf dem Nachhauseweg dort vorbeigeschaut hatte. Demonstrationshilfe, im Rahmen seiner Möglichkeiten. Vera stimmt mit der Fotografin die Termine für die Fertigstellung ab, da findet sie in ihrem Kalender die Ankündigung einer Ringvorlesung. Für heute steht ein alter Professor im Programm, der einmal für ein Buch eines Künstlerpaares einen Aufsatz über Motoren für Demokratisierungsschübe verfasst hat. Jetzt entscheidet sie, da vorbeizuschauen, warum nicht, er würde sich freuen, und ihr gefällt der Gedanke, ihre eigene Arbeit zu schwänzen, eine Vorlesung zu besuchen. Sie fährt auf die Uni, Transparente, Infotische, keine Jugendlichen, die betrunken herumliegen, wie es ein Zeitungsartikel nahelegte, und keine Frühstücksreste, Altglas- oder Dosenderivate, es ist längst nach Mittag. Die Vorlesung ist gut besucht, der alte Herr Professor im Kreis jüngerer Kolleginnen und Kollegen, seine Frau ist mitgekommen und sitzt in der zweiten Reihe. Sie trägt eine Jacke mit Kunstfellkragen, fühlt sich wohl unter den jungen Erwachsenen, ein kleines Notizbuch vor sich auf dem Tisch, daneben ein Miniaturkugelschreiber, alles sehr adrett. Vera begrüßt sie und stellt sich wieder bei ihr vor, denn die Professorengattin kann sich nicht an sie erinnern, weiß aber noch den Untertitel des Buches und teilt sofort ihr Bedauern mit, dass keine zweite Auflage mit Ergänzungen und Aktualisierungen möglich war. Kurz nachdem der Professor seinen Vortrag beginnt, wird er von Studierenden unterbrochen, die eine Diskussion über die aktuellen Ereignisse einfordern. Eine Studentin aus der letzten Reihe, sie sitzt ganz oben, weist sich als Kennerin aus und bittet ihn um eine Stellungnahme zu den Auswirkungen der internationalen Finanz- und Wirtschaftspolitik und deren neoliberaler Ideologie. Fast sieht es so aus, als würde eine leichte Röte über seine Wangen fliegen. Der Professor ruft die Entwicklungen der letzten beiden Jahre in Erinnerung und gibt zu bedenken, dass das Ausmaß der so genannten Krise seine Prognose vielleicht weit übertroffen habe – dies aber nichts an der Vorhersehbarkeit verschiedener, nicht ganz so globaler Fälle ändere. Er spricht klar und übersichtlich, verheddert sich nicht, bricht dann unvermutet ab und lässt die Studentin von den Forderungen der Besetzer berichten. Zwischendurch schaut er unsicher auf sein Manuskript, auf die Kollegin, die ihn eingeladen und sich noch gar nicht zu Wort gemeldet hat, dann blickt er auf die kleine Gruppe, die den Hörsaal geentert hat. Man sieht seine Gedanken förmlich rasen, Abbiegungen, Möglichkeiten, Anknüpfungspunkte, er denkt schnell und hört gleichzeitig zu. Die Kollegin steht jetzt auf, sie bespricht sich auf dem Weg nach vorne mit einem Studenten, der sich zu den Besetzern gesellt hat, tritt zum Gastredner ans Pult und unterhält sich flüsternd mit dem Professor, der dann den Studierenden den Vorschlag macht, seinen Vortrag vollständig auf die Homepage zu stellen und jetzt über ein paar Grundbegriffe zu referieren. Eineinhalb Stunden spricht er über Kapitalflucht und den Rückzug von Investoren, über aufgegebene Industrien, über das Ende einer Form von Unterdrückung, die in Arbeitsplätzen organisiert war, und über die Vertreibung der Arbeitslosen, aber auch über die Entrechtung derer, die noch in ihrer Arbeit vernutzt werden. Die Dame neben Vera holt eine Puderdose aus ihrer Handtasche, als ihr Mann seine letzten Sätze spricht, während eine Frau bereits das Pult für die folgende Vorlesung vorbereitet, unberirrt den Beamer einschaltet und Kopien auf dem Tisch stapelt, immer wieder mit Blick auf den Vortragenden. Rouge für die Wangen, ein wenig Rot auf die Lippen, alles sehr dezent, alles ohne Spiegel, jetzt strahlt sie um sich, siegessicher und doch zurückhaltend. Am Ende drängen sich mehrere Studierende und ältere Semester um den Gastredner, Vera unterhält sich noch ein bisschen mit der Professorengattin, aus deren Augen der Glanz auch jetzt nicht verschwunden ist, lässt Grüße bestellen und verlässt den Hörsaal. Wie elaboriert wäre erst sein Vortrag gewesen, an dem er bestimmt sehr lange gearbeitet hat. Auch die ordentlichen Hörerinnen und Hörer sind beeindruckt, eine ernste, feierliche Stimmung unter den Studierenden, beim Hinausgehen, das eher ein Schreiten ist, als wüssten sie jetzt genauer als vor neunzig

Minuten, wie ihr Leben weiterzugehen habe, welche Richtung nun einzuschlagen sei. Die Verlegerin weiß es nachher nicht mehr genau, wahrscheinlich hat sie sich einfach treiben lassen. Am Gang trifft sie auf eine Tochter von Freunden, die aufgeregt in einer Gruppe junger Frauen verschwindet und gleich wieder auftaucht. Das Mädchen wundert sich nicht über Veras Anwesenheit, aber sie kann sich jetzt nicht mit ihr über den Streik unterhalten, in wenigen Minuten beginnt ihre Prüfung, die erste in ihrem Studium. Vera lässt sie in Ruhe, lässt sie hinter sich und denkt, dass Nenas Eltern sich vielleicht wünschen, dass ihre Tochter die Prüfung versäumen und Transparente schreiben oder eine Arbeitsgruppe gründen, ihre Zeit mit Plena und Volksküche und dergleichen verbringen würde. Aber vielleicht hat sich auch das geändert. Vielleicht machen die Studierenden alles gleichzeitig. Wenn du jung bist, machst du deine Vorlesungen, deine Prüfungen, Seminare und triffst dich mit anderen wegen irgendwelcher Projekte und Gemeinschaftsarbeiten, du gibst Nachhilfe und hast einen Job auf dem Weihnachtsmarkt, bewirbst dich um die Stelle als Studienassistentin, und Freunde hast du auch, einen Liebsten, gehst auf Konzerte und fährst auf Festivals, spielst in einem Orchester oder organisierst Filmabende, du hast einen politischen Lesezirkel und nimmst die Abonnementkarte, wenn deine Eltern zu träge sind oder kränklich, du bist unterwegs, reist, bleibst länger als geplant. Später verbringt man seine Zeit ständig in Büros und Meetings und Besprechungen, steht viel eher auf als während des Studiums, und auch Sport geht sich aus vor der Präsentation um halb neun Uhr vormittags, ein ausführliches Abendessen am Ende eines überlangen Tages, halb geschäftlich, halb privat, aber die Zeit vergeht nur. Vera war immer zu spät dran gewesen. Als sie vor vielen Jahren ihr Studium begonnen hat, war das alles nur noch ein milder Abklatsch, von früher gar nicht zu reden. Sie nutzte Gelegenheiten zum Protestieren, sie solidarisierte sich mit humanistischen, sozialen, menschenfreundlichen Anliegen oder Gruppen, sie veröffentlichte auch einiges dazu, aber das Gefühl, zu spät gekommen zu sein, das blieb. Jetzt lässt sich Vera treiben und geht doch zielgenau in den besetzten Hörsaal, fremd kommt sie sich vor, auch ein bisschen verboten fühlt sich das an. Sie ist natürlich älter als die meisten, es sind einige.

17

Was machst du? Tobias am Telefon. Ich bin grade aufgestiegen und fahr zur glücklichen Tante. Die Kleinen schlafen. Hat dich der Haderer angerufen? Er hat sich schon wieder hier gemeldet. Es reicht ja, wenn du noch da bist, wenn sie mit dem Aufbau anfangen. Ich finde immer noch, dass wir mit dem Anstrich warten könnten. Heute sind wieder drei Rechnungen gekommen. Von deinem Kurs, ja auch. Mich macht das einfach nervös, wenn wir so knapp – wer weiß, wofür wir das noch brauchen. Ich meine. Hmm. Ja, nachher kommt deine

Mutter. Einfach so, ja sicher, einfach so. Und du? Meld dich, wenn du weißt, wann du fertig bist, es wäre schon gut, wenn wir wieder einmal gemeinsam abendessen, oder? Okay, ja, sicher. Machs gut, Schatz. Hand in Hand kommen die Töchter ins Wohnzimmer, Selina legt sich noch einmal auf eines der riesigen Sofas, Kyra geht in den Garten, rennt gleich wieder durch das Zimmer, um ihren Schnuffelhund im Puppenwagen nach draußen zu schieben. Die Kleinere möchte sich auch in den Puppenwagen setzen, die zwei streiten ein bisschen, dann verzieht sich Selina in Richtung Sandkiste. Klara sagt nichts dazu. Sie wird noch eine Viertelstunde weitertreten, dann kocht sie Reis und Karotten für sich und Selina. Die Große, die schon im Kindergarten zu Mittag gegessen hat, setzt sich jetzt immer zu ihnen, will, dass sie sich die Hände reichen, und sagt ihren Mittagsspruch, *Piep piep piep, wir habn uns alle lieb,* und Klara bedauert manchmal, dass sie sich geweigert hat, das Kind in einem katholischen Kindergarten anzumelden, so lächerlich kommen ihr manche Sprüche vor, die ihre Tochter in den ersten Wochen schon mit nachhause gebracht hat. Erst wenn Kyra Mahlzeit gerufen hat, gehts los. Die Mädchen essen danach noch ein Vanillejoghurt gemeinsam, die Größere füttert ihre kleine Schwester sehr umsichtig, zärtlich.

Als alle drei in der Sandkiste sitzen, steht Clarissa im schmalen Rahmen der Wohnzimmertür, die in den Garten führt. Sie zögert. Schaut zu Klara hin, unbeweglich, ein bisschen starr. Blass ist sie und sie schaut auch zerknittert aus. Was hast du denn vor, an diesem schönen Nachmittag? Klara würde nie durch sie hindurchschauen, und sie bemüht sich jedesmal, sie nicht zu mustern, eine unangenehme Angewohnheit, sie mag es auch nicht. Clarissa trägt dunkle Sachen, wie meistens. Ihre Jeans sehen aus wie gebügelt und die Schuhe wie frisch geputzt. Wenn es nicht so kompliziert wäre, würde Klara sie jetzt fragen, ob sie ein Vorstellungsgespräch hat. Wenn sie ein Vorstellungsgespräch hätte, würde sie sich auch so anziehen, wahrscheinlich mit einer hellen Bluse. Sie denkt an ihr schlabberiges T-Shirt, an dem sicher ein paar Reiskörner kleben und die Trainingshose mit den kaputten Reißverschlüssen unten an beiden Hosenbeinen. Macht nichts. Magst du vielleicht einen Kaffee? Clarissa winkt ab, weil sie in den Copyshop muss, sie hat nachher einen Termin, sagt sie. Nur nicht geradeheraus. Es geht mich ja auch nichts an, denkt Klara, und sie ist froh, dass die andere ablehnt. Sie mag es nicht so gerne, wenn Clarissa dabeisitzt, wenn Irmi nachher kommt. Irmi würde Clarissa ausfragen, dann könnte auf einmal klar sein, dass sie schon ziemlich lange keine Miete mehr bezahlt hat. Vielleicht weiß sie das gar nicht, vielleicht geht sie davon aus, dass sie sogar noch ein Guthaben hat. Das war schon einmal so, vor über einem Jahr war das, und es war ihnen allen recht unangenehm. Dass jemand, der ständig mit großen, auch internationalen Projekten zu tun hatte, seine privaten Finanzen nicht im Blick hat, so tun kann, als wüsste er gar nicht, ob vor dem Betrag auf dem Kontoauszug ein Plus oder ein Minus steht, das kann sie sich nur schwer vorstellen. Dass jemand seine Kontoauszüge nicht regelmäßig kontrolliert, das will sie sich gar nicht ausmalen. Irmi und Clarissa mögen einander, eine Wellenlänge, zumindest früher war das so. Sie kennen einander aus der Zeit, in der sie und Tobias zusammen in die Schule gingen, und Irmi, die viele Freundinnen und Freunde ihrer Kinder bei sich aufnahm, war immer ein bisschen stolz auf sie, wenn sie hörte, welchen Karriereschritt Clarissa jetzt schon wieder gemacht hatte, freute sich, sorgte sich, fragte nach, hinterfragte ständig alles. Als sie bei ihnen einzog, sagte sie Dinge wie : ist doch eine wunderbare Idee, mit dem Babysitten. Für alle ideal. Und vielleicht kommt sie dann auch auf den Geschmack. Das wäre nicht das Schlechteste. Um sich sofort zu korrigieren : muss ja nicht sein, Frau kann auch ohne Kind glücklich sein, nicht wahr? Vernünftig kam ihr das vor, dass Clarissa nicht mehr in einer sündteuren Designerwohnung wohnte, auch davon hatte sie gehört. Eine gute Übergangslösung. Jetzt dauerte dieser Übergang schon relativ lange, und Irmi war nicht die Einzige, die sich um Clarissa sorgte. Einmal hatte sie, vorsichtig, ganz vorsichtig, bei ihr nachgefragt, ob sie auch stundenweise arbeiten würde. Bei ihr am Institut würden sie immer wieder jemanden brauchen. Nahm sich gleich wieder zurück und gab die Erklärung für Clarissas Schweigen selber, unmittelbar in die Pause hinein : sicher ist es am besten, du suchst dir wieder eine adäquate Anstellung, du darfst dich natürlich nicht unter deinem Niveau verkaufen.

Klara fragt sich, was Clarissa denn von ihr wollen könnte. Sie mag es nicht, wenn die andere dasteht, ohne etwas zu sagen, sie kann sich ja in den Garten setzen, wenn es das ist, was sie möchte. Was will sie ihr denn sagen mit ihrem stummen Dastehen, mit ihrem gebügelten Hemd und der großen Tasche, den Sonnenbrillen in der Hand? Clarissa richtet ein paar uninteressierte Fragen an Kyra, die gleich mit Traktor und Anhänger zu ihr hingestartet ist. Dann will Selina, die Clarissa nicht einmal beachtet, in den Anhänger, aber gleich darauf krabbelt Selina wie ein Baby über die Wiese zur Sandkiste zurück und deckt Clarissas Zehen mit Sand zu. Ach, ich wollte dich nur fragen, ob ich dir was mitbringen soll, ich gehe nachher beim Bäcker vorbei, und weil der ja schon so früh zumacht und wenn Selina schläft oder so. Danke du, ich hab alles. Klara ärgert sich ein bisschen, dass Clarissa so tut, als wäre Selina gar nicht da. Als sie ein Auto heranfahren hören und nach dem Absterben des Motors das Geräusch einer Handbremse, die zu stark angezogen wird, verabschiedet sich Clarissa flüchtig. Klara sagt, warte, ich geh mit dir raus, das wird die Oma sein.

Clarissa hat den Haustorschlüssel in der Hand, Irmi streicht ihr über den Oberarm, einen schweren Plastiksack hat sie auf den Asphalt gestellt. Ich komm direkt vom Friseur. Was sagt ihr? Sie redet laut wie immer, ihre tiefe Stimme passt gut zu dem großen kräftigen Körper, den sie früher oft in lange Kleider gehüllt hat, jetzt trägt sie eine weite Hose, klobige Sandalen und eine wilde Kette über der ärmellosen Tunika. Sie schaut zwischen den beiden jungen Frauen hin und her, dann auf die Mädchen, die umständlich Traktor und Anhänger über die Schwelle heben, dann wieder einsteigen und auf die Großmutter zusteuern. Clarissa verabschiedet sich von Irmi, redet irgendetwas von Terminen, Irmi nickt wissend, beugt sich zu ihren Enkelkindern hinunter. Klara muss den Pappteller mit den Kuchen oder Leckereien vom Beifahrersitz holen, sie gehen zurück ins Haus, und Klara drückt auf den Schalter, der das elektrische Tor schließt.

18

Kevin sitzt in der Redaktionskonferenz und ist ein bisschen abwesend, denkt darüber nach, ob er sich eine neue Brille kaufen soll und ob er die dann auch tragen würde, er wartet auf einen Text und muss deshalb während der Konferenz seine E-Mails checken. In der Zwischenzeit sitzt der Autor im Zug irgendwo, meldet sich telefonisch, am nächsten größeren Bahnhof wird er aussteigen, und alles wird rechtzeitig eintreffen, und Kevin wird ein bisschen enttäuscht sein, wie er es manchmal ist, wenn er einen Text liest, der durchschaubar ist und ungefähr so, wie es zu erwarten war. Er geht mit seiner Kollegin in das Kaffeehaus gegenüber der Redaktion, sie essen eine Kleinigkeit und reden über die kommenden Festivals, immer fahren sie abwechselnd, fair teilen sie Aufgaben und Kosten, alles anteilig, Details und Listen von Filmen und Interviews. Bei einem Espresso reden sie über die G. Kevin liebt

Diven und Birgit liebt Diven. Sie teilen sie miteinander wie ihre Aufgaben, wie den Platz, den sie zur Verfügung haben, und den Ärger darüber, dass der immer kleiner wird. Heute Birgit : die G., die zu einem Interview in Cannes eine Stunde zu spät erscheint, weil sie noch spazieren gehen wollte. Kann man ja verstehen, nicht? Ist ja ihr Film. Läuft schließlich an der Croisette. Eine Liste der Diven, auf die man schon gewartet hat, eine schöne Sammlung. Die Zeit nehmen. Dann weht auf der Terrasse, auf der das Interview stattfinden soll, starker Wind, der Kollege schlägt vor, dass sie vielleicht einen anderen Ort aufsuchen sollen, wegen der Haare. Daraufhin flippt sie aus, sie wolle endlich anfangen, und ihr Gegenüber rede nur über Haare – Kevin macht in Gedanken ein Kreuz hinter dem Namen der Schauspielerin, sie war längst auf der Liste. Launisch, was ist das, hat sie einmal gesagt. Disziplin und Konsequenz und wie sie sich über den Abgrund beugen, wer hat das gesagt : eine Diva verkörpert wahrscheinlich den Abgrund. Birgit verdreht die Augen. Auf kleines, normales Glück nicht herabsehen, schon verstehen, dass man das auch möchte, dass man das vielleicht möchte. Wenn es denn möglich wäre. Wenn dieser Moment, in dem man feststellt, es geht mir doch gut, halten soll. Wenn es möglich wäre. Birgit und Kevin sind mit einigen Schauspielern befreundet, auch Zicken sind darunter. Mitunter sind sie auch Kollegen von Schauspielerinnen. Eine Diva ist Kollegin von niemand.

In der Redaktion schaut er sich auf DVD einen Film an, der bald ins Kino kommt. Notizen auf Papier.

Weiter vorne im Notizbuch : Szenen eines Films, der noch gar nicht geschrieben ist. Dann : ein paar Sätze zu einem Vortrag über Nähe oder Fremde, es ist noch nicht sicher, hat so viel miteinander zu tun wie alles und nichts. Nähe, wahrscheinlich, die Angst macht. Ohne Vergrößerungen, ohne Zoom oder Fokus, unmittelbar, nicht besser beleuchtet als sonst. Weiter hinten im Notizbuch : Sätze aus einem Text, die gesprochen werden sollen, Sätze, die auftauchen sollen, belichtet, geschnitten, die sich allen Raum nehmen sollen, alle Möglichkeiten. Kevin liest die von ihm sehr akkurat zitierten Sätze in seinem Notizbuch, schlägt die entsprechenden Seiten auf, liest sie im Original nach. Er trägt das Buch seit einigen Wochen mit sich herum. Hitchcock hat er immer dabei, aber was in die zweite Manteltasche wandert, das variiert. Zur Zeit diese Geschichte zweier Schwestern, von der er gar nicht genau weiß, ob sie nicht auch eine Familiengeschichte ist, nun ja, ist sie wohl, wenn zwei Schwestern vorkommen, die sind ja auch Familie. Schon eine Weile diese Geschichte, die aber ganz und gar kein ausufernder Familienroman ist, sondern eher ein Text über eine kleine Weile Jetzt, eine Zeitspanne, die er nur allzu gut kennt. Die Geschichte hat dennoch eine unheimliche Angst in ihm ausgelöst. Alles wird vorsichtig, oft beiläufig erzählt und irritiert dennoch durch seine Klarheit und Deutlichkeit. In dem Band gibt es sechs Erzählungen, und Kevin stellt sich vor, daraus einen kleinen, trotzdem ausufernden Episodenfilm zu machen. Er blättert in seinem Notizbuch wieder nach vorne, denn die meisten Figuren stolpern ständig in den Texten hin und her, bewegen sich von einem zum anderen, was ja, auch Raimund und Vera haben ihm das bestätigt, nichts Außergewöhnliches ist und nicht aufregend, aber hier, bei diesen Erzählungen, ist es anders. Diese Literatur beschreibt haargenau die Zustände von heute in Geschichten von gestern oder vorgestern. Als vieles anfing, als ein Umbruch schon zurücklag, man sich aber noch gut erinnern konnte. Diese Menschen reden ganz und gar heutig, es ist aber nicht falsch, dass sie, so stellt sich Kevin das zumindest vor, in Hemden mit Krägen aus den Siebzigern und Schlaghosen und Minikleidern in bunten Farben herumlaufen. Kevin hat sich vorgenommen, alle Sätze dazu zu vernichten, wenn er die Autorin treffen und davon überzeugen kann, dass aus diesen Erzählungen dringend ein Film werden muss. Er will nicht das Drehbuch verfassen, denn er ist kein Drehbuchautor, er will den Film weder produzieren noch will er gar Regie führen. Er wüsste einen Regisseur und eine Regisseurin, die diesen Film machen könnten, aber das liegt an der Autorin. Er hat gar kein Interesse, an diesem Film mitzuwirken. Er will ihn sehen. Nachdem auch der Musikredakteur das Zimmer verlassen hat, ruft Kevin eine Bekannte von Vera an, die in einem großen Verlag arbeitet, aber sie kann, sagt sie, zum zweiten Mal bereits, die Telefonnummer nicht herausgeben, das geht einfach nicht. Jetzt verspricht sie ihm aber, dass sie eine Karte an die Autorin weiterleiten könnte, das wäre kein Problem, ja, auch eine E-Mail, aber sie würde sie per Post schicken, denn sie beantworte ihre elektronischen

Nachrichten nicht besonders regelmäßig. Manchmal schreibe sie seitenlange Mails, antworte unmittelbar, dann komme wieder Tage oder Wochen nichts. Ich rufe sie an, wenn ich ihr eine Nachricht geschickt habe, die so wichtig ist, dass sie schnell bearbeitet werden soll, Fahnen zum Beispiel, Anfragen von Veranstaltern oder so. Während sie noch telefonieren, schreibt Kevin an dem Mail, lässt sich von der Verlagsfrau Tipps geben, wie er sie am besten anredet undsoweiter. Dann sagt er noch : bitte.

19

Irmi ist eine freundliche Großmutter, die bei allen ihren Enkeln regelmäßige Besuche absolviert, gut dosieren kann, wann sie sie sehen möchte, wann wer bei ihnen übernachten darf undsoweiter. Klara soll sich nach Kaffee und Kuchen ein, zwei Stunden freinehmen. Sie könne ja in die Stadt fahren oder ins Schwimmbad gehen. Kyra möchte mit, wenn Mama schwimmen geht, Oma und Selina können ja zuhause bleiben, aber nein, Klara will nicht ins Schwimmbad, sie will auch gar nicht in die Stadt und sie will sicher nicht im Büro der Dienststelle vorbeischauen, wie Irmi das andeutet. Sie steht auf und geht in die Küche, um zu telefonieren. Wie wär's mit einem spontanen, geheimen Rendezvous? Nur du und ich. Du kannst dir doch eine Stunde freinehmen, und wir treffen uns beim Café am Teich.

Wir könnten ein Bier trinken. Sie ist ein bisschen aufgeregt, sie hat so schnell in den Hörer gesprochen, ohne genau darüber nachzudenken. Sie würde ganz schnell unter die Dusche, das weiße Kleid anziehen oder, wenn das zu sehr zerknittert ist, weil sie es letztens in den Kasten gestopft hat, anstatt es aufzuhängen, die helle Leinenhose und ein weißes Top. Sie würde nicht mit Irmis Auto fahren, obwohl die es ihr wahrscheinlich aufdrängen würde, sie würde sagen, dass sie nur in die Bücherei fährt und – Klara, das geht jetzt grade gar nicht, ich bin mitten in, ich muss hier was fertig machen, wir haben nachher eine Präsentation mit den Leuten von der Stadt, der Baumeister kommt jeden Moment, Tobias spricht etwas weg vom Hörer, dann wieder ist seine Stimme bei Klara. Ich würde auch gern ein Bier mit dir trinken, aber ich muss arbeiten. Ist alles in Ordnung? Ich ruf dich gleich wieder an, sorry. Klara schaltet die Kaffeemaschine ein, geht in den Garten, fragt Irmi, was für einen Kaffee sie mag, dann macht sie Tee für sich und geht mit einem großen Tablett, auf dem ein Wasserkrug, zwei Becher, ein kleiner Kaffee in einem von Tobias bemalten Espressogläschen und eine große Teetasse stehen und Gabeln aus Plastik und Silber liegen, zurück in den Garten und deckt den Tisch. Es wäre schön, wenn du oder ihr in den nächsten Tagen abends auf die Räuberprinzessinnen aufpassen könntet, wir würden gerne einmal wieder ins Kino gehen. Ein bisschen später ruft Tobias zurück, tut kurz besorgt und erzählt von einer Besprechung, die sie vorverlegen mussten, das könnte ein bisschen länger dauern, halb sieben wird knapp werden, aber ich beeile mich und dann koche ich? Klara beruhigt ihn : es war nur ein spontaner Gedanke, vergiss es. Gleich darauf überkommt sie das Gefühl, dass er gar nicht weiß, wovon sie eigentlich redet. Bitte beeil dich, du brauchst nicht zu kochen, das wird zu spät sonst, ja, ist gut. Als Irmi auch mit ihrem Sohn sprechen will, winkt Klara ab und legt auf. Er hat eine Besprechung, ich glaube, das passt jetzt nicht so gut. Irmi schaut sie genauer an. Sag, bist du schwanger? Oder trägst du einen BH, der deinen Busen größer macht? Diese Art von Offenheit ist Klara immer noch ein bisschen unangenehm. Witzig, dass du fragst. Ich glaub, ich hab heute schon davon geträumt. Das Thema macht Irmi noch fröhlicher, als sie schon ist. Sie führt gleich aus, dass es für Tobias dringend notwendig wäre, beim nächsten Kind aber tatsächlich in Karenz zu gehen. Denn so habe sie ihn eigentlich erzogen, zu einer echten Partnerschaft, das sei ja heute möglich und niemand sei so unabkömmlich, seine Firma sei groß genug, die müssten das schon mittragen, noch dazu so ein kreativer Haufen, da sei das doch umso wichtiger, dass sie mit gutem Vorbild vorangingen undsoweiter. Von welchem Geld sie dann leben sollten, zu fünft, das sagt sie nicht. Denkt Klara, die ihr zustimmt, es ist ihr nicht wichtig. Kyra mischt sich ins Gespräch, sie klopft Irmi auf die Finger. Omi, hör mir zu, ich muss dir dringend was sagen. Dann schaut sie ihre Mutter an. Ist jetzt noch Sommer? Ja. Omi, kannst du mir mal zuhören, ich muss dir was sagen. Ich kann jetzt schon ziemlich gut schwimmen, sag doch der Mama, sie soll Wasser ins

Becken einfüllen, dann kann ichs dir zeigen. Omi, hast du mich überhaupt schon einmal schwimmen gesehen? Weil die Kleinere aber ein wenig verkühlt ist und weil es unfair wäre, wenn sie zuschauen müsste, wird kein Wasser eingelassen. Aber Kyra kann nachher beim Gießen helfen, das heißt, Klara wird sie mit dem Schlauch abspritzen, was sie im Moment nicht gerade tröstet, denn sie will schwimmen. Nachdem Klara und Kyra den Gemüsegarten hinter dem Haus und alle Sträucher gegossen haben, während Irmi Selina zuschaut, wie sie die kleinere der beiden Rutschen raufkrabbelt und runterrutscht, liest Irmi den Mädchen etwas vor, Kyra zeichnet dazu und Klara liegt daneben in einem Liegestuhl und hört mit Kopfhörern ein paar Kapitel aus *Sternstunden der Menschheit.* Manchmal dreht sie die Lautstärke zurück, um Kyra zu hören, die ihre Großmutter sofort ausbessert, wenn diese ein Wort überliest oder einen Satz nicht korrekt vorträgt. Nimmt sich vor, einiges von ihren Sprüchen zu notieren. Sie macht es zu unregelmäßig, vergisst die Hälfte. Manchmal hat sie ein Déjà-vu, wenn Selina etwas sagt oder tut, kann sich aber nicht mehr daran erinnern, wie es bei Kyra wirklich war. In dem Moment, als ihr die Augen schwer werden und ihr Leib tiefer in den Liegestuhl hineinsinkt, schüttelt sie Kyra. Das Telefon, Mama. Vor der Tür steht Li mit ihrem Sohn, das Klingeln war im Garten nicht zu hören. Li, die in den Abendkurs muss, in dem sie etwas lernt, das sie schon einmal gelernt hat, aber woanders, und die vor dem Abendkurs noch ein paar Sachen erledigen muss und deren Mann im Stau steht, auf dem

Weg nachhause. Benjamin trottet durch das Vorzimmer ins Wohnzimmer, in den Garten. Kyra geht ihm gleich nach, schickt ihn zum Traktor, kehrt noch einmal zur Großmutter zurück, Ende der Geschichte. Dann mag sie sich ein bestimmtes Bild noch einmal anschauen und verabschiedet die Großmutter mit vielen Küssen auf Wange, Nase und Stirn und bringt ihre Bilder, die sie eben gezeichnet hat, zu Benjamin in den Garten. Sie erzählt ihm die Geschichte in ein paar prägnanten Sätzen mit aufgeräumtem Vokabular und in rasendem Tempo, gibt die Bilder Klara, die sie in ihre Lade räumen soll. Macht es dann selber. Selina darf mitspielen, Familie. Jede Familie braucht ein Baby, mindestens. Irmi hat es plötzlich eilig, Freunde kommen zum Kartenspielen, sie muss den Einkauf nachhause bringen, der Opa kocht für alle groß auf.

20

Zuerst wirft Klara einen Blick in den Kühlschrank, dann räumt sie den Geschirrspüler aus und wieder ein, die Kuchenreste wandern in den Kühlschrank. Klara klappt den Laptop, der immer noch offen auf dem kleinen Tisch zwischen den Sofas steht, zusammen und bringt ihn ins Schlafzimmer. Weiß gar nicht mehr, was sie eigentlich nachschauen wollte. Hat jetzt keine Lust, ihre E-Mails abzurufen. Sie füllt die Waschmaschine voll und fängt an, aus dem Haufen von Kleidungsstücken, die im Schrank liegen, welche herauszuziehen und zusammenzulegen. Wenn sie nichts aus dem Garten hört, schaut sie durchs Fenster des Schlafzimmers, einmal geht sie nach draußen, die drei Kinder haben sich nach hinten verzogen und inspizieren etwas in der Wiese. Sie geht wieder ins Haus, der Kleiderhaufen wird nicht wirklich kleiner, sie gibt fürs Erste wieder auf. Während sie kocht, schauen die Kinder eine Folge Pippi auf DVD, dann noch eine zweite. Selina hält sich die halbe Zeit genüsslich die Augen zu, versteckt ihren Kopf hinter dem Rücken der großen Schwester. Wenn sie nicht auf den Bildschirm schaut, beobachtet sie die Gesichter von Benjamin und Kyra. Imitiert sie, reißt die Augen weit auf, verdrückt sich wieder ins Sofa. Klara hat den Tisch für fünf gedeckt, und als endlich alle am Tisch sitzen, läutet es. Christian will seinen Sohn abholen. Geht aber nicht mitten im Essen. Klara hat Palatschinken gemacht. Marmelade für die Kinder und Spinat mit Schafskäse für die Erwachsenen. Christian setzt sich auf Tobias' Platz. Ist den Erwachsenen einen Moment lang peinlich. Was eigentlich? Dass Tobias wieder einmal zu lange arbeitet? Dass Christian sich verspätet hat und in den Genuss eines fertigen Abendessens kommt? Vielleicht geniert sich Klara dafür, dass sie Christian sympathisch findet, und Li und Tobias sind nicht dabei. Vielleicht ist es ihnen ein bisschen unangenehm, dass sie nicht genau wissen, worüber sie reden sollen. Am Spielplatz hat Li immer wieder von Christian erzählt, Details, von denen er bestimmt nicht möchte, dass Klara das so genau weiß. Klara würde niemals einer guten Bekannten solche Dinge erzählen, schon gar nicht einer Nachbarin. Er fährt aber auch Rennrad. Nein, ist früher einmal Rennrad gefahren, das Hometrainer-Gestell findet er beeindruckend. Es ist gar nicht so, dass sie keine Gesprächsthemen haben. Kyra und Ben finden es super, jetzt fehlen nur noch Mama, deine Mama, meine ist ja da, und Papa, deiner, meiner ist ja gerade gekommen. Klara lädt Christian und Ben und Li zum Grillen ein, bald. Sie macht noch eine dritte Runde Palatschinken für Kyra, Ben und Christian und denkt daran, eine Flasche Wein aufzumachen, aber das kommt ihr dann doch ein wenig übertrieben vor. Sie hört die Haustür auf- und zugehen, als sie in der Küche steht. Dann setzt sie sich wieder an den Tisch, alle haben alles aufgegessen; es ist schon halb acht, als Christian und Benjamin nachhause gehen.

Klara setzt Selina und Kyra in die Badewanne, eine knappe Stunde später liegen die beiden Mädchen in Selinas Bett. Klara sitzt mit der Gitarre vor ihnen auf dem Boden und singt das Lied von der Mühle, Kyra summt leise mit, die zweite Strophe will sie noch einmal hören und noch einmal. Als Selina die Augen zufallen, wechselt Kyra zu ihrem Schnuffelhund und erzählt ihm bei Licht noch eine Gutenachtgeschichte. Klara räumt den Tisch ab, räumt den Geschirrspüler ein und kehrt mit einem Handbesen die Brösel unter dem und um den Esstisch herum auf, will jetzt nicht mehr den Staubsauger einschalten, obwohl man den im Kinderzimmer gar nicht hören kann. Als sie die Wäsche aufhängt, steht die Größere hinter ihr im Wohnzimmer. Schnuffel kann nicht einschlafen. Sie will noch eine Folge Biene Maja anschauen, was ja jetzt geht, weil Selina, die sich dabei fürchtet, schon schlafe, und Schnuffel nie Angst habe. Klara bringt sie wieder ins Bett und bleibt bei ihr, bis sie eingeschlafen ist.

Sie sitzt noch eine Weile am Fußboden im Kinderzimmer. Das Atmen ihrer Töchter. Froh über einen Tag, an dem sie kein einziges Mal laut geworden ist. Auch als Kyra an der Supermarktkasse unbedingt vier Überraschungseier haben wollte, eins für sich, eins für Selina und sich und eines für ihre neue Freundin im Kindergarten, hat sie nur Nein gesagt und die Eier wieder ins Regal geräumt. Hat ihr auf x Warums immer wieder das Gleiche geantwortet und nicht darauf geachtet, was die Leute hinter ihr dazu zu sagen haben, wie sie dreinschauen. Und als ihre Tochter den kleinen Saft, den sie ins Einkaufsnetz geschmuggelt hat und den Klara nicht bezahlt hat, weil sie ihn gar nicht bemerkt hat, nicht zurückgeben wollte, sind sie gemeinsam noch einmal zur Kasse, und Kyra hat mit einer Münze bezahlt. Anstandslos. Sich bald überreden lassen, ihn erst auf dem Nachhauseweg zu trinken und nicht schon im Supermarkt. Wenn sie schlafen, hat sie selten das Gefühl, endlich, endlich. Aber wenn sie ihre Kinder atmen hört, überkommt sie manchmal diese Einsamkeit und Angst, die sie erst kennt, seitdem sie Mutter ist. Eine Form des Alleinseins, die sie früher nie gespürt hat und die sie sich gar nicht vorstellen hätte können im Zusammenhang mit einem Mann, der ihr Mann ist, stark und klug und an- und abwesend, und mit den Kindern, ihren

Kindern. Sie inmitten von Liebe und Geborgenheit, Fröhlichkeit immer wieder, als Mittelpunkt einer eigenen Familie : dass alles so richtig ist, wie man es nicht ahnen kann, vorher, und plötzlich, manchmal, dieser Stich oder Schlag, wirklich mitten ins Herz, und sie weiß nicht, was für eine Angst, was für eine Einsamkeit, weil niemand weggeht, weil nichts aufhört, aber vielleicht ist es der Gedanke, dass es einmal aufhören kann, immer eigentlich, was sie nicht denken will. Zwar ist sie auch ein bisschen abergläubisch, aber das hat damit wenig zu tun. Vielleicht ist es das Wundersame, das manchmal auf ihre Schultern drückt, gewaltig, sodass ihr vorkommt, ihre Schultern sind viel zu schmal, viel zu wenig Lebendgewicht, niemals ist das zu stemmen. Last? Inmitten dieser Beständigkeit, inmitten dieses immer gleich strukturierten, manchmal anstrengenden, manchmal einfach nur guten Alltags, wenn sie deutlich spürt, Universum genug. Diese Ahnung oder Furcht, sich aufzulösen oder zu verschwinden, vielleicht unter all dem, was ihr Leben ist. Vielleicht ist es der Schrecken, nicht mehr da sein zu können für ihre Familie, aber so konkret ist ihre Angst nie, ein Schrecken ist es auch gar nicht. Dass die Koordinaten nicht immer die waren, nicht immer die gültigen, die ihr Leben bestimmen seit fast fünf Jahren. Vielleicht ist es das.

Sie steht auf und hält ihr Gesicht nahe an das von Selina und dann an das von Kyra, als wollte sie sich vergewissern, dass sie noch atmen. So wie am Anfang, wenn sie nach ein, zwei Stunden Schlaf plötzlich kontrollieren musste, ob ihre neugeborene Tochter noch schläft. Natürlich schlafen sie; man sieht das Rot der Wände nicht, bis auf ein paar Streifen Licht, das durch die metallenen Jalousien auf den Boden zwischen den Kinderbetten fällt, Nacht für Nacht, ist keine Farbe im Zimmer erkennbar, ist es fast dunkel. Sie stellt die Gitarre an die Wand und geht aus dem Kinderzimmer.

21

Die Kisten mit den Filmen hatte ich endlich in den Einbauschrank geräumt, der genügend Platz bot für die Dokumentation von mehreren Großfamilien, aber eine der Türen ließ sich nicht schließen, sprang immer wieder auf. Super-8-Filme, eine Schachtel mit ein paar Videos. Tobias und Klara würden bestimmt nichts dagegen haben, wenn ich einen Sonntagnachmittagsausflug nutzte und in ihrem verdunkelten Wohnzimmer Familienfilme anschaute. Die neuen Pächter hatten die Kisten an meine Schwester und mich übergeben, als wäre es selbstverständlich, dass unsere privaten Filme nicht zum Inventar des Gasthauses zählten. Der Zusammenhang zwischen den Gasträumen, den Feiern auf der Terrasse und diesem immer noch entflammbaren Material war ihnen nicht klar. Dass mein Vater keine Hauptrolle spielte in diesen Filmen, das konnten die neuen Pächter, die mittlerweile die Besitzer des alten Hauses waren, nicht wissen. Auch nicht, dass er nie eine Kamera in der Hand gehabt hatte und dass er am Familienleben überhaupt kein Interesse hatte. Was war das denn für eine Familie? Onkel Heinz und seine exotischen Freundinnen, später eine Frau, die bald nach der Hochzeit starb, meine Schwester, ich. Manchmal Aufnahmen von Familienfesten auf der Terrasse. Niemandem war es je aufgefallen, dass Onkel Heinz schon lange keine Filme mehr machte, nur noch hin und wieder ein paar Fotos. Vielleicht hatte auch niemand bemerkt, dass meine Schwester irgendwann nicht mehr dabei war. Das Aufeinandertreffen beim Begräbnis unseres Vaters aber war eines von allergrößter Selbstverständlichkeit. Ich hätte sie nicht wiedererkannt, aber Cousins und Tanten, Freunde meiner Eltern und Onkel Heinz natürlich gingen ganz unbefangen auf sie zu und sprachen ihr ihr Beileid aus, das sie ratlos zurückgab. Unsere Mutter sprach kein Wort mit ihr. Zumindest nicht vor mir und den anderen. Die meisten kannten ihre Bücher, sie war ja eine bekannte Frau, eine Zeitlang, vielleicht war sie es immer noch. Sie wollte die Filme nicht haben, beharrte darauf, dass sie mir zustanden, aber ich würde mir diese Filme nicht ansehen, ich würde, so wie sie, diese Familie jetzt auch einmal hinter mir lassen. Ich würde meine Mutter nicht mehr anrufen, sie nicht fragen, wie sie ihre Tage verbrachte. Ihr nichts mehr von mir erzählen. Mich fragte sie nie. Nichts mehr erfinden und sie nichts mehr erzählen lassen. Geschichten. Weißt du, dass deine Cousine Manuela Zwillinge erwartet? Und stell dir vor, Eva ist mit dem Franzosen, von dem sie schwanger ist, zusammengezogen, ans Ende der Welt, also zumindest ans andere Ende der Stadt, sie hätte ja zu meiner Schwester ziehen können, aber da würde der Franzose nicht mitspielen. Stell dir das vor. Weißt du, was der Franzose beruflich macht? Hast du von Manuels Aufstieg gehört? Trefft ihr euch manchmal, wenn er in der Stadt ist? Willst du nicht mit ihm reden? Von sehr weit weg war da ihre Stimme zu hören, nicht mehr so schrill, nicht mehr so laut wie früher. Sie machte mehr Pausen beim Sprechen. Sie redete doch kaum noch mit mir. Vielleicht sollte ich mein Telefon wieder einmal einschalten, ja, vielleicht.

22

In der dunklen Küche piepst ihr Handy (*ich bin endlich auf dem nachhauseweg meine schöne*), sie schaltet das Licht im Esszimmer aus, schließt die elektrische Oberlichte. Schienen und Mechanismen, die sich durch dieses Haus ziehen, Knöpfe und Schalter neben den Türstöcken, vielen kann man die Funktion gar nicht mehr nachweisen. Ein unbeleuchtetes Esszimmer ist gespenstisch, unangenehm ist sein Geschmack oder der Gedanke daran, allein darin zu sein. Die Zimmerpflanzen verstellen eine schmale Balkontür; sie werden selten gegossen, autonom sind die, nicht besonders freundlich. Von dieser Seite ist kein Licht zu erwarten, und der Schlüssel wurde bald nach dem Einzug in eine Küchenschublade geworfen. Wenn sie durch die andere Tür in den Raum gehen würde, würde sie in eine Art

Wintergarten gelangen. Vollgestellt mit Kartons, bei den meisten weiß sie nicht, was darin sein könnte, Zeichengeräte, ein paar Möbel, die zu schön sind, um sie wegzuschmeißen, oder die sie geerbt und aus Höflichkeit den Toten gegenüber noch nicht entsorgt haben. Durch diese Balkontür, die auch in den Garten führt, in den hinteren, den alten Teil des Gartens, in dem der Gemüsegarten liegt, ist nie jemand von ihnen gegangen. Sie würde das Licht sehen, das aus Clarissas Zimmer auf die Wiese fällt, und nicht darüber nachdenken wollen, was die dort macht. Klara hat kein Problem damit, dass da unten jemand wohnt, auch wenn der gemeinsame Eingang etwas gewöhnungsbedürftig ist. Anfangs war Clarissa nicht so viel zuhause, tagsüber nie, sie kam nur zum Schlafen und das ganz spät. Seit Clarissa nicht mehr arbeitet, und weil sie es erst so viel später erfahren haben, ist aus dem unangenehmen Gefühl eine Sorge geworden, und Klara weiß nicht sicher, wer aller davon betroffen sein könnte. Manchmal schließt sie sie extra von ihren Überlegungen aus, und Klara findet es nicht fair, was die Situation mit ihr macht. Klara ist eine Frau, die nicht darüber hinwegsieht, wenn es jemandem schlecht geht. Clarissa lässt sich von ihr nicht helfen, und Klara will sich nicht aufdrängen. Klara kennt sich nicht aus, kann sich da etwas nicht so genau vorstellen, vielleicht will sie das auch nicht. Klara streift durch die Wohnung, räumt Spielzeug in Kisten, legt ein paar Kinderbücher auf dem Wohnzimmertisch übereinander. Sie könnte in einem der Sofas versinken, aber sie will nicht auf der Stelle in tiefen Schlaf fallen. Wenn sie alleine ist, passt Musik nicht in diesen Raum, sie kann es nicht ändern. Das Licht ist heruntergedimmt, alle Zimmertüren stehen offen, auf dem Fußboden liegen Zeitungen und ein paar Broschüren herum. Die sie in die Küche räumt. Ein Zeitungsstapel reicht. Ein kleiner Stapel mit Büchern, in einem alten Koffer Schallplatten, im kleinen Regal ihre CDs, Kinderkleider, ein Spielzeugtelefon, sie hat das Sommerkleid, das sie vorhin probiert hat, wieder aufs Bett geworfen : die wirkliche, echte Ordnung wird sie nie schaffen. Das zu groß geratene Fenster in dem zu groß geratenen Wohnzimmer zeigt auf den Garten, eine dunkle Ahnung nur; die marmorne Fensterbank ist innen mit Pflanzen, außen mit Spielzeug, Kerzenstumpen, Geschirr und Buntstiften angeräumt. Die Bäume sind hoch, alles in dem Garten ist schmal, die Mauern scheinen höher als das Haus, das sie umzäunen. Es ist ein niedriges Gebäude mit Legodach inmitten von Wohnblöcken. Weiß, grau, bräunlich. In der Küche ist es still. Dann hört sie ein Geräusch, denkt : jetzt einmal einfach nichts hören. Da ist auch nichts. Es erstaunt sie. Im Haus ist es vollkommen ruhig. Sie liebt es, dass ihre Kinder einen Garten haben, dass es für sie selbstverständlich ist, die meiste Zeit draußen zu verbringen, aber manchmal wünscht sie sich die akustische Übersichtlichkeit ihrer Zweizimmerwohnung zurück. Sie schaltet den Fernseher ein, warum hat sie nicht vor einer halben Stunde schon daran gedacht? Die Bilder am Bildschirm sind so irreal wie immer, das hat mit ihr nichts zu tun. Dann wieder : als würde die Echtheit des vergangenen Tages ausradiert werden mit jedem Schnitt. Es beruhigt sie, besänftigt sie, und sie kann die Nachrichtenbilder vorüberziehen lassen, mitfühlend, aufbrausend, verständnislos.

Tobias hat seine Tasche auf den Boden fallen lassen, er nimmt Käse aus dem Kühlschrank, Butter, ein Bier. Geht hinüber ins Wohnzimmer und küsst seine Frau, die gerade eingenickt war. Sie schaltet den Ton aus und kommt mit ihm in die Küche, wo er im Stehen ein Käsebrot isst. Sie trinkt von seinem Bier. Als er sagt : ich mag es, wenn mich beim Nachhausekommen eine so schöne Frau erwartet, auch wenn sie schon eingeschlafen ist vor lauter Warten, schüttelt sie den Kopf. Als würde sie das irritieren, schüchtern. Später sitzen sie auf einem der riesigen Sofas, es ist kaum ein Geräusch zwischen ihnen, sie will diesen Tag nicht anschauen wie eine Zusammenfassung im Fernsehen.

Auf einmal (wer hat angefangen?) habla Español?, reden sie in ihrer eigenen Sprache. Tobias sagt einfache Sätze auf Italienisch, um in Fahrt zu kommen, Klara redet Spanisch. Das ist die Sprache, die sie von ihrer Mutter und ihrer Schwester abgetrennt hat, weil es ihnen Angst machte, dass sie, mit derselben Herkunft und ohne höhere Bildung, plötzlich eine Fremdsprache konnte. Weil sie nicht genau wissen können, was der andere sagt, gelingt jedes dieser Gespräche vollkommen, es ist ihre Gewissheit, den anderen zu verstehen, ganz und gar. Wir machen eine Reise. Gibt es einen Bus oder einen Zug in diese Richtung? Das ist nicht wichtig. Wir nehmen, was kommt. Wir nehmen den nächsten Zug? Wohin fährt der Zug? Ich habe zwei Kinder, ich will die Reise aber gut planen. Wir sind zu spät, und wir haben viel Gepäck, wir nehmen den nächsten, der kommt. Jeder nimmt ein Kind auf die Schultern, und dann rennen wir. Das Gepäck lassen wir nachkommen. Wir müssen nur wissen, wie der Endbahnhof heißt. Und wenn es drei Kinder sind, wer trägt dann das dritte? Aus welchem Land kommst du? Österreich, ein schönes Land. Da gibt es Berge und Seen. Ja, aber an den Seen kann man nicht Urlaub machen. Tobias pflanzt mitunter ein Wort aus dem Portugiesischen in sein Italienisch. Italienisch hat er in der Schule gelernt, Portugiesisch von Leuten, die heute noch seine Freunde sind. Ich hätte gern einen Bungalow mit zwei oder drei Zimmern mit Blick auf den Vulkan. Gibt es in der Nähe Pferde, die man mieten kann? Wir haben auch ein Zelt, wir sind unabhängig. Zwei Zelte! Ich würde auch gern fahren, aber es ist nicht notwendig. Ein guter Plan sollte schon verwirklicht werden. Gute Pläne haben wir viele. Und ein ganzes Leben Zeit. Ja, sicher, sagt Tobias da, und Klara : es findet auch auf Deutsch statt, es macht nichts.

Bevor sie sich hinlegen, nimmt Tobias den Kleiderhaufen vom Bett, verfrachtet ihn auf eine Kommode, ein paar Teile fallen auf den Boden. Hier wird es immer dichter. Klara spricht aus, was er denkt. Und dann, was sie denkt, ziemlich oft, wenn sie das Schlafzimmer betritt : du wolltest den Kleiderkasten zusammenschrauben, ist jetzt auch schon ein bisschen her. Sie schauen einander an. Deine Süßen haben heute kein einziges Mal nach dir gefragt, du bist ein schrecklicher Ehemann und Vater. Dafür verdienst du nicht mal so wahnsinnig gut, dass wir uns in der Zwischenzeit entsprechend entschädigen könnten. Weißt du das alles und kannst du damit leben? Und bevor du jetzt ein schlechtes Gewissen bekommst und mir die halbe Nacht Dinge sagst, die ich schon weiß, lass dich küssen, ich bin so müd, obwohl ich heute nicht wirklich viel unternommen hab. Wir sind wieder gut. Schlaf schön. Schlaf gut, Schöne.

23

Sie liegt im Bett, allein. Immer noch aufgewühlt. Am Infotisch haben sie diskutiert, und als Vera sagte : ich bin nicht eurer Meinung, aber ihr müsst das fordern, wollten sie nicht, dass sie unterschreibt. Dann musste sie sich Vorwürfe gefallen lassen, die sie doch eher einer Generation vor ihr zugewiesen hätte, aber sie waren freundlich, sehr geduldig, verstanden ihre Position, erzählten von ihren eigenen Entscheidungsprozessen, und schon war sie von einer jungen Studentin in Beschlag genommen worden, die sie überzeugen wollte. Im Hörsaal ein Kommen und Gehen, auf der Galerie vereinzelt Rauchschwaden, man sah dem Raum seinen neuen Lebensabschnitt an, dann begann das Plenum, und als an dritter oder vierter Stelle ein kräftiger junger Mann mit kurzen Haaren ans Mikrofon trat, dachte Vera, ein weiterer Diskussionspunkt stehe an. Bewunderung für die Ausdauer, für die Organisation des Redens, für die Organisation der Organisation, für diese flache Hierarchie. Das war doch ein spannender Prozess, ein neuer Gedanke, dass immer alle mitreden konnten, auch wenn Vera wusste, dass sie selber zu wenig Beharrlichkeit und Geduld aufbringen, Entscheidungen einfordern würde. Der junge Mann wurde angekündigt als einer, der schon einmal da war und noch etwas hinzuzufügen habe. Ich bin der Daniel. Sagte er, nicht besonders laut, nahe am Mikrofon. Ich stelle Ziegel auf, ich hackle mit der Schaufel, ver… ver…, sch-sch-sch-verputz. Ich bin ein Hackler. Die Studenten klatschen. Und ich war nach meinem letzten Besuch hier bei meinem Betriebsrat und hab ihm erzählt, was ihr da so m-m-mmmachts. Da hat er mir gesagt, ich soll zum Streikverantwortlichen in unserer Gewerkschaft gehen und ihm davon erzählen. Großer Applaus. Die sollen sich von euch w-w-was absch-sch-schauen. Jubel. Das, was ihr hier machts, ist für uns alle wichtig. Auch für mich, ich bin ein Hackler, ich steh am Bau, aber Bildung brauchen wir alle. Machts weiter, lassts euch nicht vertttr-treiben, und ich hab auch noch eine Bitte : am Donnerstag gehen die Metaller wieder auf die Straße, wie letzte Woche, von sieben bis zehn Uhr früh. Unterstützts uns! Gehts auch mittt! Die Schwere der Wörter, sein voller Körpereinsatz, er hebt die Hand. Und dann bleibt mir noch eines, Pause, zu sagen, jetzt ist sein Reden flüssig, frei, er hebt tatsächlich die Hand, die geballte Faust eine Selbstverständlichkeit : es lebe die internationale Solidarität. Vera wischt sich ihre Träne nicht weg, wozu sollte sie sich schämen, es gibt keinen Grund. Jetzt rechtzeitig. Sie wollte dem jungen Mann die Hand schütteln, aber das schien ihr dann doch übertrieben, es war eine Normalität, aber sie schaute ihm direkt ins Gesicht und bekam von ihm das schönste, hellste, direkteste Lachen. Danach konnte sie gehen, im Büro vorbeischauen, E-Mails abrufen, den Anrufbeantworter abhören, sie erzählte den anderen von ihrem Nachmittag, da holte Hilde, die Architektin, ein paar Flaschen Bier aus dem Kühlschrank, weil sie auf die Studierenden anstoßen mussten. Nachher arbeiteten sie doch noch weiter, *Rage against the Machine* aus den Lautsprechern der Programmiererin.

Sie ist nicht sehr müde, nicht so müde, wie es jetzt gut wäre. Wartet nicht, dass er nachhause kommt. Dieser Gedanke hat hier nichts zu suchen. Sie braucht ihren Schlaf, sie sind erwachsen, leben ihr Leben und was. Bitte. Sollte das auch. Manchmal wünscht sie sich vielleicht, dass er vernünftiger wäre, erwachsener. Nicht im Job, darin ist er gut, aber im Leben. In ihrem Leben. Gleichzeitig mag sie das, erwachsen ist sie selber. Als sie ihn auf dem Nachhauseweg angerufen hat, ist ihr aufgefallen, dass sie seit Verlassen der Wohnung nicht an ihn gedacht hatte. Dass sie sich nicht gewünscht hatte, er wäre dabei und könnte das mit ihr zusammen erleben. Darüber jetzt nicht nachdenken. Er hätte sich gemeldet, wenn er an sie gedacht hätte, passiert fast jedes Mal. In ein paar Wochen, wenn die Streiks ihren Höhepunkt schon überschritten haben werden und Kevin mit den Freunden aus seinem Verein eine Filmvorführung mit anschließender Podiumsdiskussion im besetzten Hörsaal organisieren wird, werden sie feststellen, dass jeder von ihnen nicht nur einmal bei den Studierenden vorbeigeschaut hat. Vera und Kevin werden sich nicht treffen, weder zufällig noch absichtlich. Werden bis dahin kein einziges Mal davon gesprochen haben. Niemand weiß. Keiner von ihnen weiß, was der andere tut, aber sie haben doch die gleiche Überzeugung. Na eben. Das Bett ist breit, auf Veras Seite stapeln sich Bücher und Manuskripte, da hat sie vor ein paar Minuten ein weiteres draufgelegt; auf Kevins Seite stapeln sich Bücher und Zeitschriften, aber die Glühbirne seiner Nachttischlampe ist seit einiger Zeit ausgebrannt. Wann liest er denn all die Bücher? Er redet darüber, er hat mehr Zeit zur Verfügung als die meisten Menschen. Er liest sie, viele liest er mehrmals, er zitiert daraus. Aber Vera hat keine Ahnung, wann er das wirklich macht. Manchmal in dem Halbkreis Licht, der von ihrer Seite abfällt, wenn sie zur gleichen Zeit ins Bett gehen, zum Beispiel. Wie lange ist das her? Am Wochenende war das, aber gelesen haben sie nicht mehr. Kein Licht eingeschaltet, miteinander geschlafen? Miteinander geschlafen haben sie am nächsten Tag, am späten Vormittag, und dann ist Vera zum Frühstück mit Marina, und Kevin hat sich wahrscheinlich direkt an den Computer gesetzt, wie jeden Morgen, halbnackt und genießerisch. Er legt sich selten vor ihr ins Bett, manchmal aber wärmt er es vor und schlüpft, kurz bevor sie ins Zimmer kommt, unter die kalte Decke auf seiner Seite, das Licht brennt, und ein Buch oder eine Zeitschrift liegt auf dem kleinen Polster in der Mitte. Kevin schläft noch nicht, aber er freut sich schon darauf, dass er bald einschlafen wird, der Raum ist voll mit dieser erwarteten Schlafhaltung, sehr genussvoll. Aber jetzt liegt Vera im Bett und wartet den Schlaf ab, vorsichtig, will ihn nicht verscheuchen. Manche Gedanken darf sie um diese Zeit nicht zulassen, sonst verabschiedet er sich sofort, Freund Schlaf, schwierige Beziehung. Ein Ficusblatt fällt auf den Boden, leise. Wieder ein Blatt verloren, so kündigt sich der Herbst an, auch hier drinnen. Veras liebster Einschlafgedanke ist ein andalusisches Dorf, zwei Esel sind auf den Straßen unterwegs, die Kühe gehen bei Sonnenuntergang in Richtung Strand, von den drei Wirtshäusern hat immer eines geöffnet, und so war dieser ganze Urlaub, alles ergab sich ganz selbstverständlich. Fast nie musste sich einer von ihnen entscheiden. Die Bücherstapel wurden im schattigen Innenhof der *Hormiga Voladora* abgearbeitet, Kevin brachte Vera Yogaübungen bei, er hatte Darstellungen aller Positionen, auf einem A3-Plakat kopiert, vor sich liegen, am Ende der zweiten Woche war das Blatt voller Falten und kleiner Löcher vom Sand, da brauchten sie es nicht mehr. Vorher hatten sie nie zusammen Sport gemacht, auch nachher nicht mehr, es gab dafür keine Notwendigkeit. Hin und wieder fuhr einer per Autostopp in die nächstgrößere Stadt, der Bus ging nur einmal in der Woche. Sie teilten einen Laptop miteinander, Kevin arbeitete an etwas, über das er nicht sprechen wollte, Vera las und las und machte Spaziergänge, ein paar Notizen, ohne an ein Projekt zu denken, und mit vollkommener Selbstverständlichkeit standen die zwei Menschen manchmal wortlos vom Liegestuhl, von der Hängematte auf, gingen in das Appartement und schliefen miteinander. Zum ersten Mal sprach Vera mit Kevin darüber, tauschten sie Wünsche und Ideen aus, nicht nur auf den angeschwitzten Leintüchern im Bett oder wenn sie nach dem Sex in der Dusche mit den bunten Mosaiksteinen stand und er wie früher eine Zigarette rauchte, manchmal. Es wurde ein Gesprächsthema unter anderen, auf das sie immer wieder zurückkommen. Ist das die Wohnungstür? Wohliger Gedanke, prickelnd verbindet sich die Erinnerung an eine Fantasie mit dem Reis und dem gebratenen Fisch, den es dazu gab, im Fernseher über der Bar lief ein Fußballspiel, und Kevin schaute regelmäßig hinauf, es störte gar nicht. Nein. Vera wartet nicht. Kevin hört abends oder morgens keine Blätter fallen. Sie weiß, dass das nichts ausmacht, sie traut es ihm nicht zu. Am Ende dieses Urlaubs hörte sie auf zu verhüten, aber der Urlaub war eben vorbei, der kam vielleicht zu spät. Wie lange ist das jetzt her? Vera zählt die wenigen gemeinsamen Reisen danach, und dann denkt sie an Kevins Reise zum Filmfestival Rotterdam, will das gar nicht mehr, es ist nicht wichtig, das hat etwas mit der Zeit zu tun, wie lange ist das her jetzt? Es ist nur ein bisschen mühsam, die Harmonie einer andalusischen Pension auf etwas übertragen zu wollen, was nachher kam, auch das hat etwas mit der Zeit zu tun. Es ist nicht zu spät. Also. Daniel redet zu ihr, so etwas wie Glück im Einschlafen überkommt sie, oft hört sie, im Halbschlaf, das Klicken der Tür und wie sie gleich wieder ins Schloss fällt.

24

Als gäbe es eine Leitung, ein Rohr für Geräusche aus der darüber liegenden Wohnung in mein Badezimmer. Gab es wahrscheinlich auch. Eine Rutsche für Schritte, für das Verrücken von Stühlen und das Klappern von Geschirr, für Teller, die in den Geschirrspüler gestapelt wurden; stumpf fühlte sich das an. Für Gabeln, Messer, Löffel, die in die Besteckladе geworfen wurden : tönte grell, au. Für das Auto mit den Plastikreifen, mit dem die Kleinere seit immer schon durch die Zimmer und über alle Stufen ratterte. Verstärker für mehrere Spielzeugvehikel gleichzeitig, für einen Schuh, der gegen die Wand gekickt wurde, für den Singsang eines Kleinkindes, die hohe Stimme mit einem immergleichen Wort, das erst nach Wochen wechselte, das gezwitschert, gerufen, gelacht und geschrieen wurde. Trichter für das Schaukeln des Holzpferdes, das ein Knarren war; laut waren die kleinen Steinchen, die unter dem Rund des Holzes knirschten, und Glaskugeln, die über das Parkett rollten. Was alles auf den Boden fallen konnte. Das Schaben eines Löffels an Porzellan, Besteck auf der Tischplatte, vier Menschen, die gleichzeitig redeten und gehört werden wollten, ein Radiogerät, dem die Frequenz verlorengegangen war, zufallende Türen, die schnellen Umdrehungen der Waschmaschine beim Schleudern, ein Roller, der umfiel, unendliches Wasserrinnen und Wasserrauschen. Unter der Dusche hörte man sie am allerbesten; oben war es Familienleben, hier Radau.

Ich brachte das Duschritual schnell hinter mich, weil ich eine Einladung hatte, die zu dem lauen Abend passte. Das Wasser war nicht wirklich warm, aber auch nicht kalt. Meine Gänsehaut stellte ich mir nur vor. Manchmal fühlte sich das Wasser brackig an, im schwachen Licht der Glühbirne im Badezimmer konnte man das nicht erkennen. Wie ich da wirklich sauber werden sollte, wusste ich schon lange nicht mehr. Von Frische ganz zu schweigen. Das Holz an den Innenwänden des alten Kastens war an einigen Stellen rau, Späne an den Ecken, man musste sehr aufpassen. Alle Hemden waren gebügelt. Zwei hohe Stapel. Ich nahm das zweite, dritte, nahm das vierte von oben, ein schwarzes mit schwarzem Muster, zog Jeans an, hätte Lust auf ein Kleid oder einen Anzug gehabt, alles war sauber in dem Zimmer, aber den Anzug hätte ich jetzt nicht anziehen können. Puder, Rouge? Lippenstift. Die Augen. Keine Schminke, aber Parfum. Parfum, ja. Mein alter Regenmantel, weil der mir lässig vorkam und weil man mir damit nicht ansah, dass ich seit langer Zeit nicht mehr ausgegangen war. Ich mochte hier nicht in einem übertriebenen Aufzug herumlaufen, mochte nicht, dass Klara oder Tobias dachten, ich habe etwas Besonderes vor.

Ging aus dem Haus, weil ich nicht warten konnte.

Das Tor offen. Wahrscheinlich bekamen sie Besuch oder einer von ihnen fuhr noch einmal weg. Ich ging durch das große Tor, grober Asphalt, gleich bei der Auffahrt die Zufahrt zu dem Wohnblock nebenan. Komisch, dachte ich : Lichter brannten in vielen Wohnungen, auch Fernsehschirme leuchteten in den Fenstern, aber man sah nie Leute aus oder ein gehen. Ich hätte mit dem Bus in die Innenstadt fahren können, wollte aber nicht umsteigen, ich ging zu Fuß über die Brücke; da fühlte ich mich neben den Autos, die in hoher Geschwindigkeit über die Brücke rasten, gleich wieder abgehalftert. Ich war hier nicht vorgesehen, obwohl es für alle eigene Spuren gab, also auch für Fußgänger. Niemand war auf der Straße, den einstöckigen Häusern sah man den Verfall tagsüber besonders an, welche Tristesse, einzelne Straßenlaternen leuchteten irritiert auf die heruntergekommenen Häuser, obwohl es noch hell war. Da wirkte die Gegend verkommener als nachts. Trostlos. Die anderen liebten den Garten hinter dem Haus, der schön war mit dem alten Baumbestand, dem widerständigen Gras, der Laube; aber jedesmal wieder : der Weg dahin!

Ich ging aus dem Haus, weil Raphaela versprochen hatte, mich zurückzurufen, dafür musste ich nicht zuhause sitzen, es war ein Riesenschritt gewesen, und ich genierte mich immer noch dafür, dass ich sie angerufen hatte, nach so langer Zeit. Busspuren mit Warteinseln, die riesigen Tore der Feuerwehrwache. Schön war es hier auch nicht, aber am Ende der schmalen Gasse hörte das feindliche, immer unbekannte Gelände plötzlich auf. Natürlich kamen einem jetzt Menschen entgegen, und ich ging ein bisschen langsamer, schaute in die Auslagen der Nachtklubs, stehende und liegende Sektflaschen, leer natürlich, Papierservietten, eine Blume, alles ausgebleicht, mehrmals kopierte Fotos oder Kopien von Kopien einer nackten oder nur mit einem

Tuch bekleideten Frau, alle nicht sehr einladend, und leer stehenden Geschäfte.

Ich ging aus dem Haus, ich benutzte öffentliche Verkehrsmittel, wenn ich wollte : von hier aus noch zehn Minuten bis zur Straßenbahn; in der Tasche Geld, ich könnte nachher, wenn es gar zu spät wird, mit dem Taxi heimfahren. Was ich alles konnte. Allein essen gehen in ein mittelteures Restaurant oder ins Kino, aber ich hatte gar keine Ahnung, welche Filme gerade gespielt wurden. Ich könnte mir ein Zimmer nehmen, absurd und dabei ein schöner Gedanke : in der eigenen Stadt auswärts schlafen. Seit ich niemanden mehr auf der Straße traf, seit mich niemand mehr erkannte, dachte ich manchmal, das sei gar nicht meine Stadt. In Abständen überkam mich das Gefühl, eine leichte Panik. Genau so, als wüsste ich nicht mehr, wo ich war. Das Zimmer, das erinnerte mich daran, was vorher war, aber wenn ich dann hinausging, befand ich mich auf unbekanntem Gelände. Diese Gegend kannte meine Vergangenheit nicht, und mir waren die Wege meistens vollkommen fremd. Sie waren fremd fremd, nicht einfach nur anders oder neu, und mich gab es darauf nicht. Da, wo ich herkam, hatte ich Bekannte, die mit einem Freund, einer Freundin in der Schule gewesen und nach dem Studium wieder hierhergezogen waren. Leute aus der Arbeit. Menschen, die ich über ein Projekt kennen gelernt hatte. Hast du meine E-Mail-Adresse? Warte, ich speichere deine Handynummer, lass uns telefonieren, und wenns ein bisschen ruhiger ist, gehen wir auf ein Bier, ja? Vielleicht machen wir einmal was in der Richtung, ich hätte da schon ein paar Ideen. Als ich bei meinen Eltern ausgezogen war, wurde mein Kinderzimmer sofort zu einem Gästezimmer, in dem Verwandte und Freunde übernachten konnten; jetzt war es wahrscheinlich ein Fremdenzimmer in der Frühstückspension. Nach den auswärtigen Jahren war eine Rückkehr ins Elternhaus kein Thema, auch nicht eine vorübergehende. Natürlich wäre es für mich auch nicht in Frage gekommen, aber mittlerweile gab es einige ehemalige Freunde oder Leute aus der Schule, die zurückgezogen und wie ihre Eltern Pendler geworden waren, bekannte Tradition. So waren sie weder Landbewohner noch Städter, waren beides oder vielleicht auch nichts, und gleichzeitig waren sie da, wo sie schon immer hingehörten.

Vor Tagen schon hatte ich mir vorgenommen, Zigaretten zu kaufen, ich suchte eine Trafik mit Automat. Weil ich keine Bankkarte hatte, musste ich warten. Nach einer Weile hielt ein Auto, und eine junge Frau sprang aus dem Wagen, verstand mich erst nicht, dann hatten wir Probleme mit dem Wechselgeld und mit einer simplen Kopfrechnung. Als ich die Packung in der Hand hielt, musste ich lachen darüber, wie kompliziert es geworden war, Zigaretten zu kaufen. Die junge Frau teilte ihrem Begleiter, der den Motor laufen hatte lassen, vielleicht ähnliche Bedenken mit, dann gab der Gas, und ich stand in einer stinkenden Wolke, während ich die Schachtel aufmachte und ein Feuerzeug oder Streichhölzer in meiner Tasche suchte, vergeblich. Gerne wäre ich jetzt in eine volle und laute Wohnung gekommen, in der die Leute unübersichtlich in Gruppen auf Sofas drapiert waren, in den Zimmern herumstanden, kleine und ein bisschen größere Grüppchen. Dann hätte ich mich zu jemandem stellen können, der zum Fenster hinausrauchte, und ihn um Feuer bitten. Wir hätten über die Klarheit oder Unklarheit des Augenblicks gesprochen; Reden über die Nacht; tat gut. Wir wären gut miteinander ausgekommen, auch wenn wir uns nicht besonders sympathisch gewesen wären. In diesem Fall hätte einer gesagt, dass er sich noch etwas zu trinken hole, und sich vom Fenster verzogen.

Ich konnte mir gar nicht vorstellen, wie Marie von mir redete, ob sie überhaupt mit irgendwem je über mich gesprochen hatte, früher. Als wir einmal nach einer Besprechung in einer Hotelbar gelandet waren, tat sie so, als befände sie sich in einer durch und durch fremden Welt, verabscheuungswürdig. Sie konnte Ulrich überhaupt nicht leiden, was mich wunderte, ich hätte eher ein kompliziertes Geflecht zwischen den beiden vermutet, eine gemeinsame Vergangenheit, vielleicht eine Affäre, so etwas. Marie hatte sich darüber beschwert, dass sie unter ihrem Niveau arbeiten musste, beneidete mich um meine Position. Sie war keine Freundin geworden, wie ich es mir auf dem Fest ausgemalt hatte. Es mir gewünscht hatte. Sie war meine Kollegin, und vielleicht würde sie sich jetzt gleich so aufführen, dass wir aus der Bar hinausflogen. Ich wollte nicht mit den Augen der feigen Kollegen auf sie schauen, trotzdem ärgerte ich mich über Marie, die schon Talente und Qualitäten hatte, aber ihre Arbeit nicht besonders gut machte. Sie war auch ungerecht Ulrich gegenüber, ich verteidigte ihn. Wenn ich ihn schon höre, come on, wir sind alle Opfer von Zeit und Raum, aber heut brauch ich dich noch ein bisserl. Und dann meinte sie : eigentlich beneide ich dich gar nicht, wenn ich mir das genau überlege. Seine Launen aushalten, immer Stand-by, das ist doch noch mühsamer als meine Sekretärinnensituation. Wir wurden nicht aus der Bar geschmissen, Marie wollte nicht mehr über die Arbeit, sie wollte über Kunst reden, wir tranken Schnäpse und fürchteten uns vor dem nächsten Tag, da mussten wir gleich noch mehr trinken. Dann waren wir durch den frühen Morgen gewandert, um ein Taxi zu finden und in meine Wohnung zu fahren, wo wir weiter trinken wollten, aber wir sollten kurz danach im Büro an einem Meeting teilnehmen, nur sie setzte sich an ihren Schreibtisch, wer weiß. Es war keine Vertrautheit übriggeblieben von dieser durchzechten Nacht, vielleicht ein wenig schlechtes Gewissen, ich konnte mich doch nicht immer um die anderen kümmern. Nichts an ihr war bunt oder farbig, vorsichtig wirkte sie, und bedächtig. Sie saß allein. Um sie herum eine Ahnung von Stolz oder : eine dicke Luftschicht, ganz und gar undurchdringlich war die. Aber ach, wer hätte sie denn angegriffen! Vielleicht strich einmal jemand über das staubfreie Blatt der Zimmerpflanze neben ihrem Schreibtisch; wenn niemand hinschaute. Es dauerte, bis ich sie erkannte. Ulrich hatte mir das Büro gezeigt, mich den anderen vorgestellt : jede Menge teures Schwarz (der Designerfußboden, die Designermöbel, die Designerklamotten) und zum ersten Mal hatte ich das Gefühl, eine falsche Entscheidung getroffen zu haben. Sie war Kunsthistorikerin und für die Kommunikation mit verschiedenen Partnern zuständig, dabei zögerte sie oft die Enden der Sätze so lange hinaus, dass ich mich am liebsten aus diesen Sätzen herausgewunden hätte. Aber ich saß weit weg von ihr, an meinem Schreibtisch. Am liebsten hätte ich zu ihr hinübergerufen : Ende! Mach einen Punkt, geh einfach dahin, wo du dann stehen willst! Gewinsel, dachte ich. Was für ein Gewinsel. Ulrich übersah das, oder er wusste es nicht, er hörte sie nicht telefonieren, er sah nicht, wie lange sie für eine einzige E-Mail brauchte, wie oft sie den gesamten Text markierte, den gelben Block, zu dem die Wörter oder Sätze, vielleicht waren es ja auch nur einzelne Buchstaben, geworden waren, löschte und neu anfing. Mittendrin kam sie zu mir, fragte, wie ich eine Formulierung fand, bot mehrere Alternativen an. Das sind ja keine fertigen Verträge, wehrte ich ab, du brauchst doch nur nachzufragen, ob der das gelesen hat und wann er seine Ideen oder Vorschläge oder sein Okay dazu schickt. Sie sah mich an, als hätte sie nicht im Entferntesten eine Idee, wovon ich redete, oder als würde sie sehr intensiv versuchen, mich zu verstehen.

Als ich sie kennen lernte, hielt ich sie für besonders : die Wohnung war voller Menschen, die sich blendend unterhielten, sicher hatten die meisten ein interessantes Leben, spannende Jobs, sie redeten darüber. Es war ihr Fest, und also musste auch sie ein spannendes Leben, einen interessanten Job und einen guten Typen an ihrer

Seite haben. Sie erzählte mir von ihrer Arbeit als Kunstmanagerin, ich spürte diesen tiefen Grund, verliebt war sie in die Kunst, die sie verkaufte oder vermittelte, eine Scheu befiel mich, sie könnte meine Oberfläche bemerken, und die war zu glatt oder zu rau, ich wusste es nicht so genau, nur dass damit etwas nicht stimmte. Das war immer so, wenn es um etwas ging, das außerhalb meiner bezahlten Arbeit lag. Dass ich eben nie über das Genügen hinaus einen Eindruck hinterließ. Dass ich mir den falschen Platz ausgesucht hatte. Aber war das meine Wahl gewesen, war ich es, die die Stelle bestimmte, an der mich die anderen antrafen? Wir unterhielten uns lange, wir wollten in Kontakt bleiben, aber keine hatte die andere angerufen.

Die Kollegen waren über sie verärgert, ich bemerkte es am ersten Tag im gemeinsamen Büro. Sie fühlten sich ausgenutzt, die M-Person ging ihnen auf die Nerven. Sie meinten natürlich : Unperson, nur wegen mir sagten sie M-Person; als wäre das weniger gemein. Wenn ich an Marie dachte, sagte ich auch bald M-Person, aber ich sagte es leise, so dass es niemand hörte. Sie bemühte sich, aber ihre Anstrengungen gingen meistens irgendwo verloren, sie machte Fehler, weil sie immer Angst hatte, etwas falsch zu machen. Sie wollte es unbedingt gut machen und patzte, sie saß die halbe Nacht über einem Text, der dann gar nicht mehr gebraucht wurde, weil jemand anderer in der Zwischenzeit etwas fertig gestellt hatte, ohne es ihr zu sagen, so dass ihre Nachtschicht überflüssig war. Sie nutzte ihre Arbeitszeit ganz ungeniert für andere Projekte, es wurde für sie immer selbstverständlicher, für ihre Künstler im Büro zu telefonieren, den halben Tag korrespondierte sie wegen privater Verpflichtungen, sie kam spät und war so blass, ging immer so bald wie möglich, ging früh nachhause. Ihr Fremdgehen für die Kunst rechtfertigte sie mir gegenüber mit Ulrichs ethischem Anspruch, das fand ich irgendwie clever, aber ich sah das Unheil, das über ihr schwebte.

Plötzlich vertraute ihr Ulrich ein größeres Projekt an, Verantwortung, die Marie doch immer eingefordert hatte, und alle stöhnten oder staunten. Sie ging nicht mehr vor die Tür zum Telefonieren, war engagiert wie nie. Sah gut aus. Dann erzählte Ulrich mir von den kleinen Schritten und Fehltritten und den großen Fehlern, er tat verwundert, konnte gar nicht verstehen, dass sie ihn so lange getäuscht hatte. Sie hat ihre Arbeit so dilettantisch gemacht, dass ich vermuten muss, es war die pure Absicht. Wir wissen beide, wie talentiert sie ist. Sie hat einfach nur so getan, als würde sie die fehlenden Projektpartner auftreiben, als wäre alles geregelt. Ulrich wollte Mitgefühl, er habe ihr so viel Vertrauen geschenkt, jede Chance der Welt und die Möglichkeit zu einem Neuanfang habe er ihr geboten. Jetzt musste er sie hinausschmeißen, das wurde ihm auch noch zugemutet. Er sollte einem leidtun. Er hatte sie nicht einmal in sein Büro gebeten, um sie zu kündigen. Marie schaltete den Computer aus, dann nahm sie einen Stift, der neben der Tastatur lag, und gab ihn einer Kollegin zurück. Es wurde plötzlich ganz dunkel, der Himmel zog zu, bald würde es ein Gewitter geben.

Sie nahm ihre Tasche, die auf einem Sessel neben ihrem Schreibtisch lag, und ging. Wenig später hörten wir durch die offenen Fenster die Regentropfen auf den Asphalt klatschen. Deutlich. Den Anfangssatz ausprobieren : stellt euch vor, was mir gerade passiert ist. Ich stehe vor eurem Haus und finde den Namen nicht auf den Klingelschildern. Na, welchen Namen? Ich denke mir, jetzt weiß ich echt nicht, wie die Marie heißt. Ich zweifle manchmal ganz schön an mir. Das hat gedauert. Ich wollte schon das Handy zücken. Plötzlich bemerke ich, das ist euer altes Haus! Schön dumm, oder? Ich war doch nur einmal bei euch, auf diesem Fest –

Ich redete so halblaut gegen die Haustür, sprang eine Stufe hinauf, hinunter. Probierte noch andere Sätze, Ausreden für mein Zuspätkommen. Das kennt ihr eh. Musste noch was wegschicken, dann funktioniert wieder das Internet nicht; Zeit übersehen; hatte grade so einen Flow undsoweiter. Da wurde ich von hinten angeräuspert, die Frau grinste mich an, der Mann schaute an mir vorbei, ich ließ die Zigarette auf den Gehsteig fallen, als hätten sie mich bei etwas Verbotenem erwischt, und ging hinter den beiden her ins Haus. Wortlos. Im zweiten Stock drehte sich die Frau um : kommst du auch zu Jörg?, und als ich sie fragend anschaute, hatte sie sich schon wieder umgedreht und winkte in eine Wohnung. Sie winkte einem nackten Kinderpaar entgegen, und ich drehte mich um, wollte gegenüber anläuten, da wurde ich an der Schulter gepackt. Die anderen sind alle schon da, ihr seid die Letzten, aber immer noch pünktlich! Perfekt. Schön, dass du gekommen bist. Hinter Marie stand ein älterer Mann, Marie stellte uns vor. Ihr habt euch sicher schon gesehen; Jörg sah mich irgendwie intensiv an, sagte nichts, hatte diesen abwartenden Blick, der bei mir meistens dazu führte, dass ich mit überflüssigen Peinlichkeiten herausplatzte. Ich sagte auch nichts, erinnerte mich jetzt wieder an den Namen, sein Gesicht war mir unbekannt. Im Vorzimmer hing ein Poster mit zwei nackten Kindern, eigentlich Babys, die sich an der Hand hielten und für die kommunistische Partei Italiens warben. *Damit wir im Jahr 2020 noch Arbeit haben.* Ich hätte das sein können, wenn ich in Triest zur Welt gekommen wäre oder in Rom wie Agnese. Hand in Hand mit Andi, wenn wir oder unsere Eltern einander da schon gekannt hätten. Ich wusste aber nicht, ob Andis Eltern Kommunisten waren wie er. Dachte ich jedenfalls immer. Agnese war aber seit der Geburt ihres ersten Kindes nicht mehr an der Uni gewesen, und Andi lebte in einer Zweizimmerwohnung, die auch sein Büro war, und das er nicht von der Steuer abschreiben konnte, weil er viel zu wenig verdiente, um überhaupt Steuern zu zahlen. Ich wusste auch nicht, ob Andi heute noch die KP wählte, es schien mir unwahrscheinlich und überhaupt vergebens.

Zwischen jenem Fest, auf dem ich Marie kennen gelernt hatte, und diesem Wiedersehen lagen ein paar Jahre, unsere gemeinsame Arbeit, zwei, nein, drei Umzüge von mir und diese neue Wohnung von Jörg und Marie. Ich konnte die beiden ständig nur mehr als Einheit denken. Marie und Jörg. Zuerst fand ich das fürchterlich, es löste Sorgen aus, dann freute ich mich für Marie. Aber weil das lächerlich war, gönnte ich diesem Jörg so eine kluge Freundin nicht. Er hatte sie nicht verdient, das war eigentlich ziemlich schnell klar. Marie war nicht ersetzt worden, ich sollte ihre Projekte übernehmen, aber das beschränkte sich auf das Ablegen verschiedener Papiere in Ordnern und das Brennen von ein paar Dateien; ein paar analoge und digitale Inhaltsverzeichnisse waren das Einzige, was geblieben war von Marie in Ulrichs aufregender Firma. Weder ihn noch die Firma erwähnte Marie, und mich fragte niemand aus der versammelten Runde, was ich eigentlich mache. Ich hätte vom letzten Projekt erzählt und davon, was Ulrich mir vorgeschlagen hatte. Vor meiner Auszeit. Ich hatte ihm eine Mail geschrieben, er hat bis heute nicht geantwortet; natürlich war er sauer. Nach einem Monat meldete sich eine Erika aus dem Büro und schickte mir eine Liste mit Fragen, manches mit Fristen, alles recht uninspiriert. Ich hätte schon gerne mit Marie darüber geredet, sie gefragt, wie sie das sah. Sie war jetzt keine M-Person mehr, sie war für mich nie eine Unperson gewesen, natürlich nicht, warum auch? Aber auch der Glanz von jenem Fest war nirgends zu sehen, nicht in Maries Augen, nicht in den Reden der Gäste, nirgends in der Wohnung, die kleiner war als die alte, aber nicht ungemütlich. Ein Lehrer und seine Freundin waren da, Kinder spielten im Arbeitszimmer. Die zwei, die mit mir gekommen waren, machten irgendwas mit Büchern oder Kalendern, oder sie machte etwas mit Büchern oder Kalendern und er war Journalist, schrieb über Filme, und Maries Bruder war auch da.

Wir waren die Außenseiter, das brauchte ich gar nicht zu beschließen : ohne Begleitung, die letzten Raucher, unzufrieden, irgendwie dazwischen, irgendwie anders.

Jörg redete undeutlich von seinen Projekten. Er sagte viel, aber er machte es einem nicht leicht zuzuhören. Man muss ja immer aufpassen, sagte er zum Beispiel, dass man die Strukturen, gegen die man sich wehren will und gegen die man Widerstand leisten muss, nicht selber produziert. Dann wieder. Medien; Medienkritik, Rückeroberung von öffentlichem Raum oder ähnliche Sachen. Drehte er Videos? Baute er Computerprogramme, die in Ausstellungen gezeigt wurden? Zwischendurch wieder Malerei. Ach so, das war früher, die Malerei. Dieser neue Realismus, den fand er zum Kotzen undsoweiter. Marie strahlte ihn an, sie hielt sich zurück, als hätte sie keine Meinung, wenn er redete, dann ergänzte sie eine Kleinigkeit und verschwand in die Küche. Ihr Bruder folgte ihr, und bei der ersten Schwade stand ich schon bei ihnen und nahm mir eine Zigarette aus Martins voller Schachtel; Marie mochte das nicht so gerne, aber sie öffnete nur das Fenster. Als ich in die Küche kam, sagte Maries Bruder gerade : wo ist denn euer wildes glückliches Leben? Habt ihr das mit dem alten Sofa, das hier keinen Platz hat, auf den Sperrmüll gebracht? Er war nicht aufgeregt und Marie schon gar nicht, niemand drehte sich um, rannte weg oder schrie oder verließ den Raum. Da läutete sein Handy, das er irgendwo am Körper trug, er schlüpfte mit Telefon und Zigarette aus der Wohnung, also doch. Wäre ja gelacht. Marie aber sah sich um, als würde sie das auch gerne wissen wollen, sie wirkte so gutmütig, da war ein unbekannter Zug um die Lippen, ich hatte sie noch nie so gesehen. Sie setzte zu kleinen oder größeren Geschichten an, redete von den Eltern, die weder sie noch ihren Bruder jemals unterstützt hatten und jetzt leider auf sie verzichten mussten, ganz unbeschwert sagte sie das und ohne Rache oder Gram irgendwo und überhaupt so, als wäre das eine Erklärung für seinen Vorwurf an sie. Sie sprach immer von der Mutter und vom Vater als zwei getrennt voneinander existierenden Wesen. Hatte für beide nicht viel übrig. Aber nein, sie kritisierte sie. War ganz und gar anderer Meinung, aber es war keine Bosheit, es hörte sich eher so an, als hätten sich Mutter und Vater und Tochter und Sohn auseinandergelebt. Mehr nicht. Dann schwärmte sie von einem Bild, das im Arbeitszimmer stand und das sie mir nachher noch zeigen würde, über das sie ein Essay schreiben sollte, sie funkelte, und da war wieder diese Liebe, die einem echt Angst machen konnte, aber gleich drehte sie sich wieder weg. Sie bewegte sich effizient in ihrer kleinen Küche; jede Bewegung war ein Handgriff und jeder Handgriff ging deutlich oder eindeutig in einen nächsten über. Eine exakte Choreographie, ich war ihr ständig im Weg, dabei rührte ich mich gar nicht. Vielleicht eben darum. Ich machte mit einem Fuß einen kleinen Schritt zur Seite, Marie hatte inzwischen die großen Messer gewaschen und getrocknet und an einen Magnet über dem Schneidbrett geheftet, sie salzte das Wasser, Deckel auf den Topf, machte kleine Schritte auf den Kühlschrank zu, während ich mich nach einem

Aschenbecher umsah. Marie hatte ihn ausgeleert und näher zu mir hingestellt, ich hatte es gar nicht bemerkt. Ich rechnete damit, dass Marie plötzlich alle Töpfe vom Herd nehmen, alles gleichzeitig gar sein würde. Marie holte eine Schüssel aus dem Kühlschrank, schleuderte den Salat, warf Gemüse dazu, brachte Öl und Essig ins Esszimmer, auf einem großen Brett schnitt sie Käse und Äpfel in kleine Würfel und hob dabei die Augenbrauen, hier war sie zuhause, es war klar, als sie mir das Brett in die Hand drückte. Vor der Tür schnurrte Maries Bruder in den Hörer, laut, dann lachte er. Als ich hörte, wie er an seiner Zigarette zog, was wahrscheinlich gar nicht möglich war oder vielleicht in einer Zeitlupen- oder Makroaufnahme, und auch die Asche verglimmen hörte, musste ich die Augen schließen. Ich hörte Jörg lachen, vielleicht hatte er einen Witz erzählt, er war der Einzige, der lachte, oder er lachte so laut, dass er die anderen übertönte. Er unterhielt die Runde, die Lehrerin oder die Freundin des Lehrers wollte etwas sagen, er unterbrach sie bald, wie konnte er gleichzeitig reden und lachen, und warum war er mir so unsympathisch? Ich versuchte, nur mehr auf Marie zu hören, aber die Küche war wirklich sehr klein. Manchmal wirkte es, als würden die Möbel ein bisschen wackeln, nur minimal. Sie hatten ja auch nicht viel Platz. Marie war in ihrem Element, sie kochte wie nebenbei und sehr konzentriert : nichts machte ihr Mühe, alles sah selbstverständlich aus, zwischendurch wischte sie über die Ablage, die Küche war nicht besonders aufgeräumt, auch nicht sauber, aber es machte mir nichts aus; sie trug die

Abfälle vor die Tür, von Martin war jetzt nichts mehr zu hören. Marie fing von flüchtigen Verbindungen zu reden an, ich machte die Augen auf und zu : die brannten, als hätte ich die Zwiebeln geschnitten. Essig- oder Buttersäure oder Ethanol sind für den Gestank verantwortlich. Dabei ist die Zersetzung, die durch Mikroorganismen unter Sauerstoffmangel ausgelöst wird, eine natürliche Form der Gärung. Giftige Gase werden auch gebildet. Ammoniak oder Schwefelwasserstoff. Weißt du, ob das die Leichengifte sind, in Tierkadavern zum Beispiel? Ich wusste es nicht. Bei Lebensmitteln sind solche Prozesse natürlich nicht brauchbar. Deshalb gibt es Konservierungsmittel. Sollen Fäulniserreger in Nahrungsmitteln verhindern und deren Haltbarkeit verlängern. Alles, was ich in dieser Küche sah, was sie aus dem Kühlschrank holte, was in den Töpfen und Tellern lag, war frisch oder schon gegart. Sie redete von mir, ich hörte sie sagen, wie gut ich einmal ausgesehen habe, wie lebendig oder sagte sie lebhaft ich einmal war, wie energetisch. Und jetzt? Wenn genug Sauerstoff involviert ist, werden organische Substanzen vollständig zu Kohlenstoffdioxid, Wasser und Harnstoff abgebaut. Verwesung also. Ich hielt in der einen Hand dieses schwere Brett, das ich nicht mehr lange balancieren konnte, und in der anderen die Zigarette, eigentlich schon aufgeraucht. Ich wollte mir gleich noch eine anzünden, am liebsten hätte ich die Zigarette auf dem Brett zwischen den kleinen, gleichmäßigen Käsewürfeln ausgedämpft. Jetzt war es doch wichtig, der anderen, die eine Verbündete hätte sein können, die Situation zu erklären. Autolyse hingegen : Selbstauflösung abgestorbener Körperzellen durch Enzyme, die im Gewebe schon vorhanden sind, ohne Beteiligung von Bakterien oder anderen Lebewesen. Ja natürlich! Bei Selbstauflösung sind die anderen unbeteiligt. Dass alles in einem selbst angelegt ist, das wollte ich jetzt aber nicht hören. Ich versuchte es mit einem Beispiel.

Die Sommerferien waren schon schön gewesen, aber auch eintönig. Damals war der Gastgarten immer voll, die Eltern machten im Herbst oder Winter Urlaub, ohne uns. Wenn es nach vielen heißen Tagen endlich regnete, holte ich warme Sachen aus dem Kasten, und am allerliebsten trug ich im August einen Rollkragenpullover und feste Schuhe. Am liebsten hätte ich die Heizkörper eingeschaltet und mich verkrochen. Plötzlich, immer bei Regenwetter im Sommer, war die Vorfreude auf die Schule besonders groß, und zwar schlagartig. Dieses Jahr, dachte ich mir da, mach ich es anders, besser, neu, ich kümmere mich richtig. Ich beginne mit Ordnung. Vokabeln von Anfang an, Aufgaben machen, sich vorbereiten auf Wiederholungen, diese Sachen. Aber auch um die Freundinnen wollte ich mich bemühen. Um sie sorgen, weißt du : Freundschaften pflegen. Dann fing das Schuljahr an, schönes Wetter und Regen, ich war guter Dinge, freute mich darauf. Nach ein paar Wochen war dieser Anfangselan verschwunden, und das Gemeine ist ja, dass du es erst viel später bemerkst. Wenn der Wecker läutet, und es ist noch stockdunkel, und du magst nicht aufstehen. Du beneidest die Eltern, weil die ein paar Stunden länger schlafen können, und fühlst dich so verlassen. Irgendwas ist immer unvollständig, und möglicherweise komme ich bei der Wiederholung in Bio dran und so. Dann sind ein paar Monate, das Semester vielleicht schon, vergangen, und du stellst fest, dass du bei dem und dem Geburtstagsfest nicht eingeladen warst, und es ist schon Halbzeit. Du weißt gar nicht mehr, wie das geht. Manchmal fühle ich mich immer noch so. Dieses Gefühl, man läuft auf Notstrom, und von vorne anfangen geht jedes Mal wieder nicht. Jörg kam, ohne dass er gerufen worden wäre, und fing an, das Essen ins Wohnzimmer zu tragen, zuerst nahm er mir das Brett aus der Hand. Marie und Jörg harmonierten miteinander, oder er hatte es gerochen; alles war fertig. Marie stellte sich in die Tür, ganz nah war ihr Gesicht an meinem. Schon wieder eine Augenbraue hochgezogen. Was redest du denn da? Ich denke, du warst eine richtig gute Schülerin, du hast doch sicher keinen Schulstress gehabt.

Du liebst deine Arbeit, hatte sie einmal zu mir gesagt, aber du schaust in die falsche Richtung. Und erzählte, wie eine, mitten unter ihren Freunden und Arbeitskolleginnen, in ein Loch fallen kann, das so tief ist, dass sie da gar nicht mehr herauskommt, keine Chance. Zuerst denkst du : dass ich als Einzige nicht begrüßt wurde, vom neuen Chef, das hat doch nichts zu bedeuten. Willst keine Mimose sein, der Alltag ist mühsam genug. Dann, aber das kommt erst nach einer Weile, ist dein Schreibtisch vergeben, versehentlich. Nicht dass du den Weg noch einmal zurückgehen musst, Station für Station, aber hier bist du noch nie gewesen. Arbeite mal ohne Computer, geht nicht. Stundenlang am Kopierer sitzen und die anderen kontrollieren. Mach dich keinesfalls nützlich! Jetzt denkst du auch wieder, dass es mehr als Abneigung war, dass du schon sehr lange von den gemeinsamen Mittagessen ausgeschlossen bist, dass sie dich schon das zweite Jahr nicht mehr zur Weihnachtsfeier eingeladen haben. Wenn es vorbei ist, schicken sie dich ins Lager. Das ist auch feindliches Terrain, weil zu den Hacklern gehörst du natürlich nicht. Wirst du nie dazugehören, das ist klar. Dann schaust du an dir herunter, und alles kommt dir fremd vor. Wenn du dich schick machst, fällt es noch mehr auf, wie fehl am Platz du hier bist. Wenn du einfach irgendwas anziehst, wird dich jemand besorgt fragen, warum du dich so gehen lässt. Sie geben dir eine Arbeit, die keine ist. Da kommst du nicht heil heraus, vergiss es also. Und versuch es erst gar nicht. Vergrab dich oder leg dich flach auf den Boden, dann steigen die, mit denen du früher in der Mittagspause zum Chinesen oder Italiener ums Eck, zum indischen Buffet vorne an der großen Straße oder einfach nur in den Supermarkt bist, um ein Joghurt oder irgendwas Leichtes zu holen, über dich drüber. Sicher, sie merken es nicht. Und es hätte auch ihnen passieren können, nicht? Einfach alles unternehmen (nichts, dann), damit du endlich nicht mehr das Gefühl hast, es geht schon wieder irgendwann. Weiter. Weiter. Stürz dich ganz hinab oder geh erhobenen Hauptes durch den Haupteingang, da, wo früher der Portier gesessen ist, bevor sie ihn wegrationalisiert haben.

Ich warf die angefangene Zigarette in die Abwasch, ging aus der Küche hinaus. Ich wollte nicht hören, wie Marie in einem versöhnlichen Ton, in dem so Einiges an Mitgefühl lag, sagen würde : lass uns essen. Ich wollte nicht dabei sein, wenn sie mir doch noch eine Hand auf die Schulter legte. Zum Trost.

Plötzlich fragte mich der Mann von der Kalenderfrau, ob ich mit, da stockte er : so blöd, jetzt weiß ich den Vornamen nicht, ich schaute ihn an, direkt, Bartstoppeln, ein melancholischer Blick, er dachte nach, und seine Frau fragte ihn, wovon er überhaupt redete, in welchem Genre er unterwegs sei, er antwortete ihr nicht, aber mich fragte er : bist du mit der Autorin verwandt, ihr habt denselben Nachnamen. Ich habe keine Schwester, sagte ich da, und : Autorin, die so heißt wie ich, kenne ich keine. Eine Weile sagte keiner was. Bestimmt, sicher wusste die fröhliche Runde, dass ich die Unperson war, aber warum war Marie so gut gelaunt? Reichten eine freundlich eingerichtete Wohnung und ein Typ, mit dem man sie ausgesucht hatte? Hausnummer, Telefonnummer, Kontonummer und Zeiten, in denen Freunde oder eine Nachbarin die Pflanzen gießen, weil man unterwegs war? Alle waren gut aufgelegt, und die Freundin des Lehrers, die seine Frau war und in einer Bank arbeitete, war besonders nett. Sie war auch zu den Kindern nett, und zwischendurch konnte sie zu ihnen sagen : ihr geht mir wahnsinnig auf die Nerven mit euren kleinlichen Streits, oder : warum müsst ihr so pedantisch sein, habt ihr euch das von mir abgeschaut? Tobias und Klara redeten nicht so mit den Töchtern, sie verkleinerten sich immer ein bisschen, veränderten den Tonfall. Irgendwie winzig und hoch. Sagten blöde Wörter. Wörter, die gar keine waren. Marie reichte mir die Schüssel mit dem Salat, sie hatte etwas auf dem Herzen : es war ja nicht nur bei Ulrich so. Ihre Hand auf meiner, in der das Salatbesteck lag. Das findest du jetzt in allen Bereichen. Alles muss neu sein und unkonventionell und aktuell, ach was, zukunftsweisend mindestens. Innovativ. Neue Räume müssen erschlossen werden, aber auch wieder exklusiv. Weil sich ja niemand mehr einen Raum leisten kann. Also projektbezogen sieht das dann wieder anders aus. Und weißt du, eine Idee. Eine Idee allein interessiert überhaupt niemanden mehr. Das muss schon ein ausgewachsenes Konzept sein, du brauchst Projektträger, einen fertigen Kosten- und Finanzierungsplan. Ich bin so froh, das kann ich dir gar nicht sagen, wie froh ich bin, dass ich da nicht mehr mitmachen muss. Wie lange ich gebraucht habe zu verstehen, dass wir alle Dienstboten sind, Handy hin oder her. Prozessorientiert. Ergebnisorientiert. Spartenübergreifend. Ich nahm mir vom Salat. Marie war nicht in der Küche zuhause, natürlich nicht, bei ihr sah es ganz einfach aus. Das Essen war nicht opulent, es war sehr gut. Wenn mich jemand gefragt hätte. Jörg steckte eine Gabel in den Topf mit den Nudeln und zwirbelte sich einen Haufen auf den Teller, er schüttete Olivenöl direkt aus der Flasche darüber und pfefferte ziemlich hemmungslos. Mir wurde schlecht, wenn ich an das ganze Fett dachte. Dass er es mit Parmesan band, half dabei gar nicht. Zur Hauptspeise gab es Nachrichten über Nachwuchs im Freundeskreis von Marie und den anderen. Das fanden die einen völlig daneben, weil die Beziehung der werdenden Eltern damit sicher nicht zu retten sei, Martin fand es schön, und Jörg und Marie erklärten gleich, warum sie nie gemeinsame Kinder haben würden. Sie hatten offenbar schon häufig darüber gesprochen, ihre Argumente wichen an keiner Stelle voneinander ab, sie ergänzten einander gut.

Die Frau, die mit mir zusammen gekommen war, grinste dem Lehrer und der Bankangestellten zu : Anwesende natürlich ausgenommen. Wir sind heute eingeladen, hatte die wahrscheinlich zu einer Arbeitskollegin, die auch eine Freundin sein konnte, gesagt. Manchmal wird ein Babysitter engagiert, oder vielleicht gibts auch Nachbarskinder, die sich ihr Taschengeld aufbessern, und die Eltern gehen aus. Ich erinnerte mich an solche Sätze nur vom Üben, aus einer Zeit, in der nicht so viel Zeit war für Einladungen, bei denen groß gekocht wurde. Wir sind heute eingeladen. Oder : ich habe heute Gäste. Als ich im Loft Nummer drei oder vier gewohnt habe, da wollte ich den immer wieder einmal anwenden. Ich habe Gäste heute, hätte ich dann zu jemandem gesagt, der nach der Arbeit auf ein Bier gehen wollte oder mich fragte, was ich später noch machen würde. Über die Tapezierböcke und meine große Schreibtischplatte hätte ich ein strahlend weißes Tischtuch gebreitet, und dann hätte ich marokkanisch gekocht oder etwas mit Reis. Je nachdem, wer gekommen wäre. Wokgerichte. Das war eine schöne, stimmige Vorstellung, ist es immer gewesen. Ich hätte mir nur nicht gedacht, dass Leute, die man zum Essen einlud, einfach ihre Kinder mitbrachten. Die Bankangestellte griff über den Tisch zur Pfeffermühle und schenkte der Frau, die mit mir gekommen war, ein freundliches Lachen, augenzwinkernd auch noch.

25

Ich bin satt, kann ich aufstehen? Die Kinder schieben ihre Stühle zurück, ordentlich, sind schon draußen bei der Tür. Ja, in Ordnung. Alena schaut ihnen nach, da beugt sich ihr Mann zu ihr hinüber, küsst sie auf die Wange. Er wollte sie auf den Mund küssen, aber sie hat den Kopf zur Seite gedreht, als habe sie nicht damit gerechnet. Er lächelt sie an, das ist nicht gequält, aber still. Es gelingt ihm nicht, nicht auf die Seite zu schauen. Ein paar Minuten später wird sie ihm über die Wange streicheln, er reagiert nicht, hört interessiert Kevin zu. Die beiden berühren einander immer wieder, beiläufig, konzentriert, als würden sie einen Schritt aus der Runde heraus machen. Nur sie zwei sein. Im nächsten Augenblick sind sie wieder vollkommen eigenständige Personen, sie hängen auch nicht aneinander, nirgendwo ein Klett- oder Reißverschluss, hin und her, Kuss und weg. Manchmal aber gelingt die Harmonie nicht so gut, das scheint sie nicht zu stören. Vera lächelt auch ein bisschen, ist irgendwo, ist weit weg; es wird die Distanz nicht größer, als Kevin aufsteht und zu dem schmalen Bücherregal geht, das bis an die Decke reicht. Er nimmt ein, zwei Bücher heraus, große Bücher sind das, blättert darin. Sucht etwas. Marie erklärt sofort, dass die anderen Bücher im Arbeitszimmer stehen, und auch die Videos, also DVDs. Ja, sorry, Berufskrankheit. Alena bemüht sich, die Lage zu bewerten. Ihr Mann (Arnold) geht kurz aus dem Raum, dann hört man, wie er sich von den Kindern ein Spiel erklären lässt. Die Kinder reden laut auf ihn ein, als wäre er stark schwerhörig. Geräusche aus dem Computer, Kevin blättert die Platten im untersten Regalfach durch und findet etwas, das alle an früher erinnert. Jörg nimmt ihm die Platte aus der Hand, legt sie auf den Plattenteller. Ein Gleichgewicht stellt sich langsam wieder her. Vera ist jetzt auch aufgestanden, sie nimmt das Cover, das Jörg achtlos auf den Ohrensessel fallen gelassen hat, liest die Songtexte, und Kevin schaut über ihre Schulter. Wird hier getanzt oder was? Arnold steht wieder in der Tür, die Musik ist laut jetzt, und er blinzelt in Veras Richtung, die nichts bemerkt. Alle sind damals nach Berlin gefahren, und wir sind hierhergezogen, ich habe mit dem Studium begonnen, und Martin hat die Schule fertiggemacht. Es war, wie in eine vollkommen neue Stadt zu kommen. Ich habe gar nicht damit gerechnet, dass hier noch Menschen leben, die ich von früher kannte. Manchmal frage ich mich, wie viele von ihnen ich getroffen habe, ohne sie wiederzuerkennen. Da sieht mans wieder, Jörg fällt Marie ins Wort, die scheint das nicht zu stören, sie hört ihm sofort und aufmerksam zu. Vielleicht wartet sie darauf, dass er von seiner Begegnung mit David Bowie erzählt, dabei : ihr habt das Internet gebraucht, um an früher anzuschließen. Ich finde das ja großartig. Ist es nicht wunderbar, Leute wieder aufzutreiben, die man seit Jahrzehnten nicht gesehen hat? Du hast ja ein paar ziemlich berühmte Freunde, Kevin. Wie kommt das denn? Ich meine, da sind Leute drunter, von denen unsereins gar nicht weiß, dass die überhaupt noch leben! Kevin sitzt jetzt in dem riesigen Ohrensessel, der den Platz neben dem Esstisch in dem kleinen Wohn- und Esszimmer vollständig ausfüllt. Das sind halt berufliche Kontakte. Da muss man natürlich unterscheiden. Freunde und Bekannte. Man kann auch Fan sein, weißt du. Alle sind sich einig, wie praktisch das ist. Nur Arnold will keinesfalls, dass ihn Schul- oder Kindergartenfreunde kontaktieren; als ihn Vera fragt, ob er Angst davor habe, dass seine Schüler ihn im Netz verfolgen könnten, winkt er ab. Lehrer sind wirklich das Letzte, wofür die sich interessieren, von daher droht keine Gefahr. Außer ich würde Fotos von mir in der Badehose reinstellen oder ein kleines privates Video, also das würden sie dann wahrscheinlich schon benutzen. Aber ich hab keinen Bock. Mir reicht es, wenn ich meinen Kollegen im Gang über den Weg laufe. Mit meinen Freunden treffe ich mich auch so, außerdem ist es doch eine Zumutung, dass man immer Bescheid wissen soll, wie man sich gerade fühlt, oder? Er schaut auf Clarissa, die winkt nur ab, sagt nichts dazu. Marie ist für einen Augenblick überzeugt, dass Clarissa nicht die geringste Ahnung hat, wovon sie sprechen, sagt nichts, wechselt mit Vera einen viel sagenden Blick, der nicht kommentiert wird. Eine leichte Bewegung geht durch den Raum, wie Aufbruch, und die Gruppe zerfällt in diesem Moment in ihre Einzelteile. Jörg macht das Fenster auf und lehnt sich nach draußen, als würde ihn das Gespräch nicht interessieren, vielleicht auch die Leute nicht. Dann kommt Arnold zu ihm, sie unterhalten sich leise. Vera stellt die Teller aufeinander, schiebt sie zu Marie, die gerade aufgestanden ist, will ihr helfen, aber die winkt ab. Kevin summt, er sieht zufrieden aus, aber auch so, als würde er im nächsten Moment aufstehen und zur Tür hinausgehen wollen. Vielleicht würde er das einfach machen. Vera kennt diese Stimmung, mag nicht die Verbindliche spielen. Dass Alena und Arnold mit Marie und Jörg sehr gut befreundet sind, spürt man die ganze Zeit, vor allem, wenn keiner von ihnen etwas sagt, weil sie längere Pausen in Ordnung finden, gehört doch schließlich dazu. Angenehm ist das, findet Vera, dass deren Kinder hier so gut wie zuhause sind, fremdelnde Kinder oder Jugendliche, die ständig demonstrieren, dass es lediglich ein Versehen oder auch so etwas wie ein Gnadenakt ist, dass sie den Erwachsenen die Ehre ihrer Anwesenheit geben, erträgt sie nur schwer. Dass Marie und Kevin sich schon so lange kennen und dennoch keine alten Freunde sind, wirkt auf sie ein bisschen waghalsig. Schwer vorstellbar auch. Kevin ist kein guter Gesellschafter, er mag Runden, die über drei, vier Menschen hinausgehen, überhaupt nicht. Glaubt dann, er muss ständig darstellen, was er alles weiß, was er kann, oft auch, wen er kennt. Jörg und Kevin würden sich niemals alleine auf ein Bier treffen, aber vielleicht stimmt auch das Gegenteil, und sie können nur hier kein schlichtes Gespräch führen, vielleicht wäre es anders, wenn sie sich zufällig in einem Lokal treffen würden. Vielleicht würden sie sich blendend unterhalten, weil sie sonst kein Publikum hätten, das zu unterhalten wäre. Zwischendurch schaut Kevin auf Clarissa, Vera sieht, dass es ihm keine Ruhe lässt. Sie hat vor langer Zeit das Buch auf seinem Nachttisch gesehen, hineingelesen, es bis zum Schluss nicht aus der Hand gelegt. Da war Kevin auf einem Filmfestival. Sie wussten beide, dass sie wusste, dass er nicht alleine gefahren war. Sie weinte ein paar Stunden, sie hatte kein Selbstmitleid, das ganz bestimmt nicht. Sie haben nie darüber geredet, nicht über diese Nacht, nie über dieses Buch. Als Kevin vor kurzer Zeit von seiner Entdeckung erzählte, meinte sie, der Inhalt und der Name der Autorin kämen ihr bekannt vor. Da war etwas, aber ich kann mich nicht mehr wirklich daran erinnern.

Das Mädchen kommt herein, eine Verletzung am Unterarm, Jörg verschwindet und ist gleich wieder im Wohnzimmer. Er sieht erleichtert aus. Was hast du dir denn erwartet, faucht Arnold ihn an. Dass sie dir deine Festplatten zertrümmert haben? Jörg zeigt ihm einen Vogel. Die Burschen haben am Hochbett herummontiert, und ich glaub, die Leiter war nicht ganz festgeschraubt. Sie lächelt schon wieder, ihre Wangen sind dunkelrot und im rechten Augenwinkel eine dicke Träne. Marie steht mit einem Tablett in der Tür und drückt es Jörg in die Hand; als sie sich umdreht, streichelt sie dem Mädchen über den Kopf. Das war nur ein Schreck, Kathi!

26

Als ich bei Tobias und Klara einzog, erwarteten die bereits ihr zweites Kind. Und freuten sich. Tobias stammte schließlich aus einer derart intakten Familie, dass es mir nur logisch vorkam oder natürlich, dass er das jetzt fortsetzen wollte. Das vom Großvater geerbte Haus war riesig, ich hätte eigentlich mehr bewohnen können als ein kleines Zimmer im Halbstock, der doch ein Keller war. Wir hatten vereinbart, dass ich einen Teil der Miete mit Babysitting bezahlen sollte, es stellte sich aber bald heraus, dass die jungen Eltern gar nicht so viele Abende alleine verbringen und dass auch die Großeltern ihr Enkelkind sehen und betreuen wollten. Das Babysitten wurde auf nachher verschoben, mir war das nicht unangenehm. Ein häufiges Wort in jener Zeit : nachher. Die zwei meinten damit die Geburt des Kindes, aber wenn ich Klara so strahlen sah, ihren großen Mund, den sie weit aufmachte zu einem Lachen, das einem gefallen musste und das in ihrem Gesicht immer da war, dachte ich, nachher bedeutete für diese Frau zehn, fünfzehn Jahre und mindestens drei oder vier Kinder später, ein derart langer Zeitraum, dass mir seine Undurchdringbarkeit Angst machte.

Als der Bauch der Schwangeren schon riesig war,

nahm Tobias mich mit in den Garten. Da klang gleich durch, dass er sich das Zusammenleben anders vorgestellt hatte. Zusammenleben? Früher hätte ich ihn fragen können, ob ich wieder ausziehen sollte, jetzt sagte Tobias von selbst, dass er hoffe, ich würde mich wohl fühlen undsoweiter. Ich fragte mich, wohin ich gehen würde, wenn er mir jetzt eröffnete, dass sie lieber allein in dem Haus wohnen wollten, noch dazu, wo jetzt doch ein zweites Kind käme. Kein guter Zeitpunkt für mich umzuziehen, aber wohl nicht mehr aufschiebbar. Er erzählte vom Plan der Hausgeburt und dass Klara es nicht so gerne sähe, wenn ich während der Geburt im Haus sei. Alles war schon geklärt. Ich würde einfach ein paar Tage zu Flo ziehen, der noch am selben Abend den Schlüssel vorbeibringen wollte. Eine Geburt stellte ich mir so ausufernd vor, dass mir die sterile Umgebung eines Krankenhauses gerechtfertigt schien. Ich würde nicht bei einer Hausgeburt anwesend sein wollen, wenn auch ein paar Zimmer weiter oder im Kellergeschoß. Darunter, das war ja noch schrecklicher. Allen schmeckte es ausgezeichnet, und Maries Gäste waren in der Lage, freundlich und regelmäßig darauf hinzuweisen. Marie war wahrscheinlich als herausragende Köchin bekannt in ihrem Freundeskreis. Sicher trafen sie regelmäßig zusammen, einmal in diesem Esszimmer, dann wieder bei den Kalendermenschen. Freundeskreis. Wie sie aus verschiedenen Richtungen zusammenkamen und an einem Tisch Platz fanden einen Abend lang. Bestimmt waren ihre Küchen unterschiedlich groß, aber alle kochten gern. Das schien ja heute Pflicht zu sein, Teil eines unkündbaren Gesellschaftsvertrags. Wie viel Marie aus dieser puppenstubenartigen Küche herausgeholt hatte, erstaunte mich wirklich, auch wenn ich von dem Gekochten nicht so viel essen konnte. Der Gedanke daran, dass Klara stundenlang unter Wehen schreien würde, in einem mit Folien abgedeckten Schlafzimmer, hatte eine schreckliche Vorstellung ausgelöst. Kyra würde, sobald es losginge, von den Großeltern abgeholt werden, und als ich das hörte, dachte ich : warum nehmen sie nicht einfach mich auch noch mit? Als Flo abends den Schlüssel zu seiner Wohnung vorbeibrachte, kochte Tobias für alle, Klara verzog sich gleich, nachdem sie ihre Tochter ins Bett gebracht hatte. Es kam aber keine Stimmung mehr auf wie zu Schulzeiten, schon lange nicht mehr. Ich wurde das Gefühl nicht los, dass Tobias mich nicht ernst nahm, sonst hätte er Flo nicht gefragt, ohne vorher mit mir zu reden. Als Tobias anfing, ausufernd zu gähnen, und sich Flo auf den Weg machen wollte, sagte ich noch : eigentlich bin ich ja erwachsen, kann ich schon selber meine Freunde fragen, ob ich bei ihnen übernachten kann. Dann nahm ich den Schlüssel und ging in mein Zimmer. Clique. Wie sie sich mehr oder weniger spontan gebildet hatte, ohne dass sie ein festes Ziel oder eine Struktur brauchte. Immer wieder. Ein paar Tage später wachte ich auf vom Getrampel Kyras und der sonoren Stimme ihres Großvaters, auch die Großmutter war da und ein anderes Enkelkind, Tobias' Neffe. Alle gingen nach draußen. Ich stand auch auf, ein bisschen wackelig noch von dem Erschöpfungsschlaf der letzten halben, dreiviertel Stunde. Autotüren wurden zugeschlagen, Rückwärtsgang, Supermanmelodie im Vorzimmer, Tobias kam zur Tür herein, blieb beim Stiegenaufgang stehen. Hatte er mich gehört? Ich stand in Socken am unteren Ende der Treppe. Das Licht aus dem oberen Vorzimmer fiel über die Stufen; ein heller Fleck, wo die Treppe eine scharfe Kurve machte. Er sprach am Telefon mit Flo. Ja, die Wehen würden kürzer, die Hebamme sei schon verständigt, sie erwarteten sie jeden Moment. Tobias sagte Flo, dass er nicht mit mir zu rechnen brauchte, weil ich schon am Tag zuvor zu einem Seminar gefahren sei, übers Wochenende. Tobias habe mir schon auf die Mailbox gesprochen undsoweiter. Freundschaft. Wie sie aber trotz fehlender Strukturen über deutliche Rollenverteilungen verfügte und über Zugangs- und Beitrittsbeschränkungen. Das war mir vollkommen klar. Ich stand noch eine Weile unten an der Stiege, dann suchte ich mein Telefon, es lag ausgeschaltet am Nachttisch.

Warum hatte ich leise die Tür geschlossen, das Fenster zugemacht und erst dann das Telefon eingeschaltet? Ich hörte Tobias' Nachricht ab, er klang gefasst und ruhig, in einem freundlichen Tonfall sagte er, dass er mir ein gutes Wochenende wünsche, ich solle ihn zurückrufen bei Gelegenheit. Ich hätte ihm nicht erklären können, dass mir die Kraft gefehlt hatte, zu diesem Seminar zu fahren, dass ich die Nacht halbwach auf Bett und Sessel verbracht hatte, keine Lust zu lesen oder auch nur nach oben zu gehen, mir einen Tee zu machen. Vielleicht war ich ja gar nicht da. Ich benutzte die Dusche nicht, ich machte mir weder ein Frühstück noch holte ich Pizza oder Döner. Ich nahm ein Stöhnen wahr, dann setzte ich mir Kopfhörer auf und hörte Musik, und ich musste wieder daran denken, dass ich einmal beim Nachhausekommen gehört hatte, wie Tobias und Klara miteinander schliefen. Das war lauter als jetzt. Was konnte durch Kopfhörer, durch die geschlossene Tür, über die Stiegen hinauf zu ihnen dringen? Ich war nicht da. Irgendwann hörte ich ein Auto heranfahren, danach wurde das Einfahrtstor geschlossen. Geschäftig begrüßte Tobias die Hebamme, ich hörte ihn trotz Kopfhörern, Wänden, Stiegenaufgängen. Ich zog mich so weit wie möglich zurück. Manchmal ging die Hebamme vor das Haus, vielleicht holte sie etwas aus ihrem Auto. Zum Telefonieren ging sie ums Eck, ich hörte sie vor meinem Fenster reden : aber eine Mutti sollte – Und : dann bin ich zum Abendessen daheim. Sagte sie wirklich Mutti und meinte damit die Gebärende? Ich hielt die Luft an. Es gefiel mir, dass eine Hebamme eine Geburt so schnell hinter sich bringen wollte, dass sie rechtzeitig zum Abendessen bei ihrer eigenen Familie sein konnte.

Warum ließ ich zwei Tage lang mein Telefon ausgeschaltet, aus Angst, es würde versehentlich läuten? Bediente ich überhaupt die Klospülung? Ich weiß es nicht mehr. Da kauerte ich auf dem Bett und wurde dafür bestraft, dass ich keine Lust hatte, mich mit Businessplänen und Budgets oder Systemen für lebenslanges Lernen auseinanderzusetzen. Ich war eingesperrt in einem akkurat aufgeräumten Zimmer und bekam ein bisschen Hunger und etwas mehr Angst und wollte verschwinden, dabei war ich doch gar nicht mehr da. Ich sollte in einem Hotel in Kleingruppen arbeiten und in den Pausen einen Spaziergang machen oder, wenn es ein Hallenbad gab, ein paar Längen schwimmen. Mit Kolleginnen in der Sauna sitzen und wahrscheinlich auch mit Männern, die schon keine Unbekannten mehr waren. Jemand würde anfangen und einen ersten Witz machen. Wenn sich dann zwei Gruppen bildeten, wäre ich in jener, in der man über die Pointe nicht lachte, aber ich würde auch nichts dagegen sagen. Jemand aus der anderen Gruppe würde einen weiteren Witz erzählen, und so würde es weitergehen, also würde ich den zweiten oder spätestens den dritten Saunagang auslassen. Immer wieder schaute ich die Seminarunterlagen durch und die Liste der Teilnehmer. Manchmal waren keine Namen angegeben, sondern nur die Institution. Wer von diesen Menschen wäre so interessant, dass ich davon erzählen würde? Ich hatte einen Eklat im Kopf und einen One-Night-Stand, aber wem würde ich davon erzählen? Das fühlte sich schal an, ich dachte, mit mehreren Geschichten im Kopf, zum Beispiel über den schlechten Schlaf im Hotel, weil es zu heiß war im Zimmer und weil ich doch meistens schlecht schlafe, seit ich so viel unterwegs bin, wenn ich mich einmal mehr über Frühstücks- oder Mittagsbuffets aufregte, zumindest innerlich, wenn ich das ganze Wochenende durchlebte, wäre meine Ankunft glaubwürdiger. Dabei bemerkten sie mich gar nicht, als ich mich am nächsten Abend, spät in der Nacht war es, aus dem Haus schlich, um wenig später laut wieder zur Tür hereinzustolpern. Ich hatte einen Blumenstrauß besorgen wollen, aber alle Geschäfte, auch die am Bahnhof und im Krankenhaus, hatten längst zu. Am nächsten Morgen war ich dann zum ersten Mal wirklich abgetaucht.

27

Der Schalter ist außen, ruft Marie Clarissa hinterher. Ein paar Minuten ist es still im Wohnzimmer, dann fangen Arnold und Jörg gleichzeitig zu reden an, Jörg unterbricht sich, und von Vera ist lautes Lachen zu hören, ausdauernd. Das Lachen wird schallender und endet nach zwei oder drei Minuten abrupt. Dann wieder Pause. Von dem folgenden Monolog Veras über ein Erlebnis, das sie vor einigen Wochen mit ein paar illustren Szenegestalten hatte, die bei ihr einen Kalender machen wollten, hört Clarissa nichts. Veras Stimme ist im Vorzimmer zu vernehmen, alle hören ihr jetzt zu, aber Clarissa kann mit den Worten nichts anfangen, vielleicht dringen sie nicht zu ihr durch. Sie steht in der Tür des Arbeitszimmers und schaut auf die zwei Kinder, der Bub zwölf oder dreizehn Jahre alt, das Mädchen ein bisschen jünger. Sie sitzen am Boden, vor ihnen ein opulenter Comicband, das Mädchen, dessen Name Clarissa vorhin nicht gehört oder schon wieder vergessen hat, redet auf ihren Bruder ein, sehr heftig, sie lacht auf, dann taucht in der fremden Sprache plötzlich ein deutsches Wort auf, noch eines. Das Mädchen sieht zu ihr hin, lacht, schaut ihren Bruder an. Clarissa schaut auf das Stockbett, dann auf den Schreibtisch und die Bücherregale, die teilweise in sich zusammengeknickt sind, daneben ein hoher Kistenstapel, auf dem Schreibtisch zwei riesige Bildschirme. Sind das eure Betten? Sie zündet sich eine Zigarette an, das Mädchen hüstelt reflexartig oder absichtlich, es klingt unecht, Clarissa bemerkt es nicht. Der Bruder sagt : Tiz und Hans wohnen hier manchmal, weil Jörg und Gusti geschieden sind. Jörg und Gusti? Tiz und Hans? Ja, die Kinder von Jörg. Hans ist ein paar Monate jünger als ich und sein Bruder Tiz ist schon sechzehn. Manchmal schlafen wir auch in ihren Betten. Dann holen uns die Eltern nach dem Frühstück ab. Jörg fängt oft schon vor dem Frühstück zu arbeiten an. Er schneidet Filme auf seinem Computer. Pause. Du solltest deine Zigarette über den Aschenbecher halten. Clarissa schaut dem Mädchen in die Augen. Das magst du nicht, diese Raucherei, stimmts? Das Mädchen erwidert ihren Blick, sehr freundlich sagt sie : es ist wirklich ungesund, man kann sterben. Sie sagt auch noch etwas auf Polnisch, ihr Bruder umschlingt ihren Arm, sie wollte gerade umblättern, die Seite steht in die Höhe, aua! Ja, entschuldige bitte. Das ist unfreundlich, ich weiß schon, aber Jan ist auch nicht immer der Allerfreundlichste von allen. Zu ihm : sag einmal, spinnst du? Schau : ein Abdruck von deiner Hand. Sie hat jetzt nichts Weinerliches, ihre Augen dunkel. Die Erwachsenen behaupten, eine Zigarette würde ihnen helfen, aber eine Zigarette ist kein Freund, im Gegenteil. Clarissa steigt über ein paar Spieleschachteln, sie nimmt sich eine Untertasse vom Schreibtisch, die Tasse mit dem eingetrockneten Kaffee stellt sie auf den Schreibtisch, dämpft ihre Zigarette auf dem Teller aus. Ich habe nie daran gedacht, wie schnell es geht, dass aus Babys junge Menschen werden, die halbwegs nervig, halbwegs vernünftig ganze Sätze herausbringen. Bist du denn Klassensprecherin? Katharina lacht, ganz fröhlich wird sie. Jan blättert weiter, noch eine Seite, seine Schwester hält jetzt seine Hand fest. Warte. Wie kann es sein, dass er ertrunken ist, wenn er doch ein guter Schwimmer war? Was schaut ihr euch denn an? (Clarissa) *How to Disappear Completely and Never be Found.* (Jan) Natürlich könnt ihr auch Englisch, Clarissa zündet sich noch eine Zigarette an, Katharina dreht den Kopf jetzt ganz in ihre Richtung, nach einem Zug dämpft sie die Zigarette auf dem kleinen Teller aus. Du hast Recht. Weißt du was, schmeckt mir überhaupt nicht. Ich rauche normalerweise gar nicht. Ich rauche nur, wenn es mir gut geht, auf Partys und so. Katharina schaut sie immer noch an. Jörg kommt zur Tür herein, gleich singt er : *I'm not here, this isn't happening*, Katharina grinst. Gehört das so hoch? Jörg lässt sich auf den Boden fallen. Jetzt sag bloß, du kennst *Kid A* nicht? Und du? Er schaut nach oben. Clarissa versucht, in Katharinas Gesicht zu lesen, worum es geht, aber die grinst sie nur an. Komm jetzt, Jan legt Jörg eine Hand auf die Schulter, jetzt könnte die Party aber wirklich beginnen.

28

Sie redeten von Radiojingles und Serien, die sie in ihrer Kindheit im Fernsehen gesehen hatten. Jörg schaute mich immer wieder von der Seite her an, hörte zu, aber es wirkte, als wäre ihm das alles unangenehm, abrupt beendete er diese beliebigen, irritierenden Reminiszenzen. Erzählte von einer Demonstration von Globalisierungsgegnern, bei der er gefilmt hatte, wie die Polizei ein junges Pärchen in den vergitterten Polizeiwagen zerrte, in die Wanne, wie sie das nennen, sagte Jörg und warf einen bedeutungsvollen Blick in die Runde, von der er sich betretene Antwortblicke erwartete, und ich fragte ihn, wie das Mädchen ausgesehen habe, wie alt es gewesen, was nachher mit ihm geschehen sei, ob er das verfolgt habe. Ich wollte ihm etwas unterstellen. Unsicher, was genau. Jörg sah mich an, dann ging sein Blick über mich hinweg, und er dozierte : nachdem die siebzehnjährige Slavica wie die meisten Demonstranten die Nacht in U-Haft verbracht hatte, wurde sie in aller Herrgottsfrüh entlassen und wegen mehrerer Delikte auf freiem Fuß angezeigt. Der junge Mann, mit dem sie zusammen festgenommen wurde, war aber gar nicht ihr Freund, sondern ihr Mann, stellt euch vor, mit siebzehn schon verheiratet. Da geht es zwar um eine formale Absicherung, aber das ist auch eine große Liebesgeschichte. Aber das ist privat, das hat damit nichts zu tun. Ich treffe sie manchmal, und wisst ihr, es gibt schon ein paar Slavicas und Carlos und Rudis. Jörg strahlte voller Überzeugung und Tatkraft. Nachdem er die Nudeln aufgegessen hatte, wischte er noch ewig mit dem Weißbrot den ölig-bröseligen Boden seines Tellers aus, sein Kinn glänzte. Das war echte Zufriedenheit, und es war für mich gar nicht überschaubar, wie großflächig die war. Die gehen alle auf die Straße und sie werden es immer wieder tun. Und irgendwann werden es noch mehr sein, und es gibt eine Zivilgesellschaft, das lass ich mir nicht ausreden, dabei schaute er mich wieder an, und vielleicht fragte er sich ja auch, was ich gegen ihn hatte. Viele dieser Jugendlichen sind anders, als wir es waren, sie sind höflicher, sie sind schon auch angepasst, aber nicht alle. Und vor allem nicht die ganze Zeit. Wer weiß, vielleicht kannte Jörg ja die Antwort. Die Kinder waren auch wieder am Tisch. Sie wirkten so klug auf mich und ein bisschen witzig. Die kleine Schwester flüsterte ihrem Bruder etwas zu, und als sie beide kicherten und meine Unsicherheit bemerkten, sagte der große Bruder, jetzt hat sie aber Deutsch geredet! Und dass ihnen Jörg vor dem Essen am Computer verschiedene Demonstrationen vorgespielt habe. Seine Schwester lachte ein bisschen künstlich und meinte : aber nur die Geräusche. Menschen, die rufen und singen, aber immer anders. Der Bruder ergänzte : Wien, Deutschland, Mexiko. Als ich immer noch nicht verstand, probierte ich es mit einem harmlosen Grinsen, was die kleine Schwester enttäuschte. Findest du das nicht witzig? Nur Töne von Leuten, die du gar nicht siehst, die eine Demonstration veranstalten, das gibt es überall auf der Welt.

Marie stand wieder in der Küche, sie sah von Porzellanförmchen auf, mit einem Bunsenbrenner in der Hand. Zuerst hielt sie mir das Gerät hin. Als wollte sie mir Feuer geben, ich hatte aber gar keine Zigarette in der Hand. Keine Zigarette weit und breit, und doch sagte sie, als sie mich kommen sah : jetzt nicht, es gibt gleich Kaffee. Die Bankangestellte kam aus dem Arbeitszimmer, in dem sich ihre Kinder schon wieder hörbar flüsternd unterhielten. Sie sah aus, als hätte sie geweint, und ich vermutete, wegen Jörgs Story und dass sie ein Mensch war, dem leicht die Tränen kamen und der sich deshalb fern halten musste von Kummer und Leid und sein totales Mitfühlen nur bei den eigenen Kindern ausagieren konnte. Ich verstand sie. Marie füllte Wasser und Kaffeepulver in die Espressokanne und erzählte, dass sich Alena als eine Genießerin eine Espressomaschine im Gegenwert eines kleinen Autos habe schenken lassen. Die winkte zwar ab, sagte dann aber : ja, ein Wahnsinn. Viel zu teuer, ich schäme mich. Ihr Mann habe aber eine Zeitschaltuhr installiert, damit sich die Espressomaschine morgens vor dem Aufstehen von selbst einschaltete. Das sei notwendig und spare Strom, weil die Maschine nicht die ganze Nacht laufe. Ich wusste nicht genau, ob ich sie wirklich verstand, und fragte mich, von wem man sich wohl ein Auto schenken lassen konnte. Großeltern vielleicht. Hatte ich denn alles verlernt über die Menschen, die einem über den Weg laufen konnten? Mit Martin hatte ich mich den ganzen Abend noch nicht unterhalten, anfangs dachte ich, wir könnten vielleicht später noch etwas trinken gehen, aus einer Solidarität heraus. Dabei war er die ganze Zeit abwesend, interessierte sich nicht besonders für die Gäste seiner Schwester und rannte ständig aus dem Zimmer, um zu telefonieren. Zwischendurch tippte er unter dem Tisch auf seinem Telefon herum wie ein Jugendlicher.

Seid ihr Polen? Alena zog die Augenbrauen hoch, also du oder dein Mann? Was war mir denn so peinlich? Die Kinder sprachen ja ganz ausgezeichnet Deutsch. Dass ich all diese Menschen nicht kennen lernen mochte, weil ich sie nicht verstand? Jeder an seinem Platz. Marie und Alena wechselten einen Blick, den ich nicht einschätzen konnte. Ich bin mit meinen Eltern zweiundachtzig aus Polen gekommen, und ich habe das Deutsche dann eigentlich auch noch ganz gut gelernt, finde ich. Ja sicher, das war ja nicht so gemeint. Ich meine, du weißt schon, es ist ja. Immer super, wenn die Kinder mehrsprachig aufwachsen, Marie tätschelte mir die Schulter. Ich versuchte wie die beiden Frauen zu lächeln, ich weiß wirklich nicht, ob es mir gelang. Jörg legte die CD zum Buch oder zum Comic auf, als wir gemeinsam ins Wohnzimmer zurückkamen, er sang den ganzen Song mit. *In a little while I'll be gone / The moment's already passed.* Warum war es so schwierig zu sagen, ich hänge in der Luft, hoffentlich falle ich bald, damit das vorbei ist. Es rief ja kaum noch einer zurück. Fühlte sich rau an im Mund, wenn ich daran dachte, dass einmal das Telefon so oft geläutet hatte, dass es kaum auszuhalten war. Gefährten. Ganz leichte Schnitte, innen oder außen, spielte keine Rolle mehr. Es spielte keine Rolle mehr. Wie konnte man in der Luft hängen und keine Luft haben gleichzeitig? Warum war es nicht möglich zu fragen, wie macht ihr das eigentlich : die Sache mit dem Arbeitsamt und dem Überleben und dann noch guter Wein? Marie bat mich, ihren Bruder zu holen, und ich ging ins Stiegenhaus hinaus, weil ich dachte, er würde draußen auf und ab gehen und telefonieren, aber da war er nicht, es roch kalt, den Rauch dachte ich mir, und ich dachte an die Feuchtigkeit im Keller von Tobias und Klara und dass Tobias vorsichtig oder eindringlich (wer wollte das unterscheiden?) sagte, das komme mir nur so vor. Er meinte : das bildest du dir nur ein. Ich schlüpfte durch die Wohnungstür, nahm meinen Regenmantel von der Garderobe, dann trat ich wieder ins Stiegenhaus, die Wohnungstür blieb einen Spalt offen, auf dem Fensterbrett neben der Tür lagen Martins Zigaretten neben dem Aschenbecher, sein Telefon lag da und blinkte. Ich nahm mir eine Zigarette. Gleich würde ich fort sein, es ist schon passiert. Es war ein unerhörtes Gefühl, es erleichterte mich und ließ etwas in mir einsacken, ich wusste nicht was.

29

Da hast du dir aber einen schönen Platz ausgesucht, um den Himmel anzuschauen.

Ach, es ist nur.

Drei, vier, noch ein Flugzeug, ungewöhnlich um die Zeit, zwei haben den exakt gleichen Bogen gemacht, lustig.

Wie blau der Himmel ist.

Als ob Frühling wär.

Wasser ist aber nicht so viel vorhanden wie im Frühjahr.

Hallo.

Hallo übrigens.

Gehen wir, magst du ein Stück spazieren, Chiara?

Da fliegen drei Vögel auf das Geländer zu, lassen sich nieder. Es sind Tauben.

Hier ist vielleicht nicht so ein guter Ort für Spaziergänge. Wieso bist du zu Fuß unterwegs?

Drüben steht mein Auto. Beim Vorbeifahren dachte ich mir gleich, da wartet jemand auf mich. Wie du den Kopf zum Himmel gedreht hast, hab ich dich erkannt. Magst du mit zu mir kommen? Ich könnte was kochen.

Ich bin auf dem Weg zum Bahnhof.

Zu Fuß? Ich bring dich. Komm, steig ein.

Sie gehen von der Brücke hinunter.

Dass du immer noch diese Kiste hast. Dass die noch fährt.

Warte. Die Tür lässt sich nur von innen öffnen.

Florian steigt ein. Er räumt ein paar Sachen nach hinten, beugt sich hinüber.

Clarissa steigt ein. Sofort landen ein paar Brösel auf einem Hosenbein. Magnetisch. Nach ein paar Minuten Fahrt sagt Clarissa : ach, ich komm gern auf dein Angebot zurück. Essen mag ich nichts, aber einen Kaffee gern. Florian biegt ab, fährt zurück, er schaut auf die Straße. Clarissa wischt über ihre Oberschenkel. Oft tut sie das. Bei der Einfahrt zur Wohnanlage öffnet er mit einer Fernbedienung die Schranke, er parkt sein Auto, dann gehen sie durch zwei Hausdurchgänge auf ein dreistöckiges Haus zu, Steinböden, Spione, Sicherheitstüren. Florian holt den Lift, dann steigt er doch hinter Clarissa die Treppe hinauf in den dritten Stock. Er sperrt seine Wohnungstür auf, Fliesenboden, Plastikschale mit einem Paar ausgetretener Männerschuhe. Als Clarissa ihre Schuhe abstreifen will, sagt er : bitte nicht, die Putzfrau ist krank oder im Urlaub. Sie schiebt ihre Schuhe auf die Plastikschale. Kalter Fliesenboden, der Parkett in der Küche ist warm, auch im Wohnzimmer, sie geht auf den Balkon, hört, wie Florian die Kaffeemaschine einschaltet, er kommt zu ihr : ich kann auch Tee anbieten und Shortbread. Natürlich. Clarissa will lieber Kaffee. Sie steht auf dem Betonboden, kleine Steinchen spürt sie, Florian bringt ihr Hausschuhe, die sie nicht anzieht. Er stellt ein kleines Tischchen auf den Balkon, klappt zwei Gartenstühle auf, durch einen Spalt zwischen Boden und Brüstung weht leicht kühle Luft, sie beugt sich über das Geländer, schaut auf Teppichstangen, kurzen Rasen, eine Schaukel und eine zugedeckte Sandkiste mit ausgebleichtem Plastikspielzeug.

Alles ist so ordentlich bei euch.

Florian stellt einen dicken Rucksack zwischen Tisch und Stuhl und packt einen Papiersack aus, geht in die Küche, holt einen großen Teller, ein Brotmesser, eine Küchenrolle.

Ich wollte dich aber nicht vom Mittagessen abhalten.

Esse sowieso, nimm dir, wenn du was magst.

Wie gehts dir denn, Flo?

Hm.

Tobias hat mir von deinen Erfolgen erzählt.

Hör nicht auf den, der beschimpft mich ja schon von Weitem als bösesten Manager ever. Ich baue Bremsen, ich meine.

Hinter ihnen im Zimmer läutet ein Telefon, das Schnaufen einer Dampflok, wird noch lauter, verstummt dann. Unmittelbar danach läutet noch ein Telefon, ein bisschen näher.

Tschuldige, das ist die Susanna.

Florian geht mit dem Sandwich in der Hand ins Zimmer, Clarissa schaut einem Schmetterling zu, der über die Brüstung flattert, gleich nicht mehr zu sehen ist. Wieder dampft das Handy, tutet. Florian steckt den Kopf zur Balkontür heraus, den Telefonhörer in der einen, das Sandwich in der anderen Hand.

Tschuldige, mein Chef, in den Hörer hinein : du, bis nachher.

Eine Viertelstunde später legt er sein Handy auf den Tisch, schaltet es aus.

Feierabend.

Schmeckt dir der Kaffee nicht?

Clarissa zieht die Tasse näher zu sich heran.

Schon.

Wieso bist du eigentlich aus dieser hübschen Wohnung in der Altstadt ausgezogen? Wegen Michi?

Michael hat nie bei mir gewohnt. Du meinst, warum ich zurückgekommen bin?

Schau, Chiara, das wird schon wieder. Schau mich an.

Wenn ich über diese beschissene Brücke gehe, muss ich immer daran denken, was die richtige Abzweigung gewesen wäre. Ich weiß es ja auch nicht, was –

Magst du echt nichts essen? Ich kann auch Spaghetti machen, ich hab auch Salat –

Sicher nicht.

Entschuldige, Flo, das war nicht so gemeint. Lieb von dir.

Mir würde es auch nicht schaden. Ich hab mich im Fitnessstudio angemeldet. Die haben sogar in Bukarest eine Filiale. Aber ich komme nicht dazu. Ach, Scheiße, Chiara. Weißt, ich glaube, es wäre wirklich besser, wenn du dir was anderes suchen würdest.

Hat Klara mit dir geredet?

Klara? Wieso? Nein. Die werden die Bude irgendwann auf Vordermann bringen, sicher. Wenn sie mehr Platz brauchen, vielleicht die Zimmer unten renovieren. Ach, nein. Ich meine, wegen dir.

Ja, sicher. Ich schau mich eh schon um. Kennst du die Raphaela Reiter?

Raffi?

Ja, weiß ich jetzt nicht, in so einer Stiftung hat sie lange gearbeitet, jetzt hat sie ihre eigene Firma.

Jaja, die Raffi. Ihre Zwillinge waren mit dem Josef in der Krippe, oder im Kindergarten. Die ist nett. Ich hab gar nicht gewusst, dass die Wohnungen hat.

Nein, aber sie braucht jemand für, ist egal. Ich brauch was Neues, ich weiß.

Chiara.

Jetzt schau nicht so.

Also, auch wenn das jetzt komisch klingt. Es ist nicht so gemeint. Wenn du keine Lust mehr hast, bei Klara und Tobias zu wohnen, könntest du echt eine Zeitlang hier wohnen. Ich bin so gut wie nie da. Wenn ich da bin, übernachte ich sowieso bei Susanna.

Das ist nett von dir.

Wir könnten ein Bier trinken, was meinst?

Florian räumt die Essensreste und das Geschirr in die Küche.

Von der Küche aus ruft er : Chiara! Ich hab sogar Prosecco, was?

Mit einem Bier, der Proseccoflasche und einem Glas kommt er wieder zurück, setzt sich auf seinen Klappsessel. Holt aus seiner Hosentasche einen Schlüsselbund mit einem Bieröffner.

Ein paar Prinzipien darf man eben nicht aufgeben, er grinst, find ich.

Eine kleine Packung mit Erdnüssen aus der anderen Hosentasche.

Ach, ich mag eigentlich keinen Alkohol.

Clarissa wischt die Brösel von der Tischplatte, die ganze Zeit. Als es ihr auffällt, verschränkt sie ihre Hände vor der Brust.

Aber trink dein Bier, es ist Wochenende.

Was war denn vorhin auf der Brücke?

Schau, der Schmetterling ist wieder da.

Was hast du denn vorgehabt? Wohin wolltest du fahren?

Hast du nie Angst beim Fliegen?

Clarissa.

Schau nicht so streng, he. Ich hab gedacht, ich besuche meine Eltern.

Clarissa!

Meine Mutter, ich wollte den Zug um drei nehmen, um fünf nach drei fährt der.

Die S-Bahn?

Ja, sicher, die Bahn um 15.05. Was hast du denn?

Gegenüber geht ein Fenster auf, dunkelroter Stoff fließt die Hauswand hinunter.

Ich hab mir gedacht, ich geh vielleicht für eine Zeit in die Klinik. Vielleicht hat mein vorletzter Chef Recht gehabt, als er mir das empfohlen hat. Der hat mit einem Psychologen über mich geredet. Liegt wahrscheinlich an meiner Größe. Haben auch die Kollegen damals bemerkt. Zuerst war es ein Scherz in einer Besprechung : die kommen herein und streichen mir zuerst über den Kopf. Schön, dass du schon da bist. Läuft der Beamer? Und wenn der Beamer einmal nicht lief oder wenn die Verbindung zum Computer unterbrochen war, streichelte mir irgendwann sogar die Praktikantin über den Arm. Kränk dich nicht, kann jedem passieren. Ich habe eigentlich die Technik im Griff gehabt. Ich war immer rechtzeitig, überpünktlich. Das war auch der Chef, der mir immer gesagt hat : Sie müssen endlich delegieren lernen, Frau Stadler. Warum machen Sie das selber?

Haben Sie kein Vertrauen in Ihre Kollegen? Wofür stell ich hier laufend neue Studentinnen ein, wenn Sie alles selber machen. Treten Sie einen Schritt zurück. Sie haben mich doch angelogen, beim Bewerbungsgespräch! Zu mir haben Sie gesagt, Sie sind eine Teamspielerin! Oder wenn er im Büro angerufen hat, fragte er zuerst nach dem Gernot, vom Marketing, dann nach der Frau im Vertrieb, und wenn ich ihm sagte, was er sicher wusste, dass nur ich noch da bin, fing er wieder an : warum sind Sie schon wieder die Letzte? Was machen Sie eigentlich um die Zeit noch im Büro? Machen Sie Ihre Arbeit doch wie alle anderen auch, am Tag! Sie haben sich heute um 7 Uhr 15 eingeloggt. Wollen Sie hier einziehen? Und wenn er am nächsten oder übernächsten Tag ins Büro kam, steuerte er gleich auf mich zu und tätschelte irgendwas an mir. Deutete so eine Art Entschuldigung an. Sobald ich zurückzuckte, fing er wieder an. Sie haben anscheinend Angst vor Autoritäten, oder haben Sie Angst davor, dass es jemand zu gut mit Ihnen meinen könnte? Ich hätte Sie längst rausschmeißen sollen, die Auflistung vom Wochenende hätte mir doch den Rest geben sollen. Aber ich dachte, versuch es noch einmal mit der Stadler, die lernt das schon noch, ich wollte Sie sogar für das interne Coaching vorschlagen.

Scheiß auf die Konzerne, Chiara. Das sind doch ganz normale Mechanismen, um dich mürbe zu machen. Warum willst du jetzt in die Psychiatrie? Weil vor zwei Jahren, wie lange ist das her? Weil du dich vor ein paar Jahren nicht begrapschen hast lassen von irgendeinem Würstel?

Ich hör schon wieder auf, Flo, verzeih. Aber diese Brücke macht mich irgendwann noch wahnsinnig. Deswegen sollte ich in Behandlung, im Ernst.

Susanna würde jetzt sagen, eine Therapie kann eigentlich nie schaden. Stimmt wahrscheinlich. Apropos. Kommst du mit? Susanna hat vorhin gesagt, liebe Grüße übrigens, hab ich vergessen dir auszurichten. Ich soll dich unbedingt zum Abendessen mitbringen, full house, die ganze Mischpoche ist da, also nur so, kein Anlass.

Schau nicht so streng. Florian. Ich geh lieber nachhaus. Sag ihr auch liebe Grüße. Ich besuch euch demnächst einmal, ja?

Ich nehme dich mit, jetzt renn doch nicht davon, Chiara. In einer Minute.

Du weißt ja, ich geh gern zu Fuß.

Clarissa!

He, danke für den Kaffee. War schön.

30

Über die bunten Ziegelsteine des schmalen Daches schaut er auf das Pflaster im Innenhof. Vielleicht 16. Jahrhundert, so genau weiß er es nicht. Wahrscheinlich ist das Pflaster schon oft ausgewechselt worden. Von der Lobby durch das Restaurant. Die Fenster in den Arkaden dunkel. Tisch neben dem Sofa deplatziert. Der stört die Optik. Und als wüsste der Tisch das, sieht man ihm seine Instabilität an, auch von oben. Nicht gebaut für diesen unebenen Boden. Er hat ein Blatt Papier auf dem kleinen Beistelltisch liegen gelassen, ein Kellner hat es mit einem Stein beschwert (oder ist das ein Aschenbecher?), als er die Gläser weggetragen hat. An der Tür ist er stehengeblieben, der kleine Hof leer. Sofas in freien Räumen sind ja immer ein bisschen lächerlich, man lässt sich leicht einsinken, und das ist keine gute Voraussetzung für die Arbeit, aber er hat keine Probleme mit Konzentration. Dieses Lounge-Gehabe wirkt in dem kleinen Palazzo lächerlich. Der Schatten hat sich ausgedehnt. Auf den Pflastersteinen ein paar Linien, geheime Verkehrszeichen. Er kennt sich nicht aus. Die Pressefrau tritt in den Hof, beachtet die Linien und Felder nicht. Sie umgeht sie aber, als wüsste sie um deren Bedeutung. Dann steht sie da, vielleicht denkt sie an etwas Schönes. Sie steuert auf das Sofa zu, auf dem eben noch Kevin und der Regisseur gesessen sind. Ein schmaler Streifen Sonnenlicht auf der Seite des Restaurants, des Frühstücksraumes. Sie nimmt den Zettel, schaut darauf, faltet ihn zusammen, steckt ihn in ihre Mappe. Steht da und schaut in die Luft, sie schaut in seine Richtung, als wüsste sie genau, dass er da steht und sie beobachtet. Ledermappe vor der Brust. Geht den Schritten entgegen. Keine Irritation. Wie Kevin wird jetzt eine junge Frau freundlich und mit Händeschütteln begrüßt, zu dem Sofa begleitet. Die Kollegin setzt sich an dieselbe Stelle wie Kevin zuvor. Sie holt ein kleines schwarzes Buch aus ihrer Tasche und ein Aufnahmegerät. Dann sieht sie sich um. Dreht ihren Kopf in die Richtung, in die die Pressefrau davongegangen ist. Kevin verlässt die Terrasse, geht hinunter zur Lobby, aus dem Hotel hinaus in Richtung Vaporetto. Er wird auf dem Weg noch einen Kaffee trinken und ein Panino essen und rechtzeitig am Bahnhof sein.

Wie Tauben und Katholiken sollten sich die Menschen fürs Leben zusammentun. Lust und Obsession ist doch das Beste von allem; die Zeit vergeht trotzdem. Kevin wird bald vierzig, aber er fühlt sich viel jünger, eher wie Anfang dreißig. Er sieht sich mit offenem Mantel in das Kaffeehaus eintreten, direkt auf die Schriftstellerin zu. Der Mantel flattert immer leicht, und Kevin mag ihn sehr. Kevin ist nicht besonders groß, er hat das längst überwunden, kein Problem mehr damit. Manchmal spürt er, wie er aus einem Film heraustritt. Nicht aus dem Kino kommt er, direkt aus dem Film. Und er sieht viele Filme. Das ist er. Er kann sich aufsplitten und ist in allen Rollen ganz da.

Noch im Stehen sagte er dem Regisseur, wie komisch er seinen Film fand und wie europäisch. Was dieser bestimmt als Kompliment auffasste. Er hatte ihn schon einmal interviewt, daran würde sich der Regisseur nicht mehr erinnern können. Es war eines der ersten Interviews, das Kevin mit einem wirklichen Star auf Englisch geführt hat. Und obwohl er die Sprache beherrschte, fühlte sich alles wattig an, und im Laufe des Gesprächs überfiel ihn zum ersten Mal die Panik, dass das Aufnahmegerät nichts aufzeichnen würde; diese Angst begleitet ihn auch heute noch, wenn er nicht hundertprozentig vorbereitet ist. Er wagte es nicht, einfach nachzusehen, was ihn noch unsicherer machte. Zwischendurch war er gar nicht sicher, ob seine Worte beim anderen überhaupt ankamen. Ganz zu schweigen davon, wie. Der Regisseur war doch unerreichbar, ein Idol, bis vor Kurzem hatte Kevin gar nicht sicher sein können, dass es ihn wirklich gab, dass der ein Mensch war, mit Haut, Knochen und Haaren, die schütterer wurden mit den Jahren. Er liebte dessen Filme schon lange, er kannte alle und viele hatte er mehrmals gesehen. Und jetzt saßen sie einander gegenüber. War er selber damals älter gewesen als heute? War ihm nicht einiges schwerer gefallen, das er doch beherrschte? Das Interview wurde nicht überschwänglich gelobt, aber es war gut, wie die meisten Sachen, die er publizierte. Er hatte damals die ungreifbare Gewissheit, dass es trotz aller Aufregung völlig korrekt war, dass er mit einem der größten lebenden Regisseure in einem Hotelzimmer saß und Fragen stellte, Vermutungen einwarf und einen kleinen philosophischen Schwenk versuchte. Jetzt machte es gar nichts, dass der Regisseur sich daran nicht erinnern konnte, es war über zehn Jahre und eben so viele Filme her. Der Regisseur machte zwei höfliche Minuten Konversation und scherzte über den Wellnessbereich des Hotels und über alte, halbwegs berühmte Säcke wie ihn, die dazu verdammt waren, darüber Witze zu machen, damit es nicht auffiel, dass sein Gegenüber es sich zwar nicht leisten konnte, aber wohl auch andere Hotels vorzog. Es würde immer besser werden, Kevin hatte einige Regisseure als Freunde. Der alte, halbwegs berühmte Sack redete von seiner Frau, die Venedig viel mehr liebte als er und wollte, dass er nur mehr hier Filme drehte. Kevin holte sein schwarzes Notizbuch heraus, seit Jahren ledergebundenes A5-Format. Der Regisseur murmelte in seine Richtung : blanko, seine Augen blitzten und wirkten sehr jung. Kevin nahm das Stoffbändchen und blätterte damit sein Notizbuch auf. Er war wie immer gut vorbereitet, nur für einen Moment irritiert, ob der Regisseur etwas Deutsch sprach. Er streifte die Seiten glatt, schaltete sein Aufnahmegerät ein, kontrollierte es und sah sein Gegenüber an, das jetzt artig dasaß wie ein kleiner Bub, der versprochen hatte, alles richtig zu machen. Kevin liebte seine Arbeit. Jetzt hatte er noch siebenundzwanzig Minuten, wollte anfangen, über den Film zu reden, aber der Regisseur redete gleich über Flair und über das Licht, beide dachten sie Weichzeichner, beide verzichteten sie darauf, das böse Wort auszusprechen, und kamen zu den Freundlichkeiten einer Landschaft, was man als Klischee abtun hätte können, aber das wollte keiner von ihnen. Leidenschaft und Maßlosigkeit. Die Hauptdarstellerin sagt doch über ihre Beziehung, ihre Ehe, um genau zu sein, sie sei erst in dem Moment romantisch geworden, als klar war, dass sie nicht halten würde. Kevin sah den Bubenkörper in Hemd und Hose, wie er in das Sofa sank, nur ein bisschen. Er hörte den alten Mann über die romantische Liebe reden, die sich ja nicht erfüllen könne, denn ansonsten würde daraus etwas anderes werden. Das Begehren erzeugt die Romantik. Und als Kevin Romantik und Dauer zusammenbringen wollte. Da wusste er nicht, und Vera wusste nicht, dass sie beide ein Jahr später Eltern eines Mädchens sein würden. Er wusste nicht, dass er dann zum ersten Mal in ihrer rund zehnjährigen Beziehung oder seit der Zeit, als sie zusammengezogen waren, Alexandra nicht mehr treffen und auch Rosa keine SMS mehr schreiben würde, wenn sie sich nach Wochen oder Monaten spätabends in einem Lokal, auf dem Markt oder im Kino zufällig über den Weg liefen. Er würde nicht darauf bestehen, dass das Ende ihrer Beziehung, ihr Ende noch einmal besprochen werden müsste. Sie sich einmal noch treffen sollten und er zwischen 14 und 16 Uhr bei ihr sein könnte. Er wusste nichts von Veras und seinem Leben als Eltern, und obwohl sie manchmal darüber redeten, hatte er überhaupt keine konkrete Vorstellung davon. Der romantische Teil der Liebe, sagte der Regisseur, kennt ja keinen Zieleinlauf. Wenn man zusammenbleibt und heiratet und nach zehn Jahren eine glückliche Ehe führt, das ist doch eine ganz großartige Sache, aber mit Romantik hat das wohl wenig zu tun. Kevin sehnte sich nicht nach Vera, nach ihr sehnte er sich selten. Sie war einfach da. Morgen, wenn er aus der Redaktion käme, würde er sie sehen. Das ist kein so starkes Gefühl wie Langeweile oder Hass, auch nicht Gleichgültigkeit. Er konnte sich auch nicht vorstellen, nicht mit ihr zu leben. Sie hatten eine gute Beziehung. Denn wenn man die Zeit zurückfahren lässt, Sie wissen schon, Zeitraffer rückwärts, landet man irgendwann bei dem einen Moment, in dem man übereinander herfallen musste vor lauter Begehren. Oder noch ein Stück weiter retour in unserer Liebeszeitmaschine. Man kann den Blick gar nicht abwenden. All das. Und dann ist die Substanz, die für Anziehungskraft und Elektrizität sorgte, plötzlich verdampft, und die größten Liebenden gehen sich unheimlich auf die Nerven.

Müde hatte die Schriftstellerin ausgesehen, ein bisschen fertig sogar. Sie war nicht so hübsch wie auf den Bildern. Sah aber besser aus. Fahrig. Erklärte gleich, dass sie um die Zeit nie rauchte, und griff nach seinen Zigaretten, die er ja auch nur dabei hatte, weil es am Abend zuvor spät geworden war. Er rauchte auch nie um die Zeit, aber das sagte er jetzt nicht. Sie hatte diesen Blick, von dem man immer wissen wollte, was dahinter steckte. Das Gespräch kam nicht in Gang, sie wirkte zerstreut und stellte kaum Fragen. So war das manchmal. Nicht oft. Kevin musste dann wissen, was sie dachte, wie sie sich zu ihm verhalten würde. Immer deutete sie etwas an, auch wenn es nirgendwohin führte. Es sollte nirgends hinführen. Aber am Grund. Dieses Blicks. Grün und ein Auge ins Braune verlaufend, als hätte sich das Grün vollends verflüchtigt. Das wusste er schon, dass er nicht zu ihrem Innersten vorstoßen würde, als großes Ganzes. Alles. Aber vielleicht könnte er es spüren. Als er das Gesagte als ein Zitat aus einem Film wiedererkannte, wusste Kevin nicht, dass er die Schriftstellerin nicht wiedersehen würde, aber er dachte es sich fast. Spröd war es zwischen ihnen gewesen, und jetzt war er nicht mehr sicher, ob es eine gute Idee war. Sie war es, die ihm die Adresse nannte, klar fuhr er hin, und natürlich gefiel es ihm, dass er sich in einer Pension von fast schon unglaublicher

Schmierigkeit wiederfand. Tatsächlich war er da noch nie gewesen. Im Raum neben der Rezeption saß eine lesende Frau mit großen, dicken Augengläsern. Dunkelgrüne kleine Fliesen am Boden, eine dunkelbraune Cordtapete, die auf Augenhöhe von beigen Tapetenblumen auf cremefarbenem Untergrund abgelöst wurde, Cordfauteuils, fast schwarze Tische, ein riesiger Kaffeeautomat. Vor der Schriftstellerin standen zwei Becher : Hauptdarstellerin in einem älteren Woody-Allen-Film in der Drehpause. Als sie ihn sah, lachte sie auf, aber vielleicht lachte sie auch über etwas, das sie gerade gelesen hatte. Kevin übertrug das Schmierige nicht auf die Situation, und wenn er nur einen Moment lang, wenn er nur einen Schritt aus diesem schrägen, anachronistischen Bild herausgetreten wäre, hätte er erkennen können, dass er in keiner Allen-Komödie, sondern eher in einem Cassavetes-Film oder in der Versuchsanordnung für eine Short Story gelandet war. Er dachte nicht ständig an sie, aber manchmal. Er wollte. Er hielt sich nicht für unwiderstehlich, das war Blödsinn, und Kevin war nicht blöd. Er war nur direkt und voller Kraft. Er mochte keine Kinosätze denken, nein, wirklich nicht. Er konnte die Realität von Drehbüchern und gut verfilmbaren Stoffen unterscheiden, und er war nicht größenwahnsinnig. Er hatte das Leben so gern.

Der Regisseur sagte, dass er selber trotz seines Alters nicht durchblickte : von mir nicht zu reden, mir ist da kaum etwas klarer geworden. Erschöpft war er da für einen Moment, und das wirkte ganz persönlich oder privat auf Kevin. Als würde in dieser Erschöpfung ein

Band zwischen ihnen geknüpft. Das nächste Mal wird er sich an mich erinnern, dachte Kevin da schon, aber auch, dass er sich noch ein wenig anstrengen musste dafür. Er stellte Fragen zur Arbeit, zur Regelmäßigkeit, zur Stetigkeit. Und wie es gelang, dass all das Wiederkehrende neu und anders und so vertraut sein konnte. Die Erschöpfung vorhin war vielleicht eher Zartheit, dachte Kevin, als sich der Regisseur aufrichtete, sich gegen die Polster des Sofas stemmte und die Steifheit wieder einer Lässigkeit wich, jetzt aufrecht.

Kevin hatte nicht wissen können, dass die Schriftstellerin (Selma) und Vera an diesem Abend im selben Restaurant an zwei Tischen nebeneinander sitzen würden. Dass sich ihre Blicke treffen würden, zwei oder drei Mal, und beiden war die Müdigkeit der anderen aufgefallen, was sie einander sympathisch machte, aber keine weiteren Folgen hatte. Kevin wusste nicht, dass Vera beim Anblick Selmas an ihn dachte, und ebenso wenig wusste er, dass Selma überlegte, ihre Geschichte, die ja beinahe gar keine Geschichte war, literarisch zu verwerten. Sie redete über den Text, keine zwei Meter von Vera entfernt, als hätte sie ihn längst schon geschrieben. Im Grunde geht es um Schwäche, die mit Intensität verwechselt wird (oder auch umgekehrt), und um dieses völlig unnötige Zutrauen. Denn was ist das sonst, wenn man den anderen, noch dazu jemanden, den man nicht besonders gut kennt, den man gerade erst kennen gelernt, ach, was heißt schon, den man eben getroffen hat, mehr oder weniger zufällig, was ist es denn sonst, wenn man eine zufällige Bekanntschaft augenblicklich in den Mittelpunkt seiner Begierde stellt? Wenn man sich seines eigenen Lebens so wenig sicher ist, oder es für derart unwert hält, dass irgendein Blick, eine Geste alles durchschütteln kann, als wären wir Mixgetränke und nicht erwachsene Menschen! Erwähnte Kevins Namen mehrmals, meistens sagte sie : der Journalist; es klang so abwertend wie möglich. Vera schnappte seinen Namen nicht auf. Selma regte sich über seine Geheimnislosigkeit auf, die sie kränkte. Und Charme, sagte ihr Gegenüber. Der hat doch Charme, nicht wahr? Und gescheit, ist er nicht ein ziemlich gescheiter Bursche? Selma lachte auf und dachte an die Nachrichten, die er mit seinem Handy verschickte, das alleine schon würde sie nicht aushalten, und sie versicherte, dass sie keinen Augenblick daran gedacht habe, den Auftrag anzunehmen. Aber das war ja auch gar kein Auftrag, denn Selma würde aus jedem ihrer Texte auf der Stelle ein Drehbuch machen, wenn eine Filmfirma mit einem namhaften Regisseur auch nur das mindeste Interesse bekunden würde. Sie sei ja nicht blöd. Sie wisse das schon, dass es dafür, wenn auch in Maßen, Geld gäbe, und also könne sie einen solchen Auftrag, zu dem aber eine Vereinbarung und ernstzunehmende Vertragspartner gehörten, gar nicht ablehnen. Könne sie sich doch gar nicht leisten. Aber was der Journalist an sie herangetragen habe, war ja seine Überzeugung. Fand sie eh super. Am Telefon und in der vorangegangenen E-Mail, die ihr jemand aus dem Verlag mit der Post geschickt hatte, habe es noch ganz anders geklungen. Da habe er von sich nicht als Filmjournalist mit einer Idee (oder einem

Wunsch eigentlich) gesprochen, sondern von einem, der jetzt einmal die richtigen Leute für ein großartiges Projekt zusammenbringen würde. Das Bild, das sie von ihm hatte, war das eines Machers. Gut, habe sie sich da gedacht, schau ich mir den Macher an. Zweifel habe sie schon gehabt. Aber. Sie habe sich alles angehört, das ja; sie habe ihn auch am nächsten Tag noch einmal getroffen, er auf dem Weg nach Venedig, sie nicht mehr ganz so fertig, und es habe ja auch Spaß gemacht. Aber weißt du, das wirklich Frappierende ist, dass es dabei ja gar nicht um mich geht, ich glaube, wir reden hier sowieso nur über Zufälle. Ich muss den Text überarbeiten. So taugt der nichts, oder wegschmeißen. Denn mit dieser Art der Selbstdarstellung mag ich mich gar nicht auseinandersetzen. Und während Selma noch von der Frau redete, die sie am meisten interessierte an der ganzen Geschichte, sie vermutete, dass seine Frau auf einem Auge blind sein musste auf eine Art, die sie, Selma, nicht verstehen konnte. Dass einer wie der Journalist verheiratet sei, vielleicht auch Kinder habe, davon sei auszugehen. Und während Selma sich wieder zurückpfiff, weil sie das wohl nicht verstehen könne, dafür sei sie viel zu lange und viel zu gerne allein im Leben, und weil es vielleicht auch nichts wirklich Interessantes an derlei Kleinlichkeiten zu entdecken gebe, saß die Frau des Journalisten neben ihr und gewann eine junge graphische Künstlerin für ein Projekt, und Kevin saß im Nachtzug und schrieb schon die zweite Filmkritik direkt in seinen Laptop.

Das zu vergessen, was man gemacht hat, einen Film

zum Beispiel oder viele. Ist vielleicht die Voraussetzung für einen weiteren Film, der doch so anders und gleich ist, alles nebeneinander. Es gibt hunderte oder tausende Gerichte, aber es ist doch chinesisches Essen. Der Regisseur driftete ab, Kevin wusste, dass er dafür verantwortlich war, und holte ihn nicht wieder zurück. All die Zartheit in dem alten Mann war verflogen. Er hat niemals Angst. Er bewegt sich in einem perfekten Umfeld und macht immer weiter. Ihm kommen mehr Ideen als anderen, und viele davon sind immer noch herausragend. Er hat großartige Schauspieler. Er macht, was er will. Kevin bekam die Kurve zu Truffaut nicht, und da hörten sie die Pressefrau den Hof betreten. Sie blieb in einiger Entfernung stehen, so dass jetzt alle daran erinnert wurden, dass die Zeit längst um war. Zu viel Höflichkeit lag da wieder in der Luft, aber sie verabschiedeten sich beinahe herzlich, der Regisseur verließ mit Kevin den Hof, um plötzlich kehrtzumachen und am Sofa vorbei in den Frühstücksraum oder in das Restaurant gegenüber zu gehen. Er hob seine Hand, ein Fuchteln, das als Winken gemeint war.

Kevins Notizbuch liegt aufgeklappt auf dem winzigen Tischchen unter dem Fenster, seinen Computer hat er vor sich aufgestellt. Die Hitze der letzten Tage, die bekannten Wege zu den Kinos, ins Pressezentrum, sein Vaporetto-Viertagesticket, das rosa Zimmer seines Hotels, Frühstück in der Bar zwei Häuser weiter, direkt bei der Anlege- und Haltestelle. Kevin schwitzt und flucht über die Klimaanlage, er weiß, dass auch zuhause noch Sommer ist. Er schickt eine SMS an Vera, in der steht, dass er sich auf sie freut. So ist es. Vera liest die Nachricht, als sie im Lift zu ihrer Wohnung hinauffährt. Sie antwortet nicht. Er hört die Aufnahme vom Nachmittag ab und ist ein bisschen irritiert über die Richtung, die das Gespräch immer wieder nimmt. Als hätte der Regisseur zu ihm ganz direkt gesprochen. Einiges davon ist sicher brauchbar. Das Interview muss nur ein paar Stunden liegen. Er tippt in sein Telefon : *lass mich dich doch überzeugen, zusammenarbeiten ist schön, kev.* Selma löscht die Nachricht, gleich nachdem sie sie empfangen hat. Kevin wartet ein bisschen, und als keine Antworten kommen, schaltet er sein Telefon aus und fährt heimwärts.

31

Es war wie in einem Computerspiel, die Rehe, kleinere, richtig süße Bambis, Muttertiere, Hirsche fielen auf uns herab, drehten sich – Tetris, oder was? Tobias sucht in der CD-Box nach einer bestimmten CD, Klara schaltet in den höheren Gang, ja. Genau. Ich hab das bestimmt, ach, keine Ahnung, irgendjemand hatte es am Gameboy. Lange nicht gespielt, lange nicht daran gedacht. Mike. Bis dahin hatte Klara nicht gewusst, dass Männer Computerspiele mögen, wie kleine Buben, irgendwann hat sie es auch versucht, das war doch lustig. Aber in dem Traum war nicht Mike an Klaras Seite, in dem Traum mussten Tobias und sie die Rehe abschießen, denn so war das ja, in die richtige Reihe bringen, im Traum, das bedeutete das Ende der Tiere. Es erschreckte sie die Leichtigkeit, mit der sie sich, schön und sanft und immer mit einem banalen Geheimnis ausgestattet, einordnen ließen und wie vorhersehbar ihr Tod war, ihr Ende. Hast du früher eigentlich auch Computerspiele gespielt? Man merkt einfach, dass wir zwei verschiedenen Generationen angehören. Zu meiner Zeit war das wirklich sehr exotisch, ich hab den ersten Computer überhaupt erst während des Studiums bekommen. Ein paar Semester später kamen schon die, die damit aufgewachsen sind, Gameboy und so. Hattet ihr einen Gameboy? Klara schnauft, was denkst du denn, natürlich nicht. Mädchen interessieren sich grundsätzlich weniger für so Zeugs, glaub ich. Sag mal, sind wir hier richtig? Tobias schaut auf den Zettel, wieder nach draußen, ja sicher. Wir müssen an dem Schloss vorbei und nach viereinhalb Kilometern abbiegen, das ist sicher angeschrieben. Was wolltest du denn für Musik hören? Wenn wir jetzt eh gleich da sind. Tobias hat alle CDs ins Handschuhfach gelegt, stößt es mit ziemlich viel Kraft zu. Wir haben überhaupt keine Erwachsenenmusik im Auto, findest du das nicht auch ein bisschen übertrieben? Nicht einmal *Peter und der Wolf* kommt ohne diesen scheußlichen Erzähler aus – Aber es ist auch ein Singspiel. Außerdem find ich es wichtiger, dass die Mädchen beschäftigt sind, wenn wir länger unterwegs sind. Kann ich mir gar nicht vorstellen, dass die sich deine Oldies anhören. Ja, weil sie gar keine Wahl haben! Du denkst immer nur an dich, fällt dir das überhaupt auf? Ach, Achtung, Klara, hmhm, da hätten wir hineingehört. Links, oder was? Ja, sicher links. Hätten wir uns nicht wie alle vernünftigen Menschen ein Navi ausborgen können? Oder wenigstens die Karte mitnehmen? Klara, ich hab die Karte nicht gefunden, ich weiß nicht, wo die ist. Natürlich ist eine Karte besser, vor allem, weil man da den Überblick behält oder sich überhaupt erst einmal einen verschaffen kann. Wenn du wenigstens einmal auf den Computerausdruck geschaut hättest, würdest du auch wissen, dass wir hier links abbiegen müssen. Warte, fahr langsamer, hier, hier kannst du umdrehen. Danke, habs gesehen. Und bremsen? Tobias verhält sich genau so, wie Klara es von ihm erwartet, aber er bringt seine Füße unter Kontrolle, versucht sich entspannt zurückzulehnen. Aber wenns dir nur darum geht, dass deine Töchter sehen, dass auch du hin und wieder fährst, können wir ruhig wieder wechseln – Reicht ein Blick natürlich, und Tobias findet es auch nicht besonders prickelnd mitzuzittern. Okay, ich sag nix mehr. Weißt du noch? Wie wir uns kennen gelernt haben, bist immer du gefahren. Ja, hier hinein. Thal? Ja, sicher. Sag mal? Ich weiß nicht, ob es dir aufgefallen ist, dass du eine Stunde nach der Karte und deiner Spezialwanderhose gesucht hast, während ich die Taschen für die Mädels gepackt habe und unsere Sachen in die Rucksäcke, und dann hab ich noch einmal die Maschine eingeräumt, und während du vom Computer herübergerufen hast, dass es wahrscheinlich besser ist, über Seebenstein zu fahren – Eben nicht über die Südautobahn, wollte ich sagen, aber du hast eh Recht gehabt. Blitze treffen ihn, er senkt den Kopf. Jedenfalls hab ich Selina noch mal halb umziehen müssen, weil sie sich vor deinen Augen den Saft über das Kleid und die Schuhe geschüttet hat, und dann hat deine Mutter angerufen und Stress gemacht, damit sie alle rechtzeitig ins Theater kommen, und dann. Es ist ja nicht so, dass ich mich nicht auskenne, aber ich hab mich auf deinen Spürsinn verlassen, okay? Tobias hält sich die Augen zu, mit der anderen Hand tastet er nach Klaras Schulter, er tätschelt sie, sie nimmt seine Hand und beißt ihn in den Handballen. So ist das halt mit Überraschungen, stimmt eh, du hast vollkommen – Klappe jetzt, Mann, sonst beiß ich wirklich zu. Ein Schlag, Klara fährt sich mit der linken Hand an den Mund, erwischt Tobias' Hand, bremst. Tobias zieht die Hand zurück, das Auto schlittert ein bisschen, oder Klara hat das Gefühl, dass ihr die Hinterreifen wegrutschen, Kies auf dem Asphalt, Klara nimmt den Fuß wieder von der Bremse, beim Blick in den Rückspiegel bemerkt sie das Auto, das dicht an sie herangefahren ist, sie blinkt und fährt an den Straßenrand. Klara zittert. Ist das jetzt Tetris, oder was? Sie sitzen im Auto, auch der Wagen hinter ihnen hat gehalten, mitten auf der Straße. Tobias und sie steigen gleichzeitig aus, das Auto fährt im Schritttempo an ihnen vorbei : den hast erwischt, ruft der Fahrer beim Seitenfenster hinaus, die Schultern zucken, dann lächelt er und fährt davon. Tobias sinkt langsam den Graben hinunter, dann macht er einen größeren Schritt zur Seite und zugleich hinauf, auf die Straße zurück. Aus dem halb offenen Kofferraum schauen verrostete Eisenstangen, ein rotes Fetzchen hängt über das Nummernschild herunter, ausgefranst. Wenn das nur der Jäger gewesen wäre. Sie gehen ein Stück. Vielleicht war es ein großer Stein. Am Straßenrand, unter dem Schild *Bankette in Arbeit*, liegt ein Kaninchen, Kopf und Rumpf blutverschmiert, die aufgerissenen Augen hinter einem Blutschleier, der Körper geknickt. Klara zittert jetzt stark. Weißt du, was mein erster Gedanke war? Gott sei Dank sind die Mädchen nicht im Auto. Tobias legt seinen Arm um seine Frau. Ich hab ihn auch nicht gesehen, das hätte jedem passieren können. Wenn wir nicht zu weit gefahren wären, hätte ihn vielleicht der Bauer hinter uns erwischt. Was machen wir denn jetzt? Klara beugt sich wieder zu dem Hasen hinunter, sie greift dahin, wo sie das Herz vermutet. Ich bin froh, dass er wenigstens wirklich tot ist. Mir ist das noch nie passiert. Bei meiner Mutter, zum Beispiel, da stehen die Rehe nachts in Riesengruppen herum, und die sind auch nicht scheu, stehen da, und wenn du den Fehler machst und blendest auf, kann es dir passieren, dass sie dir direkt ins Auto rennen. Wir müssen ihn doch mitnehmen? Sollen wir ihn vergraben? Tobias ist die dreißig, vierzig Meter zum Auto zurückgegangen und kontrolliert die Stoßstange, da ist nicht viel, und Wildunfälle zahlt eigentlich die Versicherung. Tobias hält sich am Auto fest, um nicht in den Graben zu rutschen. Dann holt er aus dem Kofferraum den Verbandskasten, daraus Handschuhe und zieht sie sich an. Er stellt die Wanderschuhe neben ihre Rucksäcke und betrachtet den Papiersack, in dem sie gestanden sind. Dann geht er zu Klara und dem toten

Tier zurück, er nimmt den Hasen, legt ihn auf den Sack und trägt ihn zum Auto. Der ist ziemlich schwer. Wir bleiben beim nächsten Bauern stehen und fragen, ob sie was für den Sonntagsbraten – Das ist jetzt nicht dein Ernst. Na, natürlich nicht, die werden schon wissen, wo der Jäger wohnt. Klara geht hinter ihm her. Super Überraschung. Was für ein Geburtstag.

32

Ich sah der Zeit zu, wie sie die Wände entlangschlich. Die Geräusche kannte ich nicht, es war nicht Lärm, war aber laut. Wie ich hinausrannte, über die Brücke und hinunter. Vielleicht war das zu erwarten gewesen, sicher, der Gedanke kam immer wieder, andere hörte ich : völlig normal eigentlich, in ihrer Situation. Wie ich vor mich hinredete, wenn ich alleine unterwegs war, plötzlich einen Passanten beschimpfte, eine alte Frau im Vorübergehen Schlampe oder Hexe nannte. Wie ich die Leute anschaute, die an mir vorübergingen, zuerst fiel ihnen nichts auf. Die meisten von ihnen bemerkten kaum etwas. Manche schauten mir hinterher, das war zu spüren, unangenehm. Der Verkehr floss, die Menschen rollten auf ihren Feierabend zu, und sobald sie auf der Brücke waren, wurde das Motorengeräusch lauter, Aufheulen und aggressiv. War ich das? An der Auffahrt zur Brücke war die Böschung steil, man konnte über das Geländer zu dem Rinnsal hinunterklettern oder vorher abbiegen. Vom Geländer springen. Der Gedanke kam ganz leicht und versetzte mich in eine andere Panik. Gleich wieder war der Gedanke lachhaft. Ich war schon halbwegs flüssig. Wurde durch die fünf Löcher im Abfluss der Duschwanne hinuntergezogen, schnell verschwand ich darin, ein lautes Schlürfen. War nur der Moment vor dem Verschwinden, der alles unerträglich machte. Dass es verständlich war, dass alle es gesehen, dass die meisten es gewusst oder geahnt hatten. Niemand kannte mich, niemand wusste Bescheid. Kannten anderes oder haben gehört. Die Möglichkeiten und die Chancen. Wann hatte es angefangen aufzuhören? Das wusste niemand. Hätte ich genauer hinschauen sollen? Ich wollte gerne weitermachen. Es lief so gut.

Nach Mitternacht (gestern) hatte ich wieder beschlossen und sehr ernsthaft : den Tag organisieren, neu sollte er sein, ein Beginn, ganz und gar. Da hatte dieser neue Tag ja schon begonnen, der fing ja immer schon heute an, nicht erst morgen. Weil ich nichts von Schwarz hielt, pechschwarz, rabenschwarz, undurchdringlich, weil mir das nie behagt hatte, leuchtete schwach die Nachttischlampe, die surrte auch leise, und dieses Surren unterstützte die Idee von Licht und machte das matte Brennen dauernd oder dauerhaft. Erst nach ein paar Stunden wurde im Halbschlaf der Knopf der Lampe gedrückt. Das war doch ich, die ausgeschaltet hatte. Wenn es Nacht war, konnte es dennoch finsterer werden. Mitten im schweren Schlaf, der von allen Seiten auf mich drückte, ich schrak trotzdem auf. Nur manchmal noch gab es den Gedanken, dass ich etwas vergessen hatte vorzubereiten, dass ich verschlafen könnte, obwohl ich doch eine Stunde vor den anderen im Büro sein wollte, damit ich mich auf das Telefonat mit Ulrich vorbereiten konnte, er war immer so streng und so akkurat. Hin und wieder noch wachte ich auf und fand mich mitten in einem Problem wieder, das am nächsten Tag bei Beginn der Bürozeiten gelöst hätte sein sollen und sich deshalb nicht mehr lösen ließ. Ich brauchte das Licht zum Einschlafen, zum Nachdenken vor dem Einschlafen, denn in dieser Zeit wurden die Pläne geschmiedet. Oder Verzweiflung wollte sich breitmachen, auch dagegen half schon wenig, ein wenig Schein eben. Verzagtheit oder Aufbruch. Im Winter war es anders, da existierte die Ahnung von diffusem Licht viel stärker. Aber es gab weniger Sterne, das wusste ich. Im Sommer wurde es spät dunkel, doch dann war der Garten schwarz, weil die Bäume so hoch waren und dicht. Das Zimmer hatte keine Rollos, keine Vorhänge oder Holzbalken außen. Straßenbeleuchtung, Licht aus den Wohnblockfenstern rundum, mitunter blau und gelb von Fernsehschirmen, Autoscheinwerfer, Parkplätze, Laternen, Garagentore und Licht, das sich immer wieder einschaltete, weil jemand daran vorbeiging, gleich wieder im Dunkel verschwand. Man fühlte sich angesprochen und aufgefordert, wozu auch immer, nicht eingeladen, das nicht. Wenn es eine Anrede war, das ging doch gar nicht anders, wie freundlich konnte sie gemeint sein, solche Fragen quälten mich im Dahindämmern. Wurde man nicht automatisch zum Eindringling, auch wenn man nie, nie da hinein wollte? Welcher Weg führte denn daran vorbei? Pfad. Durchgang bis auf Widerruf gestattet. Für alle. Wenn das Licht eine Störung anzeigte, dir und den anderen, mit kaltem, blauem Schein demonstrierte : du gehörst da nicht hin, dieses Licht leuchtet sicher nicht für dich, verschwinde!

Hier kam kein Licht herein, auf das zu zählen gewesen wäre. Draußen war alles matt und bewölkt wahrscheinlich, und ich wollte das nicht nach innen lassen, seit einer Weile lag ich mit Augen zu im Bett. Zuerst : ein bisschen warten, nur so lange, bis der Lärm wieder abnahm, ein wenig nur. Diesen wichtigen Tag in Ruhe anfangen. Ich war doch noch einmal eingenickt, Gedanken beisammen, Fantasien zu Stille und Helligkeit. Was ich wirklich bräuchte. Wieder in Loft Nummer drei oder vier aufwachen. Das Aufwachen hatte ich am allermeisten genossen, dieses großartige Gefühl, in dieser Wohnung die Augen aufzuschlagen, bevor ich in den Tag hineinstieg. Zum ersten Mal dieses Gefühl von Vollständigkeit, das hatte mit den weichen, warmen Dielen zu tun, mit der großen Freifläche. Ich hatte mich größer gefühlt, wenn ich mit einer Tasse Kaffee durch das Loft wanderte oder auf den Innenhof schaute, durch die großen Fenster, die bis zum Boden reichten, und ziemlich erwachsen kam ich mir dabei vor. Die Bilder an den Wänden aus Sichtbeton waren nicht Weiß in Weiß wie in jenem Theaterstück, aber ich erinnerte mich nur an Weiß oder Pastell, licht auf jeden Fall. Alles in dem Loft Nummer drei oder vier war hell gewesen. Alte Balken in dunklem, sattem Braun liefen quer über die Decke. Auf einem weißen Sofa an einem Glastisch mit metallenen Beinen hatte meine Vormieterin Tee eingeschenkt, weißes Porzellan. Die junge Architektin hatte Schwarz getragen und sehr rote Lippen und war auf dem Weg nach Paris oder Berlin oder London gewesen. Wir saßen in dem großen, weitläufigen Raum, und sie zeigte Fotos von dem Loft in einem Lifestyle- oder Architekturmagazin. Auf einem ging sie an der weißen Küchenzeile vorbei, aufrecht und verschwommen. Ich hatte zuerst auf das Foto in dem Magazin geschaut, dann auf die Küchenzeile und gleich darauf auf die roten Lippen der jungen Architektin. Das Foto hatte ihre ganze Dynamik sichtbar gemacht, eine, die hinausging, um die Welt zu erobern, während sie mir gleichzeitig, auf ihrem weißen Sofa sitzend, das sie mir gegen eine kleine Ablöse überlassen würde, davon erzählte, dass lauter so junge Kreative in der alten Stadtmühle leben würden und dass die Miete verhältnismäßig niedrig sei. Sie nannte keine Zahl, versprach später nachzusehen und mir die Informationen per E-Mail zu schicken. Es wunderte mich in dem Moment gar nicht, dass eine junge Frau, die gerade eben ihr Studium abgeschlossen und bei meinem zukünftigen Arbeitgeber stundenweise gejobbt hatte, nicht wusste, wie viel Miete sie für ihre Wohnung bezahlte. So sehr gefiel mir der Gedanke, hier zu wohnen, Menschen zum Essen einzuladen oder zu kleinen Partys, zu einem Aperitif.

Ich zog in das Loft, und die Architektin hinterließ mir ein sehr großes, sehr rotes Bild, über das ich wohl gesagt hatte, der Kontrast zur Einrichtung würde mich faszinieren, ich müsse aber auch an Nitsch für Ikeakunden denken, und die Architektin hatte geschmunzelt mit ihrem großen, sehr roten Mund, an den mich das Bild in Wirklichkeit erinnerte, und ihren Exfreund erwähnt. Das Wohnen in dem revitalisierten Haus entschädigte für die Extrastunden, die ich dafür machen musste. Ich war nicht so oft zuhause, ich kannte noch nicht so viele Leute, und meine Kollegen wollte ich nicht zu mir einladen, wir sahen uns ja die meiste Zeit, das reichte doch. Im selben Gebäudekomplex befand sich ein ehemaliger Jugendclub, der zwar immer noch so hieß, aber die Veranstalter waren um einiges und die meisten Besucher ein bisschen älter geworden, Konzerte und Ausstellungen fanden statt, und es war lässig, vor dem Schlafengehen noch auf ein Glas Wein an die Bar zu gehen, was ich hin und wieder machte. Ich dachte oft an die Architektin, ob sie nach London, Paris oder Berlin gegangen war, aber ich konnte mir gut vorstellen, dass mir ihre Wohnung in London, Paris oder Berlin, auf die jeweilige lokale Weise besonders, in irgendeinem Lifestylemagazin untergekommen wäre, wenn ich die regelmäßig konsultiert hätte.

Es war nicht besonders wichtig gewesen, auf welcher Seite der Null die Kontobewegungen stattfanden; in einer Unternehmerfamilie gehören Schulden zum Geschäft, so war ich aufgewachsen. Aber dann musste ich mit einer Bankangestellten reden, weil sie mir die Karte eingezogen hatten, und dann noch einmal, und als ich ihr dann nicht sagen konnte, wann ich ein Projekt übernehmen würde, war sie nicht bereit, meinen Dispositionsrahmen anzupassen. Dann ging alles relativ schnell. Es war nicht schwierig, Nachmieter zu finden, ein Paar zog in das Loft Nummer drei oder vier, die übernahmen einige der Möbel, bestaunten das Bild, das hinter dem Bett am Boden stand, sein Rot hatte einen schlechten Einfluss auf den Raum, vielleicht auf meinen Schlaf. Immer wenn ich es sah, dachte ich an die Pastellbilder meiner Vormieterin, die bei meinem ersten Besuch über dem Sofa hingen und zart leuchteten, Ton in Ton. Vielleicht hatte ich einfach nicht den richtigen Geschmack. Vielleicht wusste ich viel weniger, als ich mir zutraute. Vielleicht war ich im falschen Geschäft? Kurz dachte ich daran, es ihnen zu verkaufen, aber ich wollte nicht kleinlich sein. Als ich es meiner Nachbarin, die mir mehrmals mit Geld ausgeholfen hatte in den letzten Wochen, vor die Tür stellte, war ich ziemlich erleichtert, dass ich nicht mit dem Bild eines Ex, der gar nicht meiner war, umziehen musste; vielleicht wollte ich auch nicht an diese helle Zeit erinnert werden, an die leuchtende halbe Stunde, bevor ich aus dem Haus ging. Dann war es ein bisschen wie früher gewesen. Ich mochte doch alte Häuser, und die Wohngemeinschaft war gut gelegen, vor der engen Küche schaute ein kleiner Balkon auf den Garten, der wild bewachsen war, aber nur von der Hausbesitzerin betreten werden durfte. Ich wohnte mit zwei jungen Studentinnen, die an den Wochenenden meistens nachhause fuhren und, wenn sie dablieben, ab zehn Uhr vormittags lernten. Von meinem Zimmer aus konnte ich den Passanten auf die Köpfe schauen, die Wohnung lag im Hochparterre, natürlich konnte man das nicht vergleichen, aber die Miete kostete nur einen Bruchteil von dem, was ich für das Loft gezahlt hatte. Manchmal schaute ich abends vom Balkon in den blühenden und wuchernden Garten und konnte mir gut vorstellen, dass hinter mir eine großzügige Altbauwohnung lag, nicht drei nebeneinander liegende Schläuche mit hohen, ergrauten Wänden. Das war doch eine Zwischenzeit, ein Übergang, und warum sollte es auf einmal schlechter werden? Was heißt schon bergab? Die Studentinnen verstanden sich gut, aber befreundet waren sie nicht. Sie kamen aus benachbarten Tälern oder Dörfern und fuhren die weite Strecke in ihr Tal oder Dorf regelmäßig und selten gemeinsam. Aber sie redeten die gleiche Sprache, nicht nur denselben Dialekt. Unterhielten sich über überfüllte Seminare und Prüfungstermine, manchmal kochten sie zusammen, aber nicht gemeinsam. Jede kochte ihr eigenes Essen, überschaubare Portionen und gesund. Bald hörten sie auf, sich zu erkundigen, was ich machte, und hin und wieder kam es vor, dass eine, nachdem ich gerade in die Küche gekommen war, hinausging. Die Vermieterin kontrollierte penibel die Mieteingänge und steckte ihre Mahnungen in den Türspalt meines Zimmers. Als ich sie darauf aufmerksam machte, dass sie nicht einfach ohne uns die Wohnung betreten könne, zog sie ihre weiße, sehr feine Augenbraue hoch und nannte eine Zahl und ein Datum. Sonst sagte sie nichts. Sie redete mit mir auch nicht mehr über ihren wunderschönen Garten, der ihr ganzer Stolz war. Im Winter schenkte mir eines der Mädchen eine

CD mit Weihnachtsliedern, die es mit dem Chor in der Dorfkirche aufgenommen hatte, ein berühmter oder guter Chor war das, hatte die andere vorher schon einmal halb bewundernd, halb spöttisch gesagt. Ich hörte sie mir nonstop an, drei, vielleicht vier Tage hindurch. Feiertage ohne Schnee. Ich traf niemanden in dieser Zeit, aber ich fühlte mich nicht schlecht deswegen. Ich war überzeugt, dass die Zeit, in der ich noch Geld vom Arbeitsamt bezog, bestimmt reichen würde, um etwas Neues zu finden. Und im neuen Jahr, dachte ich mir, würde sich einiges vielleicht sogar von selber ändern.

Es war kein Wunder, dass man hier schwer aus dem Bett kam. Schwach zog die Wärme durch den Raum, erreichte den Plastikboden nicht, wurde von außen nicht unterstützt, natürlich nicht. Die Heizung war eines der wenigen Organe, die noch funktionierten, nur ihre Begleitgerüche störten.

Dann war es doch später, als ich mir vorgenommen hatte, ja. Ich saß am Schreibtisch, wartete darauf, dass der Wasserkocher das Wasser erhitzte, die meisten Geräte um mich herum taten doch meistens so, als würde dieser Tag nicht mehr gedeihen. Alles dauerte länger als nötig, Wasserkocher, Campingplatte, Mikrowelle. Langwierige Prozesse, die immer wieder in Gang gesetzt wurden, und darauf kam es zuerst an, sicher. Aber die Anfangsenergie konnte natürlich auch alles abziehen. Zu viel Alltag bestand aus Warten. Immer auch das Ob und Überhaupt. Gelang es und wenn ja, wann? War das schon Normalität oder noch Ausnahme? Wer konnte entscheiden? Oder war das längst schon keine

Frage mehr? Dazwischen, Zwischenzeit. Dann sprang der grün leuchtende Einschaltknopf heraus, obwohl das Wasser gar nicht richtig kochte, und Nachrichten über Bodenoffensiven und Luftangriffe begleiteten das Teetrinken.

Jetzt wollte ich weiter an der Ordnung arbeiten, auch wenn die eine halbwegs vergangene war, Anschreiben verfassen, der Computer piepste und meldete, dass er bereit war, Telefon einschalten, fiel mir dann auch noch ein. Vielleicht hatte Raphaela zurückgerufen, vielleicht hatte sich jemand gemeldet, ein Anruf in Abwesenheit vielleicht, eine Nachricht.

Klara und die Kinder waren nicht da, ich hatte sie nicht aus dem Haus gehen gehört, immer wieder diese eine Kleinigkeit, die ein Aufschieben notwendig machte. Aber ich hätte ja auch hinausgehen können, die Elektrobriefe im Elektrogeschäft wegschicken, warum nicht? Telefon einschalten, hallte es da nach, noch lauter, lauter. Nicht geführte Telefonate. Sicher, manche Gespräche mussten sofort geführt werden, morgens. Mach einen Anruf und dann noch einen. Ich hätte nachfragen sollen, ob es Klara und Tobias überhaupt Recht war, dass ich ihren Internetanschluss benutzte. Der Ordnung halber, ich wollte ja auch nicht stören. Die vergehende Zeit für Formulierungen nützen. Es gab keine Anrufe in Abwesenheit. Ich war immer da gewesen, hatte mich nicht von der Stelle gerührt. Ich war da, wo ich vor Wochen auch schon gewesen war. Regelmäßige Gänge zwischen dem kleinen Zimmer und dem Arbeitszimmer. In einen alten Kalender notierte ich : werde hier noch zur Innenarchitektin. Nötig wäre eine Vergrößerung der Fenster. Die Fenstergitter weg. Aber Angst haben immer die, die oben sind. Hier stieg niemand ein, das konnte ich ihr nicht erklären, sie würde es nie verstehen. Und sie ging davon aus, dass sie im Recht war, weil sie zwei kleine Kinder hatte, Mädchen. Weil ihr Mann öfter auswärts war. Aber hier, durch diese Fenster, drang maximal Getier aus dem Garten ein. Wenn erst einmal der aufgerissene Fußboden repariert wäre und die Kisten entsorgt. Wenn die unmöglichen alten Möbel draußen wären, zumindest die klobigen Sitzmöbel. Mit den Farben arbeiten, ja, sicher. Farben und Licht.

Aus dem Badezimmer war das Gurgeln des Wassers zu hören, ich hatte gleich den Geruch in der Nase : Keller eben, Souterrain. Im letzten Sommer hatte ich die kleine Krimibibliothek der beiden ausgelesen, und jetzt konnte ich kaum noch ein Buch aufschlagen, ohne dass mir das Gähnen kam. Ich las einen Satz und war schon müde, ein zuverlässiger Reflex. Ich wollte auch die paar Lieblingsbücher nicht mehr anschauen, die gehörten alle in eine andere Zeit. Wie die Freundinnen, Exmänner, Kollegen. Familie sowieso. Welche Familie? Wenn ich manchmal hinten im Garten saß, hatte ich sofort das Gefühl, den anderen erklären zu müssen, warum ich nicht irgendwo auf Urlaub war oder Besuch bekam und warum ich nie wegfuhr oder, wenn ich schon so viel Zeit hatte, nicht wenigstens ins Schwimmbad ging undsoweiter. Also ließ ich es bleiben. Nur mehr in den Garten, wenn die anderen nicht da waren. Der Abdruck meines Körpers oder der von den Beinen des Liegestuhls im Gras war mir so unangenehm, dass ich am liebsten die Stelle im Rasen mit dem Rechen bearbeitet hätte, es ließen sich nicht immer alle Spuren verwischen.

Ich hatte einen Ton im Ohr, als würde ein Flugzeug über mich hinwegziehen. Ging natürlich weiter, dabei hatte ich schon gedacht, der Kopfschmerz verzöge sich. Ich bewegte die Lippen dazu. Konnte ich das aushalten, bis oben ein Schlüssel ins Türschloss gesteckt und eine Tür geöffnet würde und die Mädchen ins Haus stürmten oder schlurften, je nach Stimmung? In ein positives Gefühl umwandeln, an Flugreisen denken. Lachhaft. Der Ton im Ohr blieb, wurde kurzfristig ein bisschen lauter, dann kam die Sorge dazu, dass ich die Tür nicht hören würde, wenn ich dagegen ansummte. Ich mochte das nicht. Ich wollte immer wissen, ob ich alleine war oder nicht. Auch Tobias hätte plötzlich vor der Tür stehen können, das wollte ich vorher wissen, so war das jetzt. Jede Stimme, jedes Wort oder jedes andere Geräusch war nach Stunden der Lautlosigkeit erschreckend. Wenn sich die Stummheit über alles gelegt hatte, gab es keinen Ausweg. Dann konnte ich nicht mehr lesen, das Radio nicht einschalten, dann ließ ich es auch lieber bleiben, zwischen den Zimmern hin und her zu gehen oder im Arbeitszimmer auf und ab. Dann waren wirklich alle Pläne sinnlos, dann war der Tag gelaufen. Am schwierigsten aber war es dann, auch nur einen halbwegs klaren Gedanken zu fassen, unmöglich. Irgendwann konnte ich nicht mehr unterscheiden, ob das Geräusch innen oder außen war. Dann kam die Angst, da war sie schon. Licht aufdrehen half da gar nicht. Ich schaltete noch einmal den Computer ein und spielte Tetris, bis es völlig dunkel wurde. Im Haus blieb es still.

33

In deinem Traum bist du Romy und hast dich schon vor längerer Zeit von Gerd getrennt. Hin und wieder telefoniert ihr, das Übliche, Josef und Tami sind manchmal bei ihm übers Wochenende, nicht besonders oft. Das Leben funktioniert so, und sicher : vorher hat es auch funktioniert. Keiner von euch hatte das Studium abgeschlossen, aber als du zum ersten Mal schwanger warst, hatte Gerd bereits seine erste kleine Firma abgewickelt, aber das hat ihn wenig angefochten, im Gegenteil, das war eine Sprosse wie fast jeder Schritt, den er machte. Bei dir reihten sich Karenz und Stillgruppe und Fortbildung und Kinderturnen und Schwangerschaft und Fortsetzung der Karenz aneinander, und ihr seid in eine größere Wohnung gezogen, und manchmal hast du deinen Mann auf eine Geschäftsreise begleitet, und dann hast du dich auf Zeitmanagement konzentriert und viele andere Mütter und den Begriff der geteilten Zeit kennen gelernt und Gerd davon abgehalten, ein Haus zu bauen. Gerd, der manchmal spät von der Arbeit nachhause kam und manchmal gar nicht, aber das ist dein Traum, und im Traum bringst du Frauen mit dunklem Teint oder schwarzer Haut unter idealen Bedingungen deine Sprache bei. Dass Florian auf der Bildfläche auftaucht, passt gut in diesen Traum hinein. Gerd sitzt in seinem Autohausmanagement-Office und sieht dabei aus wie der junge Brandauer in einem James-Bond-Film, er überweist zu wenig Geld, natürlich, und du kannst dir gut vorstellen, wie die Filmkollegen über deine Dummheit lachen und wie ihre Freundinnen immer jünger werden, gibst dich aber nicht geschlagen, auch in der Realität nicht. Im Traum bist du eine Romy, die angezogen ist wie deine Mutter, als sie jung war, und du trägst auch eine Frisur wie sie, halblang die Haare und mit großen Locken oder Wellen und dunkelbraun, es müssen die siebziger Jahre sein, späte Siebziger vielleicht, du fährst ein sehr kleines Auto, und ihr seid ohne Kindersitze unterwegs zu Raphaela, die das Haus der Eltern geerbt hat, die du nie kennen gelernt hast, was dich plötzlich sehr verwundert. Es ist ein riesiges, frei stehendes Landhaus, zu dem ein geschwungener Weg über ein paar Hügel führt, vielleicht eine Allee, aber das ist im Traum nicht genau zu erkennen. Zum Wald ist es nicht weit, es gibt einen riesigen, alten Gemüsegarten, den irgendjemand gut zu betreuen scheint, denn immer holt Raffi oder ihre Cousine oder sonstwer Gemüse, Kräuter oder Blumen aus dem Garten, jedes Essen ist ein Festmahl.

Bei Raphaela, direkt nach dem Aufwachen, weißt du plötzlich, was du schon die ganze Zeit vermutet hast, und du fährst in die Stadt zurück ohne die Kinder, fährst direkt zu Florians Wohnung, aber der ist nicht zuhause, denn in diesem Herbst ist er zum ersten Mal öfter unterwegs für die Firma, die ihn nach den Jahren der Zeitarbeit plötzlich eingestellt hat. Jetzt bekommt er Aufgaben, die sich spannend anhören, zumindest erwähnt er hin und wieder Details, die an Karriere denken lassen, an Herausforderung, solche Sachen. Es ist gar nicht lange her, da dachtest du dir : so sieht das also aus, wenn man versorgt ist im Leben. Bleibt aber alles fragil. Du parkst vor seinem Haus und rufst ihn an, und als er sich nicht meldet, sprichst du ihm eine Nachricht auf die Mailbox, von der du weißt, dass sie nie wieder gutzumachen ist. Du redest über Familie, über seine, über deine, und dass du sein Kind dennoch nicht behalten wirst und dich hiermit von ihm trennst. Da stehst du neben deinem Siebziger-Jahre-Kleinwagen und telefonierst mit einem schicken Handy, mit dem computergroßen Telefon jenes Mannes, der dir in der beschissensten Zeit geholfen hat, Liebe war im Spiel. Brichst ihm das Herz. Wie du dich da stehen siehst und reden hörst, kommt dir aber alles ganz richtig vor, ungerecht zwar, aber richtig. In der Woche nach diesem Sonntag kotzt du jeden Morgen, schon beim Gedanken an ein Glas Wasser wird dir schlecht, dein Frauenarzt bestätigt dir die Schwangerschaft, und du rufst noch auf der Straße vor der Ordination in der Abtreibungsklinik an. Die Klinik ist in deinem Traum ein riesengroßer brauner Klotz, der am Ende einer sehr langen und sehr breiten Straße steht, im Nirgendwo, fast menschenleer, und die wenigen Schwestern tragen alle grüne Kittel, zu den Ärzten lassen sie dich nicht vor, die treten nur auf, wenn die Klientinnen bewusstlos sind. Raphaela holt dich ab und bringt dich nachhause, Florian stand an jenem Sonntagabend vor dem Haus, aber du hast ihn nicht in die Wohnung gelassen. Sonderbarerweise benutzte er seinen Schlüssel nicht, oder er hatte keinen im Traum. Dann saß er die ganze Nacht in seinem Auto, das in der Einfahrt parkte, und als du in der Früh aus dem Haus gingst, fuhr er neben euch her bis zum Kindergarten. Auf dem Weg in die Arbeit hast du ihn gefragt, wie er so schnell einen Flug bekommen konnte und wie teuer das war. Flo sagte bald nichts mehr, du siehst nur noch seine Tränen und wie er in das nächstbeste Lokal geht, ein Wirtshaus am Eck mit riesigen Gummibäumen in den Fenstern, Wurzelmännern und Sanduhren, alles vollkommen verstaubt und verraucht. Flo weint und säuft und säuft und weint, und zwischendurch ruft er dich an, du hebst nicht ab, die Kinder fragen dich nach ihm, und du sagst ihnen irgendwas, was sie dir nicht glauben, und erst als sie beide im Bett liegen und schlafen, gehst du auf den Balkon und schreist. Du weinst und weinst und niemand reagiert, kein Fenster geht auf, auch Franziska beugt sich nicht aus dem Fenster, alle Wohnungen liegen ruhig und dunkel, und plötzlich ist es im Traum Winter, aber es regnet schon seit Tagen, immer wieder, und die Heizung läuft gut, und ihr habt es gemütlich, nur Raphaelas Freund hat Schwierigkeiten, weil er rausgeschmissen werden soll, und da bleibt dir nichts anderes übrig, du musst Gerd anrufen, der etwas unternehmen kann. Als ihr euch gegenübersitzt, kommt wieder diese Atmosphäre auf, als säßet ihr in einem Pariser Café, und die Bedienung kennt seinen Namen und weiß, was ihr trinkt, sie bringt es euch, ohne zu fragen, und alle rauchen im Lokal, und in der Zwischenzeit wird aus dem Regen Schnee, ihr sitzt am Fenster, gleich ist alles viel ruhiger, die Straße ist nach ein paar Minuten weiß, und du fragst dich, ob es jetzt so ist wie in den Filmen, in denen Kinder vorkommen, dass nämlich die Mutter mit ihrem Geliebten in ein Hotel geht und ein ausführliches, sehr sinnliches Erlebnis hat, und keiner denkt darüber nach, wo in der Zeit eigentlich die Kinder bleiben, wer sich um die kümmert. Wenn tatsächlich jemand daran gedacht hat, hat die allein erziehende Mutter in so einem Fall immer eine hilfreiche Nachbarin und gute Freundin, die auch genügend Zeit hat und im richtigen Moment am richtigen Ort ist. Aber es ist ein Traum, und in dem Traum hast du wie in der Realität Freundinnen und Freunde, die sich auch um deine Kinder kümmern, und du hast einen Vater, der schon ziemlich alt ist, aber spontan genug, um seine Enkel vom Kindergarten abzuholen, und so hast du mit deinem Exmann, der dir sofort verspricht, sich um Raffis Freund zu kümmern, einen sehr sinnlichen, ausufernden Nachmittag in einem Hotel in der Innenstadt, auf den noch einige Treffen folgen, bis er im Frühling mit seiner Freundin nach Paris zieht, um in der Zentrale des Konzerns eine Fortbildung und wahrscheinlich noch mehr Karriere zu machen. Nach Paris?! Das passt ja direkt in die Stimmung meines Traums, denkst du, spürst einen hysterischen Anfall in dir aufsteigen, sagst es nicht, willst ihm nicht gönnen, in einem Traum von dir vorzukommen, und willst jetzt aus dieser Geschichte raus, wenn auch wehmütig. Raffis Freund aber sei nicht zu helfen, behauptet dein Ex, und dass er ein schwieriger Fall sei. *Deine Hilfe ist eine für die Starken*, wir verzichten, danke. Schreist du ihm ein einziges Mal entgegen, und das erinnert dich an euer Zusammenleben und daran, warum du dich von ihm getrennt hast. Im Traum ist Gerds Freundin jünger und blonder als du und studiert irgendwas Unnötiges, so wie du in ihrem Alter, und sie himmelt ihn an und opfert sich auf für ihn. In manchen Momenten wirkt es so, als würdet ihr euch gegen sie verbünden, aber das ist natürlich nur ein Anschein, denn Gerd ist immer pünktlich bei ihr zuhause, und als ihr euch zum letzten Mal vor seiner Abreise trefft, von der er dir erst danach am Telefon erzählt, fragst du dich bereits, warum er noch hier ist und was ihn an dir faszinieren konnte. Du weißt eine Antwort, die er selber wohl kaum gegeben hätte, und streichst zum allerletzten Mal das Wort Faszination aus deinen Gedanken. Du erzählst ihm am Telefon nicht, dass du schwanger bist und das Kind behalten wirst. Im Traum wie in der Realität, denkst du dir im Traum oder im Wachsein, das ist nicht genau klar, furchtbar, fruchtbar, furchtbar, fruchtbar, furchtbar, fruchtbar, das geht immer so weiter, aber einmal wachst du auf.

34

Zuerst hatten sie etwas Elegantes, gewöhnlich. Dann bemerkte ich, dass einer mit zerfetzten Schuhen unterwegs war, der Kragen seiner Jacke fehlte auch. Als wäre das immer schon so gewesen. Das musste man schon verstehen, dass nicht einfach jeder überall hingehen konnte, einfach so, wie er wollte. Die Menschen konfrontierten einen mit ihren Halbheiten, mit ihren verweinten Gesichtern, dem Fehlen eines Ausblicks in ihre nächste Zukunft. Schon wenn sie einmal abbogen, musste ihnen vollkommen unklar sein, wohin es jetzt gehen könnte. Das war deutlich zu sehen. Eine junge Frau saß im Gras, der Inhalt ihrer Plastiktasche um sie herum verstreut, sie bemerkte es gar nicht, schaute mich an, ganz selbstverständlich, ein Schuh, ein Haarband, ein Büschel Haare, Reste von Stoff. Wenn im Stadtpark die Jungen und die Alten mit den orangeroten Irokesen, mit zerrissenen Hosen und abgewetzten Visionen herumhingen. Wenn einer in der Bahnhofshalle oder in der Nähe des Marktes seinen Kopf etwas zu weit in den Mistkübel steckte. Wenn die Kinder auf dem Boden herumsaßen, in Hauseingängen und auf Treppenabsätzen. Ein paar Kinder, vielleicht waren es uralte Menschen, denn das war nicht genau zu erkennen, klar war nur, dass es auf einer Seite ihrer Zeitleiste nicht mehr viel Platz gab. Oder mitten in der Halle. Dann musste man das schon verstehen, dass jemand kam und Ordnung machte, wozu sonst gab es Ordnungshüter? Mit der Taschenlampe ins Gesicht geleuchtet, in die offene

Tasche. Ausweise! Können weitergehen. Wann hatte es angefangen, dass mir diese aufgedunsenen, verschwollenen Gesichter entgegenstarrten? Immer mir. Wenn ich mich umschaute, konnte ich niemanden sehen, den das etwas anging. Verwahrlosung, dieser direkte Angriff. Und ja, sicher, natürlich : Schmerzen. Eine große Nase, aus der die Haare herausstanden, als hätte einer einfach nur vergessen, sich zu rasieren, bevor er das Haus verließ. Aber wenn man genau hinschaute, wurde klar : der wohnte schon lange in keinem Haus mehr. Rote Flecken im Gesicht, die Haut offen, man möchte so einer Frau nicht zu nahe kommen. Die Hausordnung musste gewahrt bleiben, und seitdem ein Großteil der öffentlichen Orte eher nur mehr ein bisschen, maximal halböffentlich war, seitdem sich klar durchgesetzt hatte, dass bestimmte Gruppen in bestimmten Ausschnitten von Raum und Zeit einfach nichts verloren hatten, seither wurde dafür gesorgt, dass sie dort auch nichts mehr zu suchen hatten. Über die Abfälle, die alle immer und auf der Stelle zurückließen, regte sich auch niemand mehr auf. Wann hatte das angefangen? Ich wollte in der Sonne sitzen, ich wollte mir überlegen, ob ich mit der Straßenbahn in die Stadt zurück- und dann nachhause fahre, und ich wollte den Schauplatz meiner Niederlage bestimmt nicht fluchtartig verlassen. Ich bin Bürgerin, ich gehe auf dem Bürgersteig. Aber der Gedanke kam mir jetzt so kindisch vor wie die Geschichte, aus der mir dieser Anspruch entgegenwehte, es musste an die hundert Jahre her sein, dass ich sie gelesen hatte. Niemand reagierte auffällig auf mich, aber ich spürte doch deutlich, dass ich etwas im Gesicht hatte, dem man nicht begegnen wollte. Einkaufszentren oder Innenstädte sind zum Einkaufen da. Willst du da hinein, dann musst du dich entsprechend verhalten. Ich hatte wenig Geld, aber ich hätte mir schon etwas kaufen können. Deshalb war ich doch mit Bus und Straßenbahn an den Stadtrand gefahren. Ans andere Ende. Ich dachte mir, es würde mir gut tun, mich in den Konsumkreislauf einzuordnen, aber dann war es plötzlich so schwierig, ich ging von Kleiderständer zu Kleiderständer, ich schaute mir Schuhe an, ich dachte, ein Anzug wäre etwas, das einen aufbauen könnte, aber Anzüge sah ich nicht, nur so genannte Ensembles, die so taten, als ob, die mir sagen wollten : du kannst locker sein und ernsthaft gleichzeitig, du kannst alles gleichzeitig, die wollte ich nicht einmal probieren. Ich wollte einen Anzug. Ich ging in das Sportgeschäft und in das Spielzeuggeschäft. Überlegte, für Kyra und Selina etwas zu kaufen. Konnte mich nicht entscheiden, sollte zuerst mit Klara besprechen, wie Geschenke aussehen konnten oder sollten. Zwischen zwei Glaskuben hielt die Straßenbahn, fehl am Platz. Ich gab nicht sofort auf und kehrte in eine Pizzeria ein, um einen Kaffee zu trinken. Aber noch bevor der Kaffee serviert wurde, war mir von dem ganzen Rauch in der dunklen Pizzeria schwindlig geworden. Bauchschmerzen. Inmitten eines lichtdurchfluteten Glashauses eine dunkle Höhle, die der einzige Ort in diesem Einkaufszentrum zu sein schien, an dem noch geraucht werden durfte. Alle rauchten. Kinder verschlangen ihre riesigen Pizzen, während ihre Eltern sie in dicke Rauchwolken hüllten. Ich erkannte einen Schlagersänger, von dem ich als Volksschulkind ein Autogramm bekommen hatte. Er stand mit einer grellen Frau und einem jungen Mann, der ähnlich klein war wie er und eine ähnlich aus der Mode gekommene Frisur hatte, an der Bar und trank Kaffee. Die Frau und der junge Mann rauchten natürlich. Konnte mich nicht überwinden, noch einmal die Geschäfte abzuklappern, und setzte mich auf eine Bank, um auf die Straßenbahn zu warten. Nicht eine einzige mit dem Logo eines Geschäftes bedruckte Einkaufstasche neben mir. Die innere Einheit funktioniert immer noch am besten, wenn man sich nach außen abschottet. Gibt es doch all diese Räume nur deshalb, weil der Rest der Welt hineinmöchte. Tür auf. Tür zu. Und drinnen : Tauben füttern, Biertrinken, Zigaretten wegschnipsen. Verboten. Auf besonders schönen Wiesenstücken wird denn auch das laute Sprechen, Telefonieren, Rufen, Singen sowieso : untersagt. Kinderspielplatz, Hundezone, Ruhewiese. Wenn du die richtigen Bedürfnisse vorweisen kannst, bekommst du auch ein Plätzchen zugeordnet.

35

Der Mann an der Bar schaut auf die zwei großen Biere, die vor ihm stehen, unberührt. Er spürt ein leichtes Kitzeln, wenn er sich aufrichtet. Ossi! Wann räumst du endlich den Dekokrempel weg!? Das Lokal ist fast leer, an ein paar Tischen auf der anderen Seite des Raumes ein paar junge Leute, ein Grüppchen an zusammengeschobenen Tischen, zwei Frauen. Man sieht jetzt klar, weil die Raucher nach draußen müssen, nur Ossi, der ewige Kellner, zündet sich immer wieder eine Zigarette im Durchgang zwischen Küche und Bar an, entlässt den Rauch in die Küche, die meiste Zeit ein Einarmiger. Ossi lacht. Er lacht häufig, lacht eigentlich immer. Redet wenig. Antwortet auch nicht auf Florians Bemerkung, dem die Dekoration ebenso gleichgültig ist wie die Uhrzeit oder eine gut aussehende Frau, die sich für ihn interessieren könnte. Neben seinem Barhocker auf dem Boden der fette Rucksack mit dem Laptop und ein Trolley, Flo hat das Hemd oben aufgeknöpft, ohne die Krawatte zu lockern, er sieht verschwitzt aus. Flo und Ossi kennen einander schon sehr lange, und Ossi hat Florians Nachtschichten in der Fabrik, die Studienanfänge und den Rausschmiss von der Uni mitbekommen. Öfter einmal hat Ossi Florians Mitbewohner angerufen, damit der ihn abholt, wenn Flo nicht mehr gehen konnte, oder Ossi hat ihn auch das eine oder andere Mal selber über den Platz gebracht und mit dem Lift nach oben, als er in einer WG fünf Minuten vom Beethoven entfernt wohnte, das eigentlich Roll over Beethoven heißt, aber daran kann sich kaum noch jemand erinnern. Ossi weiß meistens Bescheid, ohne dass Florian ins Detail gehen muss. Mittlerweile reden sie manchmal und nicht gerade ausschweifend über die Kinder ihrer Freundinnen oder die dazugehörigen Mütter. Jeder bleibt auf seiner Seite der Bar. Flo, der immer noch regelmäßig vorbeikommt, auch wenn er lange schon in einem anderen Stadtteil wohnt. Jetzt spricht Flo wieder in sein Telefon, zu laut natürlich, aber Ossi zieht stark an seiner Zigarette, dann legt er sie hinter der Wand in einem Aschenbecher ab und zapft Schaum auf die wartenden kleinen Biere. Er lacht laut auf, Florian reagiert nicht darauf. T-o-b-i-a-s! Komm vorbei, sei nicht so langweilig, he! Nichts ist, was solln sein? Der Amir? Keine Ahnung, wo der Amir ist! Ich hab dir schon was zu trinken bestellt, jetzt komm halt. Ist doch super, dann mach keinen Lärm, oder bist schon im Pyjama? Mach, Tobi. Auf dich ist überhaupt kein Verlass mehr, das ist echt nicht auszuhalten. An einem Tisch tuscheln zwei junge Frauen, schauen ständig zu Florian hinüber, sie rufen den Kellner und unterhalten sich mit ihm. Der lacht und geht zurück hinter die Bar. Florian ist sich bewusst, dass er beobachtet wird, hat sich leicht aufgerichtet und fährt sich einmal, zweimal durch sein sehr dunkles Haar. Er hat das Telefon mittlerweile neben die beiden Biergläser gelegt, nimmt es wieder auf, legt es zwischen die Gläser, stellt die korrekten Abstände her. Ossi hat wieder eine Hand in der Küche verschwinden lassen, zieht kräftig und hat beim nächsten Mal statt der Zigarette ein Glas Wasser in der Hand. Jetzt trink doch dein Bier, weil wenn du nicht aufpasst, stell ich dir noch ein drittes hin von den Juristinnen da hinten. Juristinnen? Flo dreht seinen Kopf nur andeutungsweise in deren Richtung. Kinder sind das. Untersteh dich. Ossi lacht, und seine strahlend weißen Zähne sind ein bisschen länger zu sehen als sonst. Er lässt wieder die Hand in der Küche verschwinden und da zieht Flo blitzschnell ein blinkendes Handy aus einer Jacketttasche und zielt damit auf den Kellner. Hände hoch oder ich zeig dich an! Ossi verzieht endlich eine Miene, bemüht sich, ernst oder genervt dreinzuschauen. Was machtn die Sue heut? Warum hast überhaupt Ausgang? Flo schaut auf das blinkende Telefon, legt es neben das andere. Also im Ernst. Ich finde, es ist eine extreme Zumutung, dass du deine Gäste so räucherst. Er hält ihm das Handy hin. Rufst du den Tobias an für mich und sagst ihm, es ist ein Notfall? Jetzt lacht Ossi wieder ausführlich, geht, ohne ein Wort zu sagen, zu einem Tisch ganz hinten. Flo nimmt beide Telefone in die Hände, eine Unterhaltung entwickelt sich, ein bisschen schleppend. Über das Glück und den richtigen Zeitpunkt und über Möglichkeiten oder Perspektiven. Schau, es ist so. Du hast jahrelang nach deiner Suse gesucht. Weißt du das überhaupt noch? Zur Gabi hast du Susi gesagt, und wie du schon ein halbes Jahr mit der Andrea zusammen warst, hast du sie nicht nur einmal Sue genannt. So schlecht ist das alles nicht. Ich meine, wenn die Susanna damals schwanger gewesen wäre, hättest du dann den Job angenommen? Das zweite Telefon sagt gar nichts, lacht aber auch nicht. Eben. Es ist ja nicht so, dass ich nicht das Gefühl habe, sie sind meine Kinder. Die Miranda konnte noch nicht einmal sitzen, da hat sie sich schon beruhigt, wenn ich sie in den Arm genommen habe. Verständnis, aber auch ein bisschen Genervtheit über das allzu Bekannte beim Gegenüber. Eben. Und ich verstehe ja auch, dass sie jetzt einmal arbeiten will, es läuft ja auch ganz gut für sie, das heißt, wenn sie dranbleibt, wird das schon was. Aber es ginge sich auch aus, wenn sie ein paar Monate reduziert. Ich hab immer gesagt, sie soll das nicht alleine durchziehen, aber die müssen sich ja ständig immer alle selber verwirklichen. Weil du dann zuhause bleibst, oder wie? Ossi räumt Gläser in die Maschine, sein Blick ist melancholisch, aber er lächelt vor sich hin, schaltet den Geschirrspüler ein und die Musik ein bisschen lauter. Mit minimal federnden Hüften geht er die Tische ab, keiner will etwas von ihm, alle haben, was sie brauchen (manche brauchen gar nichts mehr, es wird spät, von einem Moment auf den anderen). Er geht vor die Tür und raucht eine Zigarette, durch die großen Fenster sieht seine Tätowierung am Oberarm aus wie ein gemusterter Ärmel. Als ein Telefon tutet, unterbricht Flo das Gespräch, liest, dann schreibt er : *na bitte. Beruhig dich wieder. Ich hab hier einen viel komepetenteren Gesprächspartner. Nix für ungut. Husch husch ins Bett.* Dann steckt er beide Handys in seine Jacke und trinkt schnell hintereinander die zwei Biere aus. Als Ossi wieder hinter der Bar erscheint, bestellt er ein drittes und befragt ihn zur Musik.

36

Hallo, Clarissa, Susanna hier. Meld dich doch einmal. Wir würden dich gerne zum Essen einladen, vielleicht dieses Wochenende. Flo ist ab Donnerstag wieder da, wir könnten Freitag und Sonntag, was ist mit dir? Ruf an!

Restrukturierung bedeutet Personalabbau. Ist ja klar. Wie soll es dem Unternehmen gut gehen, wenn es alle seine Angestellten behält? Da stand es schwarz auf weiß, schwarz auf rosa, die Wirtschaftsseiten erklärten es und die Politik assistierte. Kann ja nicht funktionieren. Ich fing mit den Hosen an, ich würde neue Kleiderhaken brauchen. Warum hatte ich immer zu wenig Haken, hatte mir doch seit Ewigkeiten nichts Neues mehr gekauft? Nach jeder Hose frisches Wasser für den Dampf. Das Bügeleisen hatte ich schon seit Jahren. Auch das Bügelbrett war noch in einem guten Zustand, weil ich den Leinenbezug regelmäßig auskochte und nach den Jahren austauschte. Alle Hosen mussten regelmäßig gebügelt werden. Auch wenn sie monatelang im Kasten hingen. Dann vor allem. Susanna würde sicher wieder in ihren Hippie-Schlabbersachen herumrennen und Flo in einer Mischung aus Business- und Freizeitlook. Gerne trug er ja zuhause ein akkurat gebügeltes Hemd zur Trainingshose. Von den Blusen und Hemden ganz zu schweigen. Wie war es möglich, dass die hängend im Kleiderkasten zerknitterten? Ich würde sie später zurückrufen, nicht während der Arbeit. Ich wusch die Weißwäsche, putzte die Schuhe und hängte die nassen Sachen vor die Tür beim Hinterausgang. Da wo das Gras nicht ganz so hoch war. *Clarissa, hallo. Meld dich doch. Hast du meine Nachricht gehört? Bussi, Susanna!*

Wenn der ganze Körper, also ein Konzern zum Beispiel, am Leben erhalten werden soll, ist es ganz selbstverständlich, dass einzelne Glieder abgetrennt werden müssen. Wer hat dann die Phantomschmerzen? Eben. Ameisenstraße im Arbeitszimmer. Kisten sortieren. Die Schachtel mit den Kinderfotos auf die Seite räumen. Heute nicht. Das brauchte ich jetzt nicht auch noch. Wenn sie sonst noch jemanden einladen würden, würden sie mir das vorher sagen? Zwei Anrufe in Abwesenheit.

Ich musste an dem Wochenende die Dokumente in Ordnung bringen, wollte sie am Montag bei Raphaela vorbeibringen. Wenn sie mich schon nicht einstellte, könnte sie mir doch einen Gefallen tun, eine Standortbestimmung. Wäre nicht zu viel verlangt, wenn sie so eine Nette war, wie alle ständig betonten. Vielleicht sollte ich vorher mit Susanna darüber sprechen.

Hallo. Entschuldige bitte, ich meld mich jetzt erst. Ich weiß auch nicht, was mit meinem Telefon war. Oder mit mir. Stimmt. Heute ist ja schon Sonntag. Mir ist das jetzt ein bisschen unangenehm, also sehr. Ach so, ja sicher. Na klar versteh ich das. Würde ich auch machen, wenn ich jemanden einlade, und der schafft es nicht einmal zurückzurufen. Das ist nett. Ja, aber es ist so, dass ich vorher noch dringend Unterlagen fertig machen muss, das ist wirklich total wichtig, und da wollte ich dich eh. Also, macht es dir was aus, wenn ich ein bisschen später vorbeischaue? Nein, auf keinen Fall. Wartet bitte nicht. Ich esse dann hier was und komme einfach. Ja, in Ordnung. Schön, bis nachher! Ciao.

Was war das denn für eine Idee, jemanden um seine Meinung zu fragen, der einen eh nicht brauchen konnte? Ob die sich überhaupt auskannte mit Portfolios? Vielleicht war Susannas Besuch auch gar nicht mehr da, und ich würde in Ruhe mit ihr reden können. Sollte halt nicht zu spät da auftauchen, sie muss am nächsten Tag in die Arbeit. Schule ist auch.

Jetzt aber nicht. Bitte nicht die Druckerpatrone. Sch. *liebe sue, ich schaffs leider nicht mehr. auf ein andermal, lg an alle. c.* Senden. O.K.

37

Zuerst standen die beiden Burschen auf, gingen in den hinteren Teil des Wagons. Dann die Mädchen, sie standen neben mir, schauten nach hinten, flüsterten, kicherten, alles ganz normal. Aber beim ersten Wort aus dem hinteren Wagonteil rannte das große dünne Mädchen los, man hörte ihr Fauchen, Schreien, das mehr wie ein Bellen klang, und ihr Spucken. Ich saß auf meinem Platz und schnupperte an dem Eistee, den ich aus dem Automaten am Bahnhof geholt hatte. Der roch wie der Hanf, den Michael angebaut und geraucht hatte. Damals hatte ich vor allem den Geruch geliebt. Und jetzt saß ich auf meinem Platz, schaute auf die weißen Handtäschchen der Mädchen, billiges Lederimitat, dem man das Plastik auch aus einiger Entfernung ansah, und auf ihre Jacken. Ich verstand die Worte Hure und Fut. Immer wieder. Ansonsten war wenig zu verstehen, schnell, laut, die Burschen gingen dazwischen, aber es wirkte, als hätten sie Spaß an der Situation. Ein Paar war aufgestanden und verließ mit angewidertem Blick den Wagen, sie drehten sich noch einmal um, dann waren sie draußen. Wo waren denn die anderen, die an der letzten Station eingestiegen waren? Irgendwo musste noch jemand sitzen, aber niemand sagte etwas, keiner mischte sich ein. Der größere der beiden Burschen hielt das große dünne Mädchen, das auf die beiden Mädchen, jetzt sah ich es, losgegangen war, immer wieder fest, dann wich er zurück, als würde es ihm gefallen, dass diese kleine Gruppe, zu der nicht nur seine Begleiterinnen und der zweite Bursche, sondern auch die beiden angegriffenen Mädchen gehörten, etwas Gummiartiges bekam, als würde er genau das wollen, dass das große dünne Mädchen immer wieder auf die beiden Mädchen losging, sie anfauchte, noch einmal spuckte, aber sie spuckte dem Mädchen gar nicht immer ins Gesicht, sie spuckte einfach, und die Worte Fut. Hure. Hur. Auf sie losließ. Ich wusste gar nicht, wie es kam, ich stand auf einmal auch im hinteren Teil des Wagons, mit kleinem Abstand nur zu den Mädchen, der kleinere der beiden Burschen, der mit den blutunterlaufenen Augen, mit den Pickeln im ganzen Gesicht und dem langsamen, furchtbar langsamen Schauen, sagte immer wieder etwas in einer Sprache, die ich nicht verstand, die ich gar nicht erkannte, drehte sich zu mir um und schaute mich an und fauchte auch : Fotze, is was? Und dann duckte er seinen Kopf weg, vor wem, war nicht zu erkennen. Und das große dünne Mädchen schaute mich einen Moment an, als hätte ich ihr wehgetan, ich sah ihren Körper sich auf und ab bewegen, sie schnaufte und sah mich an, ich sah ihr Weh in den Augen, ein Tier, dachte ich, ein getretenes Tier. Dann ging sie an mir vorbei und setzte sich wieder auf ihren Platz, die Burschen folgten ihr, nur das kleinere der beiden Mädchen stand da noch, schaute auf die Mädchen, die sich zurückfallen ließen in die abgewetzten Sitze der S-Bahn, sie wischten ihre Nasen, als erwarteten sie Blut, aber sie bluteten nicht, ich stellte mich zur Tür. Das kleinere der beiden Mädchen, das ganz in Jeansstoff gekleidet war, sogar ihre Sneakers sahen aus, als wären sie aus Jeansstoff, sagte noch etwas, fauchte, die anderen seien Huren, du bist eine Hur, zischte sie, und eines der Mädchen im hinteren Wagonteil sprang schon wieder auf, aber das kleinere Mädchen ging jetzt zu den anderen, die sich erholten, sie verschnauften nur kurz, das große dünne Mädchen hob ihr T-Shirt, sie zeigte vielleicht eine Verletzung oder wie der Bauch beim Atmen sich auf und ab bewegte, und man sah einen kleinen goldenen Ring in ihrem Nabel, wie er sich bewegte, sie versuchte immer wieder Luft zu holen, ihren Atem zu beruhigen, und es wirkte so, als könnte sie nicht mehr ruhig atmen, dann schaute sie zu mir, und da sah ich, dass auch sie ganz langsam, zeitversetzt nur auf meinen Blick reagieren konnte. Ich machte mir Sorgen um die jungen Leute, ich hätte ihnen gern geholfen, ich hätte gern an dem nach Hanf riechenden Eistee geschnuppert und Michael bei seinen Fantasien zugehört, wohin er fahren würde, wenn er genug Geld erarbeitet hätte, und dann wären wir vielleicht miteinander ins Bett gegangen und hätten ganz langsam, ganz ruhig miteinander geschlafen. Aber ach, das machte nur der Gedanke an den Geruch von Hanf, eine Umarmung hätte schon gereicht. Vom hinteren Teil des Wagons kam der scharfe Geruch nach Klebstoff, bitte nicht, dachte ich, bitte nicht auch noch jemand, der hier Klebstoff schnüffelt, mitten am Tag in einer S-Bahn. Ich halte das alles nicht aus, hätte ich den Jugendlichen sagen wollen. Habt doch ein wenig Mitleid. Kommt doch einmal runter, ich kann es nicht ertragen, ich kann eure Scheißwelt nicht auch noch besichtigen, das geht jetzt wirklich nicht mehr. Heute nicht. Oder nie. Nie mehr. Als ich mich umdrehte, sah ich eine junge Frau, die mit Nagellack kleine Zierleisten auf ihren Fingernägeln anbrachte, vollkommen konzentriert. Was um sie herum vorging, bemerkte sie gar nicht. Die Mädchen aus dem hinteren Wagonteil waren aufgestanden, gingen an mir vorbei, und als sie auf der Höhe der anderen angekommen waren, sagten sie, dass das große dünne Mädchen ja komplett hinüber sei und nicht noch einmal wagen solle, sie so zu attackieren, dass sie keine Lust auf diesen Scheiß, auf diese Prollprovokationen hätten und deshalb. Aber da war das große dünne Mädchen schon wieder aufgestanden und hatte jetzt den Stoff vom Sweatshirt eines

Mädchens in der Hand, und ich sah, mit welcher Kraft sie den Stoff in ihrer Hand verdrehte und zusammendrückte, und stellte mir vor, wie sie das mit der Haut oder dem Hals des anderen Mädchens machen würde; sie sagte wieder : von einer Hur wie dir lass ich mir das nicht gefallen. Da fuhr der Zug in den Bahnhof ein, eine Station wollte ich noch weiterfahren, überlegte, ob ich aussteigen sollte, aber das war doch lächerlich. Das große dünne Mädchen hatte die andere auf einen Sitz in der gegenüberliegenden Koje gedrückt, und das andere Mädchen versuchte sie wegzuschieben, der größere der Burschen sagte immer wieder : ah, lass sein, lass die Fotzen, mach kein Scheiß, aber dann setzte er sich wieder hin und schaute aus dem Fenster, als würde er auf jemanden warten. Das große dünne Mädchen streifte den kleineren der beiden Burschen und wackelte mit dem Kopf in seine Richtung, und da stand der ganz langsam auf und war auf einmal vor mir und stieß mit dem Ellbogen, ich drückte gerade den Knopf, damit sich die Tür öffnete, ich hielt mich an der Stange neben der Tür fest, da hielt der Zug, und es war, als würde etwas mit meinem Magen nicht stimmen, und da kippte ich über die zwei oder drei Stufen aus dem Wagon, stolperte auf den Bahnsteig, jemand wich mir aus.

Der Eistee und die Zeitung lagen auf meinem Platz in der S-Bahn. Wir haben eine Brücke gebaut, um ein neues Ufer zu erreichen. Wenn es darum geht, ist es irrelevant, was unter der Brücke durchschwimmt, lebendig oder auch nicht, gleichgültig, ob die kleinen oder die größeren Opfer ans Ufer geschwemmt werden. Immer sind es die nächsten Schritte. Stufen. Wochen und Monate, die es zu überdauern gilt. Ob es Land am anderen Ufer gibt, sieht man, wenn man es erreicht hat. Eben. Der Schmerz in der Magengegend hielt nicht lange an. Wenn ich ein T-Shirt angehabt hätte, hätte ich es vielleicht ein bisschen hochgeschoben, wie das große dünne Mädchen, aber so steckte ich den Hemdzipfel in meine Hose.

38

Vor dem kleinen Balkon ein mittelgroßer Auflauf, Tami hat die Katzen eingesammelt, eine auf der rechten Schulter, die andere in ihrem linken Arm. Josef sitzt auf der Brüstung, er spielt mit seinem Handy. Seine Mutter klappt ihren Laptop zu, und während sie sich die Haare nach hinten bindet, fleht sie ihn an : bitte, Jo, geht das nicht ohne Ton! Er schaut auf das Display, drückt Tasten, jedes Mal piepst es. Das Paar aus der Wohnung darüber hat auf dem Tisch auf der Wiese Getränke aufgestellt, zwei Plastikschüsseln mit Aufstrichen, Gebäck in einem Karton, Besteck wird aus einem Geschirrtuch gerollt, und Miranda hat ihre Stofftiere in die Hängematte gelegt, daneben steht der kleine Puppenwagen, in dem noch weitere Tiere und eine Puppe darauf warten, dass sie auch in die Hängematte dürfen. Florian kommt über die Wiese, die Geschwister aus dem Seitenflügel an seiner Seite, sie tragen zusammen einen geflochtenen Koffer, der schwer aussieht. Florians Telefon dampft, er holt es aus der Hemdtasche, spricht kurz, lässt es wieder verschwinden. Miranda stürmt auf ihn zu, er trägt sie über die Wiese, dann geht er zurück, um den Korb, den sie mitten auf der Wiese niedergestellt haben, zu holen. Die Geschwister klettern über die Brüstung, der Größere (Lennard) setzt sich sofort zu Josef und starrt gebannt auf dessen Handy-Spiel, die Kleinere (Marlene) setzt sich an den Tisch zu Susanna, die sich mit der Nachbarin von oben unterhält. Marlene steht wieder auf, geht nach drinnen und kommt mit einem kleinen Radio zurück, dessen Kabel sie in die Steckdose auf dem Balkon stecken will, was ihr nicht gelingt, mithilfe von Susanna dann doch, und die dreht am Sender, es ist gleich sehr laut Musik zu hören, Josef verdreht die Augen, das Fest kann beginnen. Mit dem Picknick im Garten und auf dem Balkon feiern die Nachbarn ihren Wohnungstausch. Susanna wird mit ihren drei Kindern in den ersten Stock ziehen, Rudi und Franziska werden die Wohnung im Erdgeschoß übernehmen. Später schauen noch Freunde vorbei, es ist ein Kommen und Gehen wie meistens, die Katzen drehen ihre Runde im Garten, bevor sie Flo in die Wohnung holt, wie jedesmal, wenn er bei Susanna übernachtet. Als die Kleinen im Bett sind und Josef mit Lennard noch in dessen Wohnung gewechselt ist, sitzen die Erwachsenen auf dem Balkon, Susanna hat einen Joint gedreht, den sie mit Rudi und Raphaela und deren Bekanntem raucht. Flo ist gegen Marihuana, er hat eine leichte Tierallergie, die bei oder nach jedem Streit mit Susanna vor allem eine Katzenallergie ist und die ihn dann für ein paar Tage abhauen lässt und regelmäßig wiederkehren. Er will eine Putzfrau einstellen, lacht Susanna jetzt, sie kitzelt ihren Freund hinterm Ohr, sonst zieht er nicht zu mir! Am liebsten würde er die Katzen im Tierheim abgeben, aber weil er alles tut, dass meine Kinder ihn nicht verstoßen, wagt er das nicht einmal zu erwähnen. Und wisst ihr was : Tami hat gemeint, die Katzen könnten doch bei euch in der Wohnung bleiben, damit Flo endlich richtig bei uns einzieht. Manchmal hab ich schon das Gefühl, sie nehmen ihn ernster als mich. Franziska redet vage darüber, dass das Katzenkistchen bei ihnen am Balkon stehen bleiben könne, Flo erinnert konkret daran, dass sich diese Katzen seit jeher weigern, es als Katzenklo zu verwenden. Drinnen oder draußen, da gibt es keine Alternativen. Und wenn sie mal ein paar Stunden alleine sind, dann machen sie eben drinnen ihr Geschäft. Wenigstens nicht mehr auf meinen Polster. Stellt euch das vor : ausschließlich auf meinen Polster! Das mit der Putzfrau kann Rudi aber gut verstehen, und er bietet an, ihre Putzfrau zu fragen, ob die noch Kapazitäten hat, wäre doch auch praktisch für sie, spare sie sich zwei Fahrten, die Wohnung kenne sie auch schon. Susanna ist davon nicht zu überzeugen. Sie findet es auch dekadent, dass man als kinderloses Paar eine Putzfrau hat, die anderen rollen mit den Augen, Susanna lacht und meint : aber Kompromisse werde ich eingehen müssen, sonst wird das hier nie was. Dann fragt Raphaela nach Florians Wohnung. Ich sollte sie vermieten, aber ich brauche sie wohl weiterhin. Wenn mich die Frau wieder rausschmeißt, wo soll ich denn dann hin, ich kann doch nicht nach jedem Streit ins Flugzeug steigen, oder wenn meine Allergie zu stark wird, nicht wahr? Er würde vom dritten in den zweiten Stock wechseln, Susanna gewinnt eine Etage an Höhe, aber sie verliert den Balkon, den sie so geliebt hat, stattdessen hat sie nach dem Umbau zwei Zimmer mehr zur Verfügung. Jedes ihrer Kinder wird dann ein eigenes Zimmer haben, nicht besonders groß, aber alleine. Auch sie und Florian. Und ein Teil des Wohnzimmers wird abgetrennt und zu einem schicken Arbeitszimmer. Nun ja, schick. Susanna liebt ihr kleines Kabuff, das aber halb verglast sein wird, wie die Bureaus in alten Werkstätten oder Fabriken, schon jetzt. Miranda steht in der Balkontür, in einem Arm die Puppe, im anderen eine große Maus. Ich kann nicht schlafen, wenn ihr so laut seid, außerdem piepst die ganze Zeit dein Telefon, Mama. Flo steht auf, Miranda lehnt sich an ihn, er trägt sie zurück in die Wohnung, kommt nach einer Viertelstunde zurück und reicht Susanna das Telefon. Die Clarissa kommt nicht mehr, wen wundert das jetzt? Sie schaut Flo an, sie haben beide den gleichen Gedanken. Ich schreib ihr zurück, dass sie bei dir einziehen kann, okay?

Noch eine Weile werden diese Zusammentreffen in dem heruntergekommenen Gemeindebau stattfinden : gemütlich, ernsthaft, stetig, manchmal lasch oder lax. Nachdem Rudi und Franziska ein kleines Mädchen adoptiert haben werden, wird Rudi einen Sommer lang die Rollos auf halber Höhe halten, die anderen bitten, ruhig zu sein, mit dem Feiern früher aufzuhören, jede Störung, jedes Lebenszeichen von außen wird ihn nervös machen, mindestens. Franziska wird am Ende des Sommers anfangen, ins Stiegenhaus zu gehen, um mit ihm zu streiten, manchmal wird sie ihn am Balkon anschreien, und Rudi, der nie gerne sein Privatleben nach draußen getragen hat, wird es hinnehmen, wenn nur die kleine Isabella nicht davon aufwacht, nicht aufgeschreckt wird, ihre Differenzen, die stark zugenommen haben werden, nicht mit anhören muss. Einmal wird Franziska von einem Auslandsaufenthalt nicht zurückkommen, und er wird über zwei Monate mit seinem schutzbefohlenen Liebling allein verbringen. Isabella : die er von allen störenden Einflüssen abschirmen möchte, für guten Schlaf und eine ruhige Atmosphäre, in der das kleine Mädchen alles vergessen können soll, was in ihrem kurzen Leben nicht so gut gelaufen ist, und von dem Rudi nicht besonders viel weiß, das er sich aber regelmäßig in grellen Farben und in düsteren ausmalt. Da lädt er zum ersten Mal seit der Familienwerdung Susanna und ein paar der Nachbarn auf den Balkon ein, um mit ihnen seinen Geburtstag zu feiern. Isabella ist selig an diesem Nachmittag, spielt lange mit den Katzen und kann endlich ganz öffentlich und auch vor Rudis Augen die fünfjährige Miranda verehren und mit der noch älteren Tami spielen. Fanziska wird zurückkommen, die gemeinsamen Nachmittage und Abende werden wieder aufgenommen, auch wenn sie nie wieder so sein werden wie zuvor.

39

Ich war doch gar nicht verletzt, ich sollte gegen meine Hysterie angehen, oder war es nur die Erinnerung, die mich täuschte? Die mir einen Streich spielte, weil sonst im Moment nicht so viel los war? Ich stand wieder am Bahnhof, wie am Tag zuvor. Die langsamen Blicke des großen dünnen Mädchens und des Burschen, dessen Gesicht in ein paar Jahren vernarbt sein würde, waren immer noch da, hinter meinem Schauen brannten sie. Ich hatte ihnen nicht geholfen, ich hatte mich abgewandt, als die anderen Mädchen im Vorübergehen so etwas wie eine Entschuldigung für mich in ihre Blicke legten, und Verachtung und Überheblichkeit für die anderen; wie sie schauen konnten, was sich darin alles ausdrückte, das war doch gar nicht mehr wahr, das war doch unerträglich. Ich wollte mich nicht verbünden. Dann traf mich der Ellbogen, aber vielleicht bildete ich mir alles nur ein. Ich hatte einen Eistee getrunken, der nach Hanf roch, nicht schmeckte, ich habe mich nach Michael gesehnt, obwohl ich nichts mehr mit ihm zu tun hatte, vielleicht war alles nur Einbildung. Ich stand wieder am Bahnhof, zwei Stunden früher als am Tag davor, und stieg in die S-Bahn; Jugendliche, Frauen, ein Paar mit einem kleinen Kind, schwarzhaarige Männer, dunkle Typen. Über die Schülerinnen kam immer noch der Schlaf, gemächlich, aber schwer, ihre Trinkflaschen sanken tiefer in den Schoß, leise Musik aus kleinen Kopfhörern, zwei Mädchen unterhielten sich. Als ein Bursche nach hinten ging und sich zu einer sehr dicken Frau setzte, fingen sie gleich an, über die vielen Kilos zu reden, über ihn, den Lässigen, was will der? Fragte ich mich auch gleich. Was wollte der von der Frau? Flirtete er mit ihr? Machte er sich lustig? War sie nicht in der Lage, das einzuschätzen, oder lag es nur an mir, weil ich nicht verstehen konnte, was er zu ihr sagte, sie lächelte immer wieder, scheu. So war es immer. Einer belieferte den Rest mit Gesprächsstoff, ein paar lasen in Heften, Schulbüchern, manche auch Romane. Papierstapel mit ausfransenden Rändern, dicke Kugelschreiberfurchen, rosa und neongelbe Markierungen, Klarsichtfolien bei den Ordentlichen. Jeder schreckte rechtzeitig aus diesem hartnäckigen Schlaf, um in den Nachmittag hinauszugehen, träge, oder um hinunterzuspringen, die zwei Gittertreppen, auf einen grob asphaltierten Bahnsteig, hinein oder hinaus in den restlichen Tag. Mit mir stieg niemand aus. Ich wollte nachschauen, ob Tobias oder Andrea noch neben dem Bahnhofsgebäude standen, manchmal hatte Andrea einen Joint geraucht und Tobias auf sie gewartet, sie hatten denselben Nachhauseweg, Andrea war eine der wenigen, denen Tobias zuhörte, egal wie langsam und wie wenig sie sprach. Der Wartesaal war versperrt, hinten, wo ich nach Andrea und Tobias schaute, roch es nach Urin, um den zerkratzten und beschmierten Fahrkartenautomaten herum wuchs kaum Gras aus dem sandigen Boden. Ich ging am Bach entlang, sah die bunten Reihenhäuser zum ersten Mal, aber sie waren nicht mehr ganz neu, die Gärten blühten und verblühten schon eine Weile, das Holz war schon grau (aber ich hatte keine Ahnung, wie lange das dauert, einen Herbst und einen Winter oder Jahre?), in einem Garten stand das Gras hoch. Die Wiesenflecken hinter den Häusern waren winzig und die Flächen voll ausgenutzt, überall wuchs etwas, standen bunte Schaukel-Rutschen-Kombinationen herum, Plastikmuscheln mit Sand oder Wasser darin, Liegestühle. In dem Garten des Eckreihenhauses saßen Leute an einem Tisch, um einen großen Blumenstrauß herum, ich roch den Kaffee und stellte mir das Schlagobers vor, das die Hausfrau austeilen würde zum Gugelhupf, der noch ein bisschen warm sein konnte. Ich wusste das nicht, dass in dieser Gegend die Menschen auf Terrassen saßen, wenn auch sehr kleinen. Ich konnte mich nicht daran erinnern, dass es hier private Gartengarnituren gab, früher war das nicht so. Früher gab es nur unseren Garten, unsere Terrasse, und die war für Leute, die dafür bezahlten, dass die Eltern und manchmal auch meine große Schwester sie bedienten. Niemand grüßte mich, ich konnte auch mit dem Reflex umgehen, sprach niemanden an, erkannte keinen. Vor dem ehemaligen Konsum der Kreisverkehr, dahinter ein riesiger Parkplatz, statt des kleinen Geschäfts der Leopolds ein Supermarkt, ein Drogeriemarkt, ein Geschäft für Tierbedarf, Kleider und Spielzeug, eine Postfiliale und eine Trafik. Das Kaffeehaus zwischen den Geschäften und dem Parkplatz nannte sich in schöner alter Schrift Piazza. Ich überquerte die Piazza vor dem Café und ging zwischen den Häuserreihen auf die Hauptstraße zu. Die enge Gasse hatte die Dorferneuerung überstanden, es wuchs immer noch Gras zwischen Häuserwand und Gehsteigbeton, wenn auch nicht besonders viel. Dieselben Straßenlaternen am Anfang und am Ende des schmalen Durchgangs wie vor zehn oder fünfzehn Jahren. Funktionierten vielleicht mittlerweile wieder. Dann bog ich in den Weg ein; über dem Holzschild, auf dem Gasthaus und unser Name stand, klebte ein Zettel in Klarsichtfolie, die Schrift darunter leicht verlaufen : wieder offen. Der Parkplatz war leer, aber hinter dem Holzzaun stand der blassgrüne Käfer. Wer nicht davon wusste, würde ihn nicht sehen. Die Rollos heruntergelassen. Auf dem Glas der Eingangstür klebte ein Plakat einer Band : Wiedereröffnung; das Haus hat seinen Namen behalten, daneben ein Zettel : Gartenbetrieb, die Schrift meiner Mutter. Die Tür war verschlossen. Hier war niemand weit und breit. Ich ging um das Haus herum, an rostigem Gerät und kaputten Gartenmöbeln vorbei, an in sich zusammengesunkenen Stapeln aus Stühlen, an der Hollywoodschaukel, der Stoff zerfetzt, mein altes Fahrrad hing über einem Damenrad, das ich nicht kannte. Die Tür zum Schuppen lag in der Wiese, der Schlüssel steckte. Lag da wie ein riesengroßer Fußabstreifer, vor der ziemlich neuen Tür aus Aluminium, die auf dieser Seite eingebaut worden war, damit die Eltern, nachdem sie das Gasthaus verpachtet hatten, in ihre Wohnung unter dem ausgebauten Dachgeschoß gelangen konnten, ohne durch das Wirtshaus gehen zu müssen.

Der Garten sah mitgenommen aus, das Gras wucherte, Stühle und Tische standen herum, weißes Plastik, das an den meisten Stellen dreckiggrau verfärbt war, Aschenbecher und die kleinen dickbauchigen Vasen lagen und standen noch auf einigen Tischen; auf der Steintreppe, die zur Terrasse hinaufführte, Tonscherben heruntergefallener Blumentöpfe, Blumenerde, dazwischen Tischtücher, vom Regen verformte Kartons, ein Gürtel. Die Terrasse war leer, der alte Kasten, in dem meine Mutter Geschirr und Besteck und Speisekarten aufbewahrt hatte, war sorgfältig leergeräumt, bis auf ein Blatt mit Empfehlungen für diese Woche. Es klang, als würde ein Rollo nach unten fallen, und als ich nach oben schaute, war nichts zu sehen. Vielleicht hätte ich sie anrufen sollen, vielleicht hätte ich vorher fragen sollen, ob es ihr recht war, wenn ich vorbeikäme, um den Rest mitzunehmen, ich hatte keine Ahnung, was ihren Umzug vom ersten in den zweiten Stock überstanden und mitgemacht hatte, wir hatten nicht darüber gesprochen. Vielleicht hatten sie alles weggeworfen, es würde mich nicht wundern. Ich wusste es nicht. Meine Mutter hatte nichts erwähnt, als wir ihren Geburtstag feierten und sie von ihrer Weltreise erzählten und davon, dass sie sich nun von uns allen zurückziehen würden. Ich ging zurück zu der Aluminiumtür und stellte fest, dass es keine Klingel gab. Früher hatten wir auch keine, aber es war nicht nötig, weil alle durch die Gaststube gingen, und wenn das Wirtshaus zugesperrt war, hatten die Eltern immer im Blick, ob jemand kam, auch wenn er zu Fuß unterwegs war. Klingel brauchten wir nicht. Jetzt saß aber meine Mutter unterm Dach, höchstwahrscheinlich war alles abgedunkelt. Vielleicht schaute sie fern oder sie hatte sich ein wenig hingelegt. Ich klopfte gegen das Aluminium, es klang dumpf und überhaupt nicht laut. Schaute vorne nach, ob es eine Klingel für das Wirtshaus oder die Wohnung im ersten Stock gab. Dann stellte ich mich auf die Terrasse und rief sie bei ihrem Vornamen. Weil ich das Wort Mama nicht herausbringen wollte. Mutter. Mutti. Ging gar nicht. Es erinnerte mich an etwas anderes, als ich sie rief. Klärchen. Lauter. Clair. Vielleicht hörte sie eine Radiosendung. Ich wusste nicht, wo die Küche lag, ich kannte nur mein Zimmer unter dem Dach, das es nun nicht mehr geben würde. Das Bad mit der engen Duschkabine und der Toilette darin würden sie vielleicht aus Sparsamkeit belassen haben. Mein dicker Vater musste sich da nicht mehr hineinzwängen. Musste sich nirgends mehr einpassen. Ich hörte einen Wagen und rannte vor das Haus. Jemand drehte auf dem Parkplatz eine Runde und fuhr wieder davon. Ich würde die kleine, funktionale Einbauküche nicht sehen, würde nicht feststellen, ob die alten Fauteuils sehr oder nur ein bisschen überdimensioniert wirkten in dem viel kleineren Raum, der jetzt als Wohnzimmer diente. Ich würde nicht sehen, was mit der Betthälfte meines Vaters nach seinem Tod geschehen war. Eine Ablage für Bücher und Zeitschriften? War sein Bett immer akkurat gemacht oder vielleicht ohne Bettwäsche, eine leere, verwaiste Matratze mit Schonbezug und einer zusammengelegten Tagesdecke darauf? Ich würde nicht sehen, ob der nachträglich eingebaute Stiegenaufgang innen ebenso provisorisch geblieben war wie außen, aber ich vermutete es. Ich überlegte, auf der Terrasse zu warten, aber als ich mich dort noch einmal umschaute, fühlte ich mich wie ein Eindringling. War ich ja auch. Und hatte tatsächlich eine zerfledderte Speisekarte auf der Steinbrüstung gelegen oder bildete ich mir nur ein, dass die jetzt weg war? Die zusammengeknüllte Zigarettenschachtel lag noch immer in dem gläsernen Aschenbecher, der auf dem Fensterbrett neben der Terrassentür stand. Unter dem Aschenbecher lag kein Schlüssel.

40

Für sie ist es selbstverständlich, dass er gut organisiert ist. Ist er auch meistens. Nachdem sie zehn Minuten gewartet haben, gehen sie die hundert Stufen zu Fuß, sicher wird in dem Moment, wenn sie die ersten Stufen hinaufgestiegen sind, mindestens ein Lift wieder funktionieren. Florian entschuldigt sich, als wäre es sein Fehler, seine Schuld, und Susanna bemüht sich, nicht darüber nachzudenken, weil sie es natürlich ebenso mühsam findet, aber mühsam ist es für sie auch, dass er sich immer sofort entschuldigt, als wäre er für alles verantwortlich, auch für einen Lift oder einen Bus, der ausfällt undsoweiter. Das haben sie sich vorgenommen : drei Tage alleine sein, über alles Mögliche reden, ins Theater gehen, gut essen, einkaufen, allein sein miteinander, die Wohnung ein bisschen gemütlicher werden lassen, darüber nachdenken, wie das gehen könnte, dass Susanna mit den Kindern ein halbes Jahr oder ein ganzes mit Flo in der Großstadt verbringt, ein anderes Land, eine andere Sprache. Josef und Tami würde das sehr gut tun, Miranda könnte es einfach lernen. Susanna findet es weniger wichtig wegzugehen, für sie kann auch immer alles weiterlaufen. Eine verhinderte Möglichkeit der nächsten folgen, aber immer mit viel Potential. Susanna führt ein Leben, das nach verarmtem Adel ausschaut, was natürlich anstrengend ist, ihr aber gut steht. Die abgebrochene Ausbildung, die kleine Gemeindebauwohnung, die immer wieder neuen Jobs, Rückkehr an die Uni für ein oder zwei Semester, eine eigene kleine Firma, aber Susanna ist keine Unternehmerin, obwohl sie eine gute Managerin ist und ihre Kinder nie ohne Jause in die Schule müssen, auch wenn sie selber die Nacht durchgefeiert hat. Hat von Unterrichten über Massieren bis zur Homepage-Gestaltung schon alles ausprobiert. Sie lässt sich von den Eltern nicht unterstützen, nur den Kindern dürfen sie Geschenke machen, so viel sie wollen, mitzureden haben sie deshalb noch lange nichts. Taucht Susannas Mutter auf, schlüpft die Tochter (und Mutter) in Rollen, ganz wie es ihr Spaß macht. Legt die Füße auf den Tisch wie eine Jugendliche, zündet sich eine Zigarette im Salon der Mutter an, obwohl die das hasst, weist dann aber plötzlich ihren Sohn zurecht, wenn er am Tisch lümmelt oder beim Essen an seinem Handy herumdrückt. Sie kämpft um jeden einzelnen Groschen, den der Exmann an die Kinder zu zahlen hat, manchmal ist das ein Halbtagsjob, zwischendurch pfeift sie drauf, gibt nicht auf. Gerd zahlt über den minimalen Grundbetrag hinaus kaum etwas, verdient seit der Scheidung weniger als die Hälfte, wird kein Kind mehr bekommen, so viel ist klar. Flo übernimmt oft das Nötigste. Zahlt an die zwei Großen Taschengeld und Josefs Telefonrechnung. Darüber müssen sie nicht sprechen. Es ist ihr ein bisschen unangenehm. Das Reden darüber. Bedingungslos kann er sein, für seine Baronessa alles tun, und für die Kinder. Von der U-Bahnstation bis zur Wohnung sind es nur wenige Meter, und Susanna erschrickt über den Haufen aus Briefen; die Post aller Parteien liegt auf dem Fußboden im Flur, warum erschrickt sie? Über die Müllsäcke neben dem Mistkübel auf dem Gehsteig hat sie die Augenbrauen hochgezogen, und es wird ihr am nächsten Morgen nicht gelingen, den kleinen Plastiksack mit ihrem Müll daneben auf den Boden zu stellen, mitten in einer teuren Einkaufsstraße (das hat sie bei ihrer Ankunft am Tag zuvor gar nicht bemerkt, nur die Müllsäcke, die Briefe am Boden, die grüne Tür). Als Florian die Wohnung gemietet hat, hat er sie ihr in wunderbaren, großartigen Bildern beschrieben : schick! Vornehm und edel alles; er hat über die beiden Bäder gesprochen, natürlich, zuallererst, über die Bodenleisten, die neue Küche. Aber es gibt kein einziges Bild an der Wand, die Garderobenhaken liegen am Fußboden im Wohnzimmer, und seine Schuhe stehen aufgereiht in der Küche neben dem kleinen Gartentisch. Das neue Sofa wenigstens ist bunt, die Vorhänge liegen noch in der Kiste, nur im Schlafzimmer hat Florian den fließenden Stoff über die angelehnten Vorhangstangen gehängt, sodass er das Fenster zu einem Drittel zirka abdeckt.

Aber bald nachdem sie in der Wohnung angekommen sind, Flos Rollkoffer und Susannas Reisetasche abgestellt haben, müssen sie gleich wieder raus. Das heißt, Susanna muss raus hier, wie ein Fremdkörper steht ihre Tasche im Schlafzimmer, sie wühlt darin, Florian hat seine Schuhe schon wieder angezogen, ein bisschen enttäuscht, irritiert; redet von einem indischen Lokal, von einem Japaner und einem Koreaner, und sie solle entscheiden, worauf sie Lust habe. Dann beschließt Susanna, dass sie noch duschen möchte, will aber alleine duschen, Florian geht ins Wohnzimmer, das eindeutig sein Wohnzimmer ist, ein Männerwohnzimmer, wirft sie ihm vor, total leblos alles, wirft sie ihm an den Kopf, während sie anfängt, sich auszuziehen. Florian schaltet seinen Laptop ein und schaut seine E-Mails durch. Als Susanna zu ihm kommt, nackt und mit nassen Haaren, telefoniert er mit einem Kollegen oder jemandem von der Arbeit, bemerkt gar nicht, wie kränkend das für Susanna ist, geht mit ihr in das zweite Schlafzimmer, redet immer weiter, jaja, runzelt die Stirn und grinst sie an dabei, eher eine Grimasse, macht ihr den Kasten auf, alles ganz in Weiß gehalten, und zeigt auf die Handtücher, setzt sich auf das Sofa, das hier steht, und betrachtet Susanna, die Körper und

Haare in die knallroten Handtücher wickelt. Einen Moment gedankenverloren, holt ihn sein Gesprächspartner durch eine Frage wieder zurück. Susanna ist längst wieder draußen und hat im Wohnzimmer die kleine Stereoanlage laut aufgedreht, um gleich wieder im Bad, das am anderen Ende der Wohnung liegt, zu verschwinden. Irgendwann, einige Zeit später, brechen sie auf, Susanna will durch einen Park spazieren, und auf dem Weg dahin bekommt sie starken Hunger, Florian muss auf der Stelle ein Restaurant in der Nähe ausfindig machen, sie gehen zum Japaner, werden fröhlicher mit jedem Bier, das sie trinken, und beschließen den Abend in einem alten, sehr touristischen Pub gegenüber der Wohnung, wo Susannas Genervtheit darüber, dass man drinnen nicht rauchen darf, dann doch so stark wird, dass sie vor der Sperrstunde nachhause gehen.

Nachhause, dieses Wort verwendet Susanna in den drei Tagen kein einziges Mal. Es bleibt seine Wohnung, wenn sie mit Florian redet, und seine Wohnung, wenn sie darüber mit einer Freundin telefoniert und auch mit ihren Kindern. Ein bisschen feudaler hat sie sie sich vorgestellt, aber die Zimmer sind von kaltem Licht beleuchtet, mit billigen Einbauschränken eingerichtet, und der Balkon, der nur über das Stiegenhaus erreichbar ist, liegt in einem Lichthof, wo bestimmt niemals Sonne hinkommt. Susanna hätte nichts gegen ein spartanisches Appartement gehabt, auch wenn sie es lieber gemütlich mag, aber diese Wohnung ist einfach nur leer. Am ersten Nachmittag holt sie Flo im Büro ab und ist, als ob sie das nicht gewusst hätte, erschüttert über all die schlecht sitzenden Anzüge und kleinkarierten Hemden seiner Kollegen. Dabei arbeitet er mit einem Schwarzen zusammen, und ein kleiner rothaariger Typ steht mit Flo über einen Plan gebeugt, als sie in das enge Zimmer kommt, in dem drei Schreibtische stehen. Das Office ist in einer richtig guten Citylage angesiedelt, beim Portier musste sie ihren Namen eintragen und zu wem sie kommt, und das alles hat einen internationalen Touch, den sie eigentlich ganz gut findet. Aber wenn sie sich die Typen genau ansieht, sind es doch nur Techniker. Auch wenn sie Florian so nicht wahrnimmt. In dieser Umgebung ist das gar nicht anders möglich.

Die ganze Schulfrage ist unlösbar für sie, wie soll sie für drei Kinder Schulen auftreiben, wer könnte das alles bezahlen, und was würde sie denn hier machen? Sie stellen fest, dass sie bisher nie wirklich darüber gesprochen haben. Schulgeld? Haben wir eigentlich echt nie über Schulgeld gesprochen? Obwohl es fast ein Jahr gedauert hat, bis Flo diese Wohnung gefunden hat, und obwohl er immer nach drei Zimmern gesucht hat, als wäre ihr Nachkommen schon ausgemacht gewesen. Während Florian im Büro ist, verbringt Susanna auch tatsächlich einen Vormittag in einem Möbelgeschäft und sucht Kleinzeug, das ein bisschen Leben in die kalte Wohnung bringen soll, aber bevor sie zur Kasse geht, muss sie sich eingestehen, dass sie nicht sicher sagen kann, ob ihm das Kästchen und die Poster, der Beistelltisch fürs Wohnzimmer und der Teppich gefallen oder ob er es ihr zuliebe schön finden würde. Sie lässt den Einkaufswagen vollbeladen in der Geschirrabteilung stehen und verbringt den restlichen Tag in Museen und einem Vintageladen.

Die gemeinsame Zeit ohne Kinder fühlt sich in immer wiederkehrenden, aber sehr kurzen Momenten fremd an, das vergeht sofort wieder, Susanna ist ein bisschen sauer, dass Florian so früh ins Büro muss und nicht vor fünf abgeholt werden kann. Ausnahme. Stellt fest, dass sie von einer Urlaubssituation ausgegangen ist, einfach so, aber Flo hat hier noch nie Urlaub gemacht, er geht in kein Museum, außer auf einen Empfang oder wenn er mit einem Techniker einen Termin hat. Er marschiert morgens auf dem Weg ins Büro durch einen Park und tut so, als wäre das Bewegung und Frischluft genug für den ganzen Tag. Er kennt Lokale und Pubs, die Kinos, die am Weg in die Arbeit liegen und in denen er noch nie war, und ein Theater, in das er auch mit Susanna geht, ein Musical, sie hat die Karten von zuhause aus im Internet bestellt. Er kauft alles in einem Geschäft ein, in dem es alles gibt und das ums Eck liegt. Auch in dem einen Supermarkt ums andere Eck gibt es alles, was man im Haushalt braucht, andere Geschäfte kennt er eher nur vom Vorbeigehen und wenn sie auf seinen täglichen Wegen liegen. In der Küche gibt es das Notwendigste, ein Ständer mit zehn kleinen Behältnissen für Gewürze ist unbenutzt, außer Salz und Pfeffer hat Florian noch Kräuter der Provence und Oregano gekauft. Im Kühlschrank steht ein Biosaft, ein Liter Biomilch, die abgelaufen ist, Butter und ein Glas Marmelade, noch nicht angebrochen, und vier

Dosen Bier. Susanna wirft Florian die Leblosigkeit seiner Wohnung vor, aber sie unterschlägt, dass er ja außer seiner Arbeit kaum ein Leben führt in dieser Stadt. Sie vergisst, dass er jeden freien Tag sofort zu ihr und den Kindern gefahren ist, dass er zwei Schreibtische in zwei Städten hat und die Vierzigstundenwoche eher eine Seltenheit ist. Wenn er zu ihr nachhause kommt, ist er oft so müde und unansprechbar, obwohl sie, die sich freut, dass er endlich da ist, alles Mögliche mit ihm besprechen, ihm erzählen muss und dann auch ausgehen will, jetzt, da er endlich bei ihr ist. Er schwankt zwischen touristischen Anflügen, er will ihr die Stadt in ihrem allerbesten Licht zeigen, sie ihr schmackhaft machen, sie dazu bringen, dass sie mit den Kindern hierherzieht, obwohl das komplett unrealistisch ist, auch wenn es ihrer Beziehung und ihm, davon ist er überzeugt, gut täte. Dann wieder will er sich mit ihr ins Bett verkriechen, die Abwesenheit der Kinder ausnutzen, ja, natürlich, aber es hat sich alles ein bisschen umgedreht zwischen ihnen beiden. Einmal möchte Susanna die Vorhangstangen montiert haben, denn man könnte von gegenüber in ihr Schlafzimmer sehen. Damit hat sie zwar Recht, aber ihre Enttäuschung, dass er das nicht schon in den letzten acht Wochen erledigen konnte, empfindet er als übertrieben. Dann ist sie zu k. o., weil sie den ganzen Tag unterwegs war. Es wird auch das Kinderthema nicht angesprochen, was aber beide gut finden, es ist zu schwierig, es ist zu unlösbar, niemand will das aussprechen, niemand will Konsequenzen ziehen. Am letzten Abend wirft sie ihm plötzlich ihr altes London vor, das natürlich eine andere, eine wildere Stadt war mit Konzerten und Drogen und besetzten Häusern, mit coolen, lustigen Leuten aus der ganzen Welt und überhaupt, und tatsächlich. Florian wusste das nicht. Florian kannte zwar die Geschichte, dass Susanna nach der Matura für ein halbes Jahr ins Ausland gegangen war, Au-Pair, hatte er gedacht, naja, was halt unter Au-Pair so läuft. Susanna hatte nie besonders viel davon erzählt, er hatte auch gar nicht daran gedacht, dass sie die Stadt ja sehr gut kannte, er wusste, dass sie einmal da war, aber irgendwie war er davon ausgegangen, dass das zusammen mit Gerd war, eine Geschäftsreise, vor den Kindern. Ihre Enttäuschung, die ihr ins Gesicht geschrieben steht, aus ihren Augen kann man die vor allem lesen, nimmt ihn auf der Stelle mit, was hätte er denn tun können? Sie hätte ja jemanden kontaktieren können, aber wie lange war das jetzt her, doch mindestens fünfzehn Jahre, vielleicht länger. Sie lässt der Enttäuschung, dass nichts davon hier, in seiner Umgebung, wiederzufinden ist, freien Lauf, und irgendwann streiten sie, egal, wer angefangen hat, Florian wirft ihr vor, dass sie drei Tage lang nicht daran gedacht habe und das jetzt ausgrabe, als finalen Vorwurf. Sagt blöde Sachen, die er später bereut, Susanna sagt gemeine Sachen, die sie am nächsten Tag nicht mehr genau weiß, die Fetzen fliegen die halbe Nacht, das hat aber auch etwas Befreiendes, sie müssen sich nicht versöhnen, sie schlafen grantig und liebevoll miteinander, die Vorhangstangen hat niemand montiert, die Straßenlaternen leuchten ins Schlafzimmer, und als der Wecker läutet, haben beide das Gefühl, noch gar nicht richtig geschlafen zu haben. Mit einem dröhnenden Kopf (Susanna) und Augen, die immer wieder zufallen auf dem Weg zum Flughafen (Florian), beginnen sie den Tag, reden wenig und verabschieden sich am Eingang zu Florians Gate mit einem Kuss und ohne ein Wort. Florian dreht sich um und sieht Susanna nach, die mit der Hand hinter ihrem Rücken winkt, weil sie weiß, dass er so lange dastehen wird, bis sie hinter dem nächsten Eck verschwunden ist.

41

Ich wusste nicht, wie warm dieser Tag war. Altweibersommer. Ich war noch nicht draußen gewesen, ich würde heute nicht mehr hinausgehen, ich hatte die Fenster zugemacht, weil ich den Grillgeruch nicht aushielt. Der Gedanke an Fleisch verursachte mir Brechreiz. Den halben Nachmittag drangen die Geräusche gedämpft um das Hauseck und durch die geschlossenen Fenster zu mir herein, waren die Kinder, ihr Singen, Lachen und Schreien, ein erträgliches Hintergrundrauschen. Wie viele wohl gekommen waren? Es hörte sich an wie ein großes Stück Rasen, das noch wurzeln musste. Hellgrünes Plauschen an einem Samstagnachmittag. Sommerlich, freundlich, aber nicht unbedingt natürlich gewachsen. Das machte gar nichts. Wenn ich das Radio einschaltete, hörte ich Tobias und seine Gäste kaum noch. Die Kisten standen in einer Reihe vor dem langen Sofa. Der Projektor war eingeschaltet, das Surren des Motors war zu hören. Er funktionierte wahrscheinlich. Weil keine Filmrolle eingespannt war, surrte der sehr leise, ein angenehmes Geräusch. Ich war allein. Ich schaltete das Radio ein und stellte mir vor, welche Bilder dazu an die Wand geworfen werden könnten. *Jakobs Zimmer ist ein kleines, dunkles Zimmer. Hier hat Fosco nicht wohnen wollen. Schwere Vorhänge verdecken das Fenster. Ein Bett steht an einer Wand. Ein Kasten in einem Eck. Ein Tisch in der Mitte. Die Möbel sind farbig und langweilig. Die Möbel sind langweilig geworden, weil es ihnen langweilig ist.* Mit einer solchen Geschichte gelang das jetzt aber nicht. Ich war hier. Im Arbeitszimmer. Ich wollte hinausgehen. Ich wollte nicht von einer Geschichte aus dem Radio auf die Langeweile meines Zimmers zurückgeworfen werden. Ein gelangweiltes Bett, ein genervter Kasten, das konnte mir nicht gefallen. Es gab einfach zu wenige Nachrichten, Reportagen und Hintergrundberichte. Ich hatte mir öfters vorzustellen versucht, was Klara an den Hörbüchern fand. Vielleicht sollte ich mir eines von ihr ausborgen. Da stand Tobias hinter mir, ich spürte ihn, obwohl er leise hereingekommen war, warum musste er immer so schleichen, in seinem eigenen Haus, in seinem Keller, auch wenn ich da lebte? Er tat überrascht, er tat, als würde er mich stören und als wäre ihm das unangenehm. Hallo. *Augustin. Sein Name ist Augustin.* Ich fühlte mich erwischt bei etwas, konnte aber dem Drang, auf der Stelle zu erklären, was ich hier tat, widerstehen.

Ich schaltete das Radio aus, ein bisschen erleichtert. Was er wohl suchte? Die ganzen Filme, was machst du mit denen? Ich drückte den Schalter am Projektor nach unten, der Motor ratterte noch ein bisschen weiter. Ich weiß nicht, eine Bekannte hat mich gefragt, ob sie sie haben kann, für ein Filmprojekt, gefundene Sachen. Sonst hätte ich das eher weggeschmissen. Als Tobias anfing zu erzählen, dass er von den Eltern zum dreißigsten Geburtstag eine DVD-Kollektion geschenkt bekommen habe, schaltete ich den Projektor wieder ein. Surrte. Gesammelte Werke vom ersten Schrei bis zum zwölften Geburtstag. Alles digitalisiert. Wie sehr sich seine Töchter einmal freuen würden. Das verstand ich nicht, ich schaltete den Projektor wieder aus, aber es betraf mich wenigstens nicht, wir hatten uns ja erst später kennen gelernt. Ich würde das jetzt aussortieren, ohne sie mir noch einmal anzuschauen, und vielleicht tatsächlich einige Kassetten Claudia überlassen. Tobias stieg über die Kisten und öffnete die unterste Schublade des Schreibtisches, ganz selbstverständlich kramte er eine Kartonmappe heraus. Man konnte über all diese Filme drübersteigen, Onkel Heinz, Selma, die Tanten und Onkel, meine Cousins, über Familienfeste und Geburtstage, über Ausflüge im Herbst und im Winter, über erste Stunden auf Skiern, über einen Nachmittag, an dem irgendwer einen froschgrünen Topf in die Wiese gestellt hat und alle Anwesenden voller Freude gewesen sind, wenn ich mich darauf setzte, ich muss sehr klein gewesen sein. Panik kam in mir auf, dass ich sie alle nicht mehr erkennen würde. Vielleicht war das jetzt endgültig so, es würde mich gar nicht wundern. Tobias, ich wollte mit euch reden. Ich brauche den Schreibtisch jetzt bald nicht mehr. Betroffenheit, aber nur für einen Augenblick. Ich stellte mir das vor. Tobias würde kein schlechtes Gewissen haben, nur weil er den Raum, den er mir vermietet, ganz selbstverständlich auch für sich nutzt. Nein, ist schon in Ordnung, alles gut. Ich werde endlich ausziehen. Ja aber, wieso? Das Gespräch verlief dann genau so, wie ich es erwartet hatte. Ich erinnerte daran, dass ich nur vorübergehend bei ihnen hatte wohnen wollen und ihre Geduld schon viel zu lange in Anspruch genommen hätte. Er wiegelte ab und bestand darauf, dass ich, so lange ich wollte, so lange wie nötig, bei ihnen wohnen könne, dass sich daran natürlich und selbstverständlich gar nichts geändert habe. Ich erinnerte ihn an seine Gäste und versprach, Mietschulden, den Auszug überhaupt und alles, was damit zu tun hatte, so bald wie möglich zu besprechen. Tobias lud mich in den Garten ein, ich würde ja die meisten ihrer Freunde kennen, konnte mir aber gar nicht denken, wen er meinte; für später würde er auch Flo und Susanna und die Kinder erwarten, ich solle doch einfach dazustoßen, jetzt oder wann immer ich Lust hätte. Ja, danke, Tobias, ich schau später gerne einmal hinauf, wenn ich ein, zwei Kisten geschafft habe. Dann schaltete ich den Projektor wieder ein, Tobias drehte sich nicht um, auf einer der Kisten lag die Kartonmappe, die er gerade aus der Lade genommen hatte. Er ließ sie da liegen.

Klara war vor zwei Tagen plötzlich vor mir hergefahren, mit dem Fahrrad, im Anhänger die Mädchen. Sie war wie aus dem Nichts aufgetaucht, auf einmal war sie auf der Brücke, auf dem Radweg. Sie fuhr nicht besonders schnell, natürlich nicht, in einem schweren Anhänger zwei Kinder, eine leichte Steigung, ich hatte sie hier noch nie gesehen, wusste gar nicht, dass sie diesen Weg benutzte wie ich. Ihre Stimme war nur schwach zu hören, sie rief den Mädchen etwas zu, aber der Lärm der vorbeifahrenden Autos verschluckte ihre Worte fast vollständig. Ich blieb stehen. Wenn ich weitergegangen wäre, hätte ich sie vielleicht sogar überholt. Einmal hatte ich sie, damals noch mit einem Kind und schwanger, im Stadtpark bei den Enten getroffen. Kyra schmiss den Enten immerzu kleine Brotstücke zu und Klara achtete darauf, dass sie nicht allzu nah ans Wasser ging. Klara war entspannt, und das kleine Mädchen juchzte immer wieder vor Freude über die Tiere, denen sie das Futter zuwarf. Dann saßen wir eine Weile auf einer Bank, zu dritt. Kyra außen, in der Mitte Klara und auf der anderen Seite ich. Klara erzählte von ihrer Tante und davon, dass sie früher immer gedacht habe, das Glück fände sie nur ganz weit weg, und wie verwundert sie manchmal noch sei, dass es dann einfach herumgelegen sei, in der nächstgrößeren Stadt, in die sie doch nur ein Zufall verschlagen habe. Dass sie mit Tobias überallhin gezogen wäre, dass es für sie ganz unwichtig sei, wo sie leben würde, Hauptsache, sie seien alle zusammen. Das war alles vollkommen einleuchtend und logisch. Natürlich nachvollziehbar. Sie hatte davor im Büro ihres ehemaligen Arbeitgebers vorbeigeschaut und schimpfte über die Scheinheiligkeit und die Ausbeutung, einiges schien ihr noch viel klarer geworden zu sein in der Zeit, in der sie nicht mehr da arbeitete. Sie erwähnte mit keinem Wort die Kinder, für die sie bis zu ihrer ersten Schwangerschaft mitverantwortlich gewesen war. Ich hätte sie gerne gefragt, ob sie manchmal an sie dachte, unterließ es aber. Vielleicht waren sie austauschbar, bis die eigenen kamen, vielleicht war das so mit Kindern? Ich hatte auch ein bisschen von meiner letzten Arbeit erzählt. Ich war verwundert, als ich sie sagen hörte, dass ich völlig richtig gehandelt habe, den Job hinzuschmeißen. Wieso hatte ich immer angenommen, sie hielt mich für eine Versagerin, für überempfindlich? Seither hatte ich sie nie mehr in der Stadt getroffen, auch nicht auf der Straße vor dem Haus, nur jetzt auf meiner Brücke. Ich stand da und schaute ihr nach, wie sie davonfuhr, bergab beschleunigte sie, und ich glaubte das Lachen der Mädchen zu hören. Ich hatte so viel Zeit und gar keine Geduld, alle Minuten, jeden Vormittag und Nachmittag, die Abende auszufüllen, die Zeit von vorne bis hinten in der richtigen Reihenfolge durchlaufen zu lassen. Ich hörte mich ausschnaufen, weil ich daran dachte, was ich Tobias erzählt hatte. Found footage. Eine neue Wohnung. Das hatte ich gesagt. Weil es mir unmöglich gewesen war, Klara auf der Brücke einzuholen, zwei, drei Sätze mit ihr zu wechseln und sie dann davonfahren zu lassen. Ich hatte sie ja deutlich erkannt. Ich holte ein paar Filme aus einer Kiste, legte sie neben mich auf das Sofa. *Krk, Sommer 1980. Klärchens 30er. Bucklige Welt I–IV (1984–87)* und

Bucklige Welt V–VI (1987–1989). Selma-Geburtstage, 1. Jahrzehnt. Selmas 11. u. 12. Geb. Zwischen den Kassetten steckte ein kleines rotes Schulheft, *Geschichten von Selma Stalder, März 1979.* Die erste Geschichte handelte von einem Prinzen und einer Prinzessin, die an verschiedenen Ufern eines reißenden Stroms leben. Die Prinzessin steht Nacht für Nacht mit einer Lampe am Ufer, damit ihr Geliebter den Weg durch das Wasser findet, denn nächtlich schwimmt er zu ihr. Die königlichen Eltern dürfen davon nichts wissen. Aber einmal hört die böse Stiefmutter der Prinzessin davon, und sie schickt deren Schwester, die löscht das Licht. Ein Sturm kommt auf, und der Prinz ertrinkt in der dunklen Flut. So hatte sie geschrieben, meine elfjährige Schwester. Dunkle Flut. Und dann erzählt sie die Geschichte nach, die wir hunderte Male mit unserer Mutter gehört hatten (zuerst die *Königskinder*, danach : *näh nicht, liebes Mütterlein*, immer hatte unsere Mutter die paar Worte auf Russisch mitgesungen, sagte uns nie, was sie bedeuteten). Dann erzählte meine Schwester die Geschichte weiter, als wäre es ihre eigene. Wie die Prinzessin vergeblich auf den Prinzen wartet und am Sonntag, als alle anderen in die Kirche gehen, schön geschmückt und feierlich gekleidet und in allerbester Stimmung, einen Fischer bittet, ihren Liebsten zu suchen. Der Fischer wirft sein Netz aus, und lange, lange dauert es, bis er den toten Prinzen vom Grund des Flusses herausgefischt hat. Er legt den Leichnam der bleichen Prinzessin zu Füßen. Sie küsst ihn. Die Prinzessin verabschiedet sich von ihm. Leb wohl, hat meine Schwester geschrieben, durchgestrichen und dann : *auf Wiedersehen, mein Liebster*. Dann nimmt sie ihre dicke Wolljacke, die allerdickste, die sie finden kann, und geht ins Wasser. Die Glocken läuten, die Menschen, auch die böse Stiefmutter, sind todtraurig, aber es ist zu spät. Und weil es eben zu spät ist, geht das Leben weiter für die anderen. Das ist es, so steht es da zu lesen, was einen trauriger machen sollte als der Tod. Noch mehr Balladen und Märchen hat meine elfjährige Schwester als Geschichten von Selma Stalder ausgegeben. Ich konnte mir nicht vorstellen, dass sie den Familiennamen zufällig falsch geschrieben haben könnte. Alles ist ganz ordentlich, kaum Fehler. Das Heft ist halb vollgeschrieben, in einer schönen und großen, sehr gleichmäßigen Kinderschrift. Keine Tintenflecken, keine herausgerissenen Seiten, nur manchmal sind ein, zwei Wörter akkurat durchgestrichen, fast so, als hätte sie ein Lineal zu Hilfe genommen. Mehr nicht.

Ich ging leise die Treppe hinauf, um nachzuschauen, ob der Computer an die Telefonleitung angesteckt war, ich kannte mich nicht wirklich aus, Tobias und Klara hatten eine ziemlich altmodische Konstruktion. Ein Kabel war angesteckt, ich war mir nicht sicher, draußen wurde gelacht und durcheinander geredet, es lief ein Lied, das mindestens vierzig Jahre alt war; ein kleiner Bub kam hereingelaufen, er schob mich zur Seite und sagte mehr zu sich als zu mir : aus dem Weg, ich muss dringend aufs Klo! Ich öffnete ihm die Tür zur Toilette, die ich gerade noch blockiert hatte, er wollte sich nicht helfen lassen, ich ging wieder nach unten. Räumte die

Kassetten mit den Filmrollen in die Kisten zurück, riss ein Blatt aus dem roten Heft meiner Schwester und notierte darauf : *z. Hd. Claudia L'ingeniosa W.*, ihre Telefonnummer zuhause hatte sich seit Jahren nicht geändert, ich wusste sie auswendig. Das Blatt kam in eine Kiste, wahllos. Das war kein Arbeitszimmer, war es nie gewesen. Ich nahm das Heft mit hinüber in den Raum mit den langweiligen, gelangweilten Möbeln, in mein Zimmer.

42

Beim Aufwachen dröhnte mein Schädel, als hätte ich die Nacht durchgefeiert. Ich stellte mir die Überreste von dem kleinen Fest vor, Knochen von Steaks, fette Fleischreste, die kalten, nicht vollständig niedergebrannten Grillkohlen im dunkelgrünen Gras. Eine umgefallene Bierbank, die Fahrzeuge der Kinder, irgendwo eine Jacke über einer Sessellehne, Plastikgeschirr, Tobias' Flipflops, die er immer irgendwo vergaß. Dass er die halbe Nacht barfuß unterwegs gewesen war, ist ihm wahrscheinlich nicht aufgefallen. Irgendwann hatte er die Boxen der Musikanlage auf die Terrasse gestellt und seine Platten abgespielt, die schon alt waren, als er sie gekauft hatte, ich kannte die meisten. Tobias schaffte sich anscheinend kaum neue Musik an, hatte schon die Umstellung auf CD nicht wirklich mitgemacht, obwohl er damals noch richtig jung gewesen war. Klaras

CDs wurden nicht so häufig gespielt, obwohl sie diejenige war, die manchmal auch Musik aus dem Internet herunterlud oder bestellte und einen iPod besaß. Für Tobias war ihr Geschmack vielleicht ein bisschen gewöhnlich, dabei hörte sie einfach gerne fröhliche Musik, durften auch schon einmal wilde Gitarren und heftige Schlagzeugsoli sein. Seine Vorlieben beschränkten sich auf billigen Gebrauchsrock vom Fließband mit ergreifenden Aaahs und Ooohs wie Pink Floyds *Dark Side of the Moon*, dessen nie enden wollenden Erfolg Tobias als Beweis dafür nahm, dass es ein unsterbliches Meisterwerk der Popgeschichte war. Bis spät in die Nacht drang auch noch *The Wall* und irgendwann *Wish you were here* durch das geschlossene Fenster in mein Zimmer. Erst bei *Ummagumma* hörte ich allgemeinen Protest, und Tobias gab nach. Kurz darauf verabschiedete Klara sich als eine der Ersten, sie wollte ins Bett. Klara war meistens die Erste, die eine Party verließ, es schien ihr nichts auszumachen, nicht bis zum Ende zu bleiben, zufrieden wünschte sie den anderen noch eine schöne Nacht und ging einfach. Sie wolle am nächsten Tag einigermaßen fit sein, sie hatte sicher nicht besonders viel getrunken und würde schon früh im Garten sein, um das Geschirr in die Küche zu bringen, den Geschirrspüler einzuschalten oder mit den Mädchen entspannt den Tag anfangen. Ob es immer schon so war oder eine Folge ihrer Mutterschaft, wusste ich nicht. Ich dagegen hatte seit Wochen oder vielleicht Monaten keinen Alkohol getrunken und fühlte mich, als hätte ich derart über die Stränge geschlagen, als hätte ich ohne

Unterbrechung ein Glas Wein nach dem anderen, Biere und Cocktails und Schnäpse in mich hineingeschüttet. Und dann kaum geschlafen.

Manchmal half viel Wasser gegen die Kopfschmerzen, ich trank ein paar Gläser, es schmeckte wieder abgestanden, ich duschte lange, von oben war nichts zu hören, welche Tageszeit war das, welcher Tag war heute, wie lange hatte ich geschlafen, war es überhaupt schon hell? Ich kannte mich nicht aus, in mir, um mich herum war alles unklar, und die Klarheit wollte sich mit dem lauwarmen Wasser, auch mit kaltem Wasser nicht einstellen. Ich wickelte mich in ein Handtuch und suchte mein Telefon, meine Armbanduhr. Fand beides nicht und schaltete den Computer ein. Während ich mich anzog, hörte ich Wasserrauschen, den Abfluss, schon wieder der Abfluss, darauf ließ ich mich doch schon lange nicht mehr ein, das betraf mich nicht. Oben war es still. Und in mir. Die Ameisen, die sich ihren Weg gesucht hatten, quer durch das Arbeitszimmer, direkt auf den Berg mit dem Spielzeug zu, das sich zwischen Sofa und Schreibtisch stapelte, marschierten an mir vorbei, ich ging in mein Zimmer und zog mich weiter an. Halbschuhe, auf die Klara im Sommer Blicke geworfen hatte, als wäre ich nicht ganz richtig im Kopf. Wegen dieser Schuhe. Ich belastete sie nicht mit dem Ungeziefer, ich hielt das aus. Es waren schöne Halbschuhe in einem sehr dunklen Braun, mit breiten Absätzen, das Leder fühlte sich gut an, die Schuhe passten mir. Sie passten zu fast allem, ich hatte sie gerne an. Jetzt trug ich sie zur schmalen schwarzen Hose und der beigen

Bluse, sehr luftig, es war schließlich fast noch Sommer. Es war immer noch nichts zu hören. Die Bücher räumte ich in eine Kiste, der Computer würde noch darauf passen, Kleinkram in die Plastikkiste, davon hatte ich zwei. Die Kleidung in den großen Koffer, den Trolley und die Reisetasche, auf dem Boden der Reisetasche lag das Päckchen für meine Mutter.

Nachdem ich fertig war, ging ich nach oben. In der Küche standen noch Gläser und Teller und das Geschirr vom Frühstück, der Geschirrspüler war noch eingeschaltet, hatte sein Programm schon beendet. Ein ruhiger, sonniger Sonntag. Ich sehnte mich nach dem Herbst. Ich wollte es kühl und windig und dass gelbe und orangerote Blätter zu Boden fielen. Ich ging durch das Wohnzimmer auf die Terrasse, außer dem Griller neben dem massiven Holztisch erinnerte gar nichts an das Fest; jetzt fiel mir ein, dass ich weder Susannas noch Florians Stimme herausgehört hatte, wahrscheinlich waren sie gar nicht gekommen. Eine Gratiszeitung lag auf dem Tisch, ich blätterte sie im Stehen durch, angewidert von den fetten Gesichtern verantwortungsvoller Männer und den abgemagerten Frauen, die für irgendetwas standen, ich kam nicht drauf, wofür. Durchatmen, vielleicht. Ausatmen vielleicht. Ich schlenderte hinter das Haus, schaute auf die schmalen Fenster. Das Arbeitszimmer. Mein Zimmer. Wie langweilig. Nichts davon regte mich auf, nichts ärgerte mich, und ich hatte auch keine Angst vor dem, was sich verändern würde. Ich hatte gar keine Angst, es war mir egal. Ich hatte keine Idee, ob die anderen so dachten wie ich über diese

Sache. Ich hatte nie mit jemandem darüber gesprochen, auch mit Flo nicht. Einen Augenblick dachte ich daran, das Heft meiner Schwester zu bringen, aber gleich : ich gehe da nicht hin. Welche Angst war das? Kein Platz für Angst. Es kam gar nicht in Frage. Wenn wir ihre Geschichten nachspielten, suchte ich mir immer zuerst die Rolle aus, ein stures Kleinkind, aber sie ignorierte meine Wünsche einfach. Ich wollte nie Leander spielen, aber sie war immer die Prinzessin, die sich nach mir in die Fluten warf. Nicht sie fehlte mir, sondern etwas, das mit uns beiden zu tun hatte. Es hing mit Kontrolle zusammen und mit der Geborgenheit ihrer dicksten Wolljacke, die sie über mich legte, wenn ich in ihre Arme sank.

43

Manchmal hörte man einen Wagen, die Fenster waren nicht dicht. Seit Stunden regnete es, das Geräusch des Wassers, das herunterkam, auf die Wiese fiel, in die Bäume, war kaum zu unterscheiden von dem, das der Wind machte, wenn er über die Baumwipfel strich oder durch die Baumkronen hindurchwollte. Es regnete ganz leicht, stetig. Mir war kalt. Oben war es still. War schon ganz in mich eingedrungen, zusammen mit dem Gefühl des Ausgekühlt-Seins, Stille. Einmal war ich mit Ulrich in einem Patrizierhaus verabredet gewesen. Er hatte sich von der Kooperation viel versprochen, seit

Wochen kaum von anderem geredet. Mit den Investoren waren wir schon ein Stück vorangekommen, sah alles gar nicht schlecht aus. Als wir ankamen, pünktlich, war unsere Verabredung noch nicht da. Seine Assistentin öffnete uns, brachte uns ins Besprechungszimmer, fragte, was wir trinken wollten, dann machte sie Kaffee für alle. Es war angenehm ruhig in dem riesigen Büro, das im Vorzimmer eher wie eine herrschaftliche Wohnung aussah, an den Wänden hingen schöne Bilder, ein paar Auszeichnungen, es war ein bisschen weniger heiß als draußen an diesem vielleicht heißesten Tag des Jahres. In dem Besprechungszimmer stand ein Fenster offen, alle paar Minuten schlug das äußere ans innere Fenster, dann schreckten alle auf, die Assistentin Astrid, Ulrich, unser Kooperationspartner, dessen Vornamen ich gar nicht kannte, ich. Die Assistentin hatte ihr Mobiltelefon vor sich hingelegt und sagte ganz ruhig : ich hoffe, Olivier kommt bald. Er wird bestimmt bald kommen. Sie stand auf und holte eine Karaffe mit Wasser, Gläser für alle. Konversation. Ich wusste nicht, ob sie immer so ruhig und bedächtig, so leise und zurückhaltend sprach oder ob es mit der Hitze zu tun hatte, dass sie sich nicht verausgaben wollte. In dem Lichtschacht neben dem selten benutzten Hintereingang fielen die Tropfen schwer auf den Beton. Wenn ich jetzt nach draußen ginge.

Olivier kam nach einer unendlich langen Zeit, später erst fiel mir auf, dass Ulrich sich so etwas ansonsten nicht bieten ließ. Olivier entschuldigte sich beiläufig für seine Verspätung. Dann verschwand er noch einmal, kam mit einer Kaffeetasse wieder. Astrid stand auf und holte eine zweite Wasserkaraffe, die sie ihm hinstellte. Er ist ihr Boss, musste ich da denken. Sie füllte auch die Karaffe für die anderen noch einmal auf. Die Anfangskonversation war knapp. Ulrich fragte Olivier, ob er auch so viel zu tun habe wie er. Dann redeten sie in wenigen Sätzen darüber, wie wenig sie die Krise spüren würden. Auf eine Art sprachen sie von ihrer Auslastung, als würde es sich um einen Ausschlag handeln, an den sie nicht rühren mochten. Dann fing Ulrich an, von Dingen zu sprechen, die nur indirekt mit dem gemeinsamen Projekt zu tun hatten, ich konnte nicht verstehen, warum er jetzt davon redete, aber unser Partner, Luhmann, nickte manchmal, sagte auch etwas dazu. Olivier und seine Assistentin hörten zu, Olivier hatte seinen Laptop vor sich auf den Tisch gestellt, eingeschaltet, ich konnte nicht sehen, was er machte, er nickte fast unmerklich, beschäftigte sich aber auch mit seinem Laptop, und Ulrich holte noch weiter aus, Astrid hatte ein dickes Notizbuch vor sich liegen, schrieb nicht mit. Ich wollte Ulrich zu verstehen geben, dass er sich nicht so verausgaben sollte, ich dachte, er würde sich lächerlich machen, seine und also unsere fehlende Souveränität zu erkennen geben, und Oliviers Schweigen wäre nur darauf zurückzuführen, dass er ähnlich dachte wie ich. Ich sagte kein Wort. Nach einer Stunde und einer kleinen Pause, in der Ulrich aufgestanden war und auf der Toilette verschwunden, nachdem er mehrere Punkte erwähnt hatte, auf die er noch zurückkommen wollte, legte Olivier seinen Standpunkt offen, und das zeigte mir, dass ich keine Ahnung hatte, was hier vorging. Luhmann brachte Beispiele aus völlig anderen Zusammenhängen, auf die niemand besonders reagierte. Ich kannte meine Rolle nicht. Olivier redete, und alles war vollkommen klar. Es war offensichtlich, dass alles Weitere an uns lag, dass wir das Geld aufstellen und die nächsten Schritte, unsere nächsten Schritte definieren mussten. Ulrich, den ich für so clever gehalten hatte, fragte aber Olivier, wie er mit seiner Firma in einem ähnlichen Projekt vorgegangen wäre, und Olivier dozierte über eine Reihe von Funktionen, die es zu erfüllen gäbe. Da schaute Ulrich, zum ersten Mal, seit wir in dem Besprechungszimmer saßen, zu mir her und sagte sehr ruhig und sehr kalt : schreibst du mit?, und da fiel mir erst auf, dass ich weder ein Notizbuch noch den Laptop ausgepackt hatte. Ich sagte, ja sicher. Ich schaute auf Astrid und sah, dass sie mindestens zwei Seiten gefüllt hatte. Luhmann machte einen Scherz, er redete über die Hitze. Seine polternden Vergleiche fand ich immer noch lächerlicher, obwohl ich wusste, dass er gute Arbeit machte. Ulrich hatte das jedenfalls immer wieder anklingen lassen. Man hörte von draußen gar nichts, die Straße war in aller Stille dagelegen, keine Autos, als wir in die imposante Straße eingebogen waren, und auch jetzt hörte man nichts, nur das Schlagen das Fensters, so lange, bis Olivier aufstand und es zumachte. Als könnte nur er es öffnen oder schließen, es war ja auch sein Fenster in seinem Büro in seinem Haus. Oder in dem seiner Familie, so genau wusste ich es nicht. Als er sich wieder an den Tisch setzte, hob er seine Tasse, wedelte damit über den Tisch, und Astrid ging zu ihm, nahm ihm die Kaffeetasse aus der Hand. Als sie wiederkam und sie ihm hinstellte und sich danach wieder auf ihren Platz setzte, bat auch Luhmann um einen weiteren Kaffee, Astrid verbarg ihre Genervtheit darüber, ging langsam aus dem Zimmer, Olivier redete, ich hatte mittlerweile meinen Kalender aus dem Rucksack geholt und schrieb ein paar Wörter hinein, dann kam Astrid wieder, und ich bewunderte ihre Ruhe, mit der sie Kaffee für alle machte, mit der sie auf Ulrichs Fragen sehr bestimmt antwortete und nicht reagierte, wenn ihr Chef über sie sagte, die meisten dieser Funktionen seien in ihrer Person gebündelt. Das macht eigentlich alles Astrid bei uns. Ihre Fähigkeit, so gut wie unsichtbar zu sein, keine ruckartigen Bewegungen zu machen, keine unsinnigen Zwischenfragen zu stellen und dabei vollkommene Konzentration auszustrahlen. Sie hatte jede Antwort, die man von ihr hören wollte, parat. Sprach eher leise, dennoch deutlich. Sie spielte sich nicht in den Vordergrund und war in der Lage, durch mich hindurchzuschauen, durch Ulrich und durch Luhmann, aber nie unfreundlich, im Gegenteil. Von oben war nichts zu hören. Ich stellte mir vor, wie ich in die Küche gehen und mir einen Kaffee mit der Espressomaschine machen, wie ich auf dem Tisch auf der Terrasse nach einer Zigarette suchen würde, vielleicht hatte jemand bei dem späten Aufbruch eine halbleere Schachtel vergessen. Ich stellte mir vor, wie die ersten Züge von der Zigarette zu dem starken Kaffee ein Schwindelgefühl auslösen würden, und dann, dass ich mich nicht auf der Terrasse von Tobias und Klara erwischen lassen wollte, wenn sie zurückkämen. Luhmann fing an, von einem Vorschlag zu reden, den er und Ulrich bei einer früheren Besprechung entwickelt hatten, es war völlig klar, dass die Idee am gemeinsamen Projekt vorbeiging, ich wollte ihn aber nicht korrigieren. Natürlich wusste ich, dass Ulrich das nicht goutiert hätte in dem Moment, außerdem wollte ich in dieser Runde nicht die Einzige sein, die jemanden siezte, hier waren alle so lässig und auf eine für mich nicht nachvollziehbare Weise vertraut miteinander und mit dem, was sie vorhatten. Ich konnte weder aufstehen, um zu sehen, ob es immer noch regnete oder ob ich nur den Wind für Regen hielt, noch konnte ich nach oben gehen, dort hatte ich nichts verloren. Ich wäre am liebsten zu dem Fenster in dem Besprechungszimmer gegangen und hätte es wieder aufgemacht. Nicht weil es so heiß war, sondern weil ich auf die Straße schauen wollte. Auf diese ruhige, breite Straße, die mittlerweile vollständig im Schatten liegen musste. Gerne hätte ich kontrolliert, ob es einen Fahrradweg gab, ich konnte mich einfach nicht mehr erinnern. Ich hätte wissen wollen, wie Olivier reagiert hätte, wenn jemand anderer sich an seinem Fenster zu schaffen machte. Hätte er mich zurückgepfiffen? Hätte er Astrid geschickt, damit sie mich wieder an den Tisch bat? Es war so heiß. Ulrich wartete, bis Luhmann fertig war, dann wiederholte er wortwörtlich meine früheren Einwände aus einem ganz anderen Zusammenhang, und gemeinsam mit Olivier zog er die entsprechenden Schlüsse daraus, man konnte ihnen die Zufriedenheit gut ansehen. Warum ärgerte ich mich über das Naheliegende? Würde Ulrich bei entsprechender Gelegenheit über mich nicht auch sagen : das macht alles die Clarissa, sie ist unsere beste Frau in der Strategie und Projektentwicklung? Nachher würde er mir die Hand entgegenstrecken, und ich würde ihm den Kalender nicht hinüberreichen. Ich würde ihn beruhigen und eine Zusammenfassung für den Abend versprechen, per Mail. Nicht nötig, würde er sagen. Ich habs im Kopf. Dann würde er sich korrigieren, ach ja, doch. Schreib zusammen, woran du dich erinnern kannst. Damals hatte ich unter der Hitze gelitten, damals hatte ich geschwitzt, und ich hatte die Assistentin von Olivier bewundert, weil sie einen dünnen hellblauen oder beigen Rock trug, eine hauchdünne Bluse und Ballerinas, wie ich sie vielleicht im Urlaub angezogen hätte, sie sah dennoch professionell aus. Wäre ich so leger gekleidet gewesen, hätte Ulrich mich darauf angesprochen, vielleicht die Krawatte aus seiner Tasche geholt, wie um zu demonstrieren, dass auch er sich an die Regeln hielt.

Im Büro dann meine Ansprache an Ulrich. Ich beschrieb ihm die letzten Monate, diese Zeit miteinander, in der es ihn gab und mich und die zwei laufenden Projekte und die Anträge für das, was da noch kommen sollte. Dass ich mich von ihm nicht respektiert fühlen würde, nicht zuletzt an diesem Nachmittag, wie das immer mehr, wie aus seiner Lässigkeit Gehässigkeit geworden sei, Herabwürdigung. Wie er mich in der Kommissionssache ins offene Messer habe rennen lassen und ich aus Loyalität, ach was, Dummheit, alles auf mich genommen hätte. Wie er immer wieder, immer öfter wütend oder schweigend an meinem Schreibtisch gestanden sei, ohne mir zu sagen, was das Problem war, und wie ich immer seltener mit den Kollegen geredet habe, aus Angst, ihn zu umgehen oder etwas Falsches zu sagen. Wie ich mich immer mehr als Ballast empfunden hätte, ohne in Wahrheit zu wissen, warum es so gekommen war. Wirklich bitter war es, das sagte ich ihm mitten ins Gesicht, wie du meine Mehrarbeit und mein unbezahltes Engagement als Unfähigkeit diffamiert hast und meine permanente Präsenz in der Firma als Missmanagement, als Unvermögen, mir die Zeit einzuteilen. Leider hatte ich an der Stelle plötzlich feuchte Augen, ich konnte den Blick nicht mehr heben, man hätte es gesehen, und das wollte ich natürlich überhaupt nicht, und deshalb kam ich zum Ende. Ich war doch immer loyal, dieses Ende tut weh, das wollte ich nur noch sagen. Stille. Keiner sagte etwas. Kein Beifall, niemand nickte mir zu, und Ulrich wandte sich nicht ab. Es war auch niemand im Raum. Ich schaltete den Laptop aus, klappte ihn zu. Dann machte ich die Fenster zu, alle Flügel in den Innenhof waren geöffnet. Es war so heiß und schwül und fast schon gewittrig. Nicht dass es noch hereinregnete. Dann ging ich aus dem Haus. War das wirklich schon so lange her? Oben war es still.

44

Es schüttet wie wild, für den Nachhauseweg hast du dir ein Taxi genommen. Feierlich denkst du dir : ab jetzt wird nur noch Zeit verschwendet, Geld vergeudet, werden Gefühle zum Fenster hinausgeworfen, wird geprasst, wo und wie immer es geht! Als du eintriffst, sind alle schon versammelt. Vera schaut dir an diesem Tag sehr ähnlich, wenn auch auf eine befremdliche Weise. Du fragst sie, ob sie denn überhaupt jünger ist als du. Das vielleicht nicht, sie streicht wie eine Katze um dich herum, aber ich werde dich so oder so überleben. Trotz meiner Depression, trotz der Pleite meines Verlags und obwohl ich mit einem Mann zusammen bin, der mich bekommen hat wie einen Trostpreis. Warst du einkaufen? Martin sitzt auf der Fensterbank, er raucht alles voll. Auch Jörg raucht, seine Zigarre liegt auf dem Küchentisch in einem sehr großen gläsernen Aschenbecher. Das Geschirr hat niemand weggeräumt, es wurde nur an das eine Ende des langen Tisches geschoben, ein paar Teller ineinander gestapelt. Auf dem Plastiktischtuch Flecken in verschiedenen Rottönen, ein Rinnsal. So wie sie auf dich gewartet haben, musst du an Weihnachten denken, und du bist das einzige Kind in einer großen Familie. Großmutter die Einzige, die immer sagte, was sie sich dachte. Jedenfalls wenig nette Sachen. Zu deiner Mutter nicht, über den dahergelaufenen und später weggelaufenen Schwiegersohn sowieso nicht. Was war eigentlich mit ihrem Mann? Durfte man daran nicht rühren? Du erwartest ein Kinderstück, selbst gedichtet, aber Tiz und Hans siehst du nirgends, auch die Kinder von Alena und Arnold sind nicht da. Ob die Eltern sich hier irgendwo herumtreiben, ist nicht herauszufinden. Spürst du einen Kaufreflex? Martin schlenkert mit seinen Beinen, er hat schon wieder eine Zigarette angezündet, ein Lutscher hätte besser zu ihm gepasst, in dieser Situation. Aber was ist das denn für eine Zusammenkunft? Du gibst deinem Bruder zu verstehen, dass du nicht die geringste Ahnung hast, wovon er spricht, und als er anfängt, dass Menschen nach einer solchen Diagnose, Todgeweihte, die sich sonst eher weniger leisten können, doch unmittelbar ins Einkaufszentrum ihrer Wahl und Wünsche gehen könnten, direttissima aus dem Krankenhaus sozusagen, um Geld auszugeben, das sie nicht haben, nicht zurückzahlen müssten undsoweiter. Du schaltest ihn aus, blendest ihn weg, lässt ihn sich abwechselnd eine Zigarette und einen Lolli in den Mund stecken, immer wieder, damit verbringt er dieses Wochenende oder was immer das sein soll. Jörg ist am Anfang nicht verfügbar, er ist völlig damit beschäftigt, sich in die Rolle einzufinden. Will sich natürlich als Meister inszeniert wissen, wahrscheinlich auch deshalb die Zigarre, die den Raum mit einem scheußlichen Gestank ausfüllt. Vera ist nach draußen gegangen, Gartensituation mit aufgeweichten Wiesen, einer langen Bank mit einem ebenso langen, also sehr langen groben Holztisch. Kaum Bäume, alles nicht besonders feudal. Jörg greift während des Essens nach einem Buch. Kevin redet, erzählt zurückhaltend, Jörg nimmt das Buch, das neben ihm auf der Anrichte lag, und fängt an, darin zu lesen. Die anderen sind es gewöhnt, wie du, nur Kevin schaut zwischendurch ein bisschen irritiert auf sein Gegenüber. Wieder rauchen alle. Als würden sie einen Wettbewerb veranstalten, wer am meisten Zigaretten rauchen kann, Zigarren zählen natülich mehr, aber nur Jörg raucht eine Zigarre nach der anderen, lässt sie in einem der vielen Aschenbecher liegen, zündet wieder eine neue an. Ihr geht ins Elternschlafzimmer und wollt übereinander herfallen, aber zu viel Traurigkeit liegt hier herum, die Betten nicht gemacht. Jörg hat ein Buch besorgt : Amputationen, ein Ratgeber für Angehörige. Er hat schon ein paar Stellen unterstrichen. Beflissen kommt er dir vor, so magst du ihn nicht. Also sprecht ihr nicht darüber. Beim Frühstück wieder alle versammelt. Wem gehört eigentlich das Haus? Vera, die diese Frage in bissigem Tonfall stellt, schaut alle der Reihe nach an, niemand rückt mit einer Antwort heraus. Es ist das Haus aus *Das große Fressen* (Kevin) – vollkommener Blödsinn, also wirklich, tut mir leid. Das war doch eine riesige Villa, mit großem Hof und viel Garten. Es ist eher so ein einfaches Haus, wie vielleicht aus dem Film mit der schönen Engländerin (Ulrich), erst da bemerkst du Ulrich : meinst du die Gainsbourg? Ich meine die Mutter, Jane Birkin? Martin? Der sich an einer Diskussion beteiligt, sieh an! Ulrich scheint alle hier zu kennen, was will der hier? Und wenn er da ist, ist Clarissa sicher auch, natürlich, Clarissa ist auch da, sie schaut aus dem Fenster, hört nicht zu, ist weit weg, aber dieses Fenster kennst du nicht. Draußen Frankreich? Würde dich wundern, aber Ulrich sagt : der Film, in dem ihr Mann im Meer verschwindet, wahrscheinlich. *Sous le sable* (Kevin). Du meinst Charlotte Rampling in *Sous le sable*. Du hast selten so viel Verachtung in einem harmlosen Gespräch entdecken können. Ulrich ist bei der Sache, ignoriert Kevins angewiderten Blick, schwärmt von der Schönheit dieser Frau, aber auch von den anderen, deren Namen gerade gefallen sind, sagt so Sachen wie : echte Großmütter haben eben ein Haus am Meer. Oder auf der Alm. Wieder schnauzt ihn Kevin an, nein der blafft nur, Jörg sagt : in deinen Kreisen, vielleicht, aber Ulrich kennt sich nicht aus oder bezieht das nicht auf sich. Kreise? Es kommt kein Gespräch zustande, eher eine Wartesituation, immer wieder verebbt das Gespräch, Antworten fallen irgendwohin, in diesen schlampig aufgeräumten, ungeheizten Räumen, keiner fühlt sich hier zuhause. Anscheinend gibt es keinen Gastgeber, niemanden, der sich kümmert. Was ist das denn für ein Treffen? Vera nimmt dich auf die Seite. Wir müssen ein Familienportrait nachstellen, wissen weder, wer der Fotograf ist, noch ob das Ganze nicht gar in Öl sein soll. Schräg, oder? Du schaust sie an und fragst, ob das etwas mit den ewigen Zigaretten zu tun hat. Sie ist ganz und gar geheimnisvoll. Dann verwundert. Wir machen das doch aus Solidarität. Und schau, wie sollen wir die Funktionen verteilen, nach Aussehen? Nach Erfahrung? Ziemlich lächerlich, oder? Sie hat aber laut geredet, die anderen müssen das gehört haben, keiner wundert sich. Jetzt, denkst du dir, jetzt ist der richtige Zeitpunkt, du hältst dich an Vera fest, für die das auch vollkommen normal ist, und rufst alle zusammen. Ich weiß nicht, ob Jörg euch schon vorbereitet hat, und ich hab auch die Sache mit dem Foto nicht ganz kapiert, aber ich dachte, wir sind hier zusammengekommen, weil ich jemanden suche, der mir mit einer Extremität aushilft. Niemand staunt, keiner wundert sich, du natürlich sowieso nicht, jetzt wird endlich geredet und geschwätzt. Argumente werden vorgebracht, vernünftige und weniger vernünftige. Clarissa zum Beispiel, die einen heftigen Wasch- und Putzzwang entwickelt zu haben scheint, bietet dir sofort ihr Bein bis zum Oberschenkel, du bist bestürzt, erleichtert, überlegst. Aber das Foto? Sollen wir nicht eins nach dem anderen angehen? Dann schaust du an dir hinunter und stellst fest, dass alles dran ist. Du hast auch keine Schmerzen mehr, beim Aufwachen redest du vor dich hin. Ich bin keine Raucherin. Ich habe kein Raucherbein, ich verliere mein Bein nicht, ich muss meinen Stiefsöhnen die Beinlosigkeit nicht vermachen, aber wie du so vor dich hinsingst, merkst du, du schaffst es nicht aufzuwachen, sosehr du dich auch anstrengst. Du möchtest keinesfalls, dass ein weiterer Tag in diesem Haus, das bestimmt nicht am Meer liegt oder hinter Dünen oder in einer hügeligen Landschaft, vergeht. Du willst überhaupt nicht, dass etwas vergeht.

45

Sie hatte die Augen aufgerissen, sonderbar verdreht, nach außen und oben. Ein Moment. Dann nicht mehr. Die junge Frau blickte in die Kamera und auch nicht. Mich hatte sie angeschaut. Immer. Dunkle Flecken auf ihren Jeans, ein paar Männer um sie herum, immer mehr Blut in ihrem Gesicht, sie schaute mich an, dann schaute sie mich nicht mehr an. Das Bild wackelte, ich wachte auf, ich fror. Kurzer, dunkler Schlaf. Hatte sie überhaupt einen Namen, einen einzigen, oder war sie eine von vielen? Vielleicht eine von uns? Aber dieses Wir gibt es nicht, gab es nie, wahrscheinlich, vielleicht war ich das? Die Feuchtigkeit hatte den Weg in mein Zimmer gefunden, ich schaltete das Radio aus, im Haus war es still, die Bilder waren aus dem Fernseher im Wohnzimmer direkt auf mich zugekommen, ich hatte mich nicht wehren können, ich konnte nicht aufstehen und den Fernseher ausschalten. Das war nicht mein Fernseher, das war nicht mein Wohnzimmer, es war nicht richtig von mir hinaufzugehen, durch die Küche in das Wohnzimmer zu spazieren, nachzusehen, ob die Oberlichte im Esszimmer geschlossen war, ob das Computerkabel an der Telefonleitung angesteckt war, ein Magazin vom Wohnzimmerboden aufzuheben, auf den Couchtisch zu legen. Es war nicht in Ordnung, in einer fremden Wohnung herumzugehen, weil seine Besitzer für wie lange auch immer alles liegen und stehen gelassen haben, ohne mich davon zu informieren. Sollte das ein Draht nach draußen sein? War das die Wirklichkeit, die ich brauchte, die ich wollte? Tobias und Klara und die Mädchen waren nicht zurückgekommen, sonderbar, niemand hatte etwas erwähnt, ich konnte mir nicht denken, wohin sie gefahren waren. Ich war immer wieder um den Computer herumgeschlichen, wusste, dass ich keine Nachrichten mehr wollte, weder im Fernsehen, noch würde ich das Radio wieder einschalten. Jetzt konnte ich den Stecker ziehen, die Hochglanzbilder in den Mistkübel schmeißen, es würde nichts mehr sich ändern. Der Fernseher lief, wurde an bestimmten Stellen, ich wusste nicht, warum, lauter, dann ein wenig leiser, nicht mehr still, brüllte plötzlich auf. Wann war ich in mein Zimmer zurückgekehrt? Es war mir doch nur passiert, ich hatte es nicht vorgehabt. Ich war nie vorher bei ihnen eingedrungen, das war eine Anmaßung, eine Übertretung, zu der ich doch gar nicht in der Lage war. Was war denn nur passiert? Als hätten Klara und Tobias es darauf angelegt. Sie hätten doch, das war doch nicht zu viel verlangt, sie hätten doch oben beim Stiegenaufgang einen Zettel hinterlassen können. Tobias, der so oft und immer wieder zu ganz und gar unpassenden Gelegenheiten plötzlich vor meiner Tür gestanden war, in seinem Arbeitszimmer, das angeblich auch meines war, in der Tür zum Badezimmer, vor dem kleinen Zimmer, und zu mir hereinschaute, zufällig, nur auf einen Augenblick. Er hätte doch kurz herunterkommen können und diesen einen Satz sagen. Fahren weg für eine Woche, spontan Urlaub bekommen, was auch immer. War es vielleicht Absicht? Vielleicht war ihnen das ganz recht, dass ich hier herumhing, ohne zu wissen, wie es ihnen ging, ob sie in ein Gewitter gekommen, ob sie für länger unterwegs waren. Warum dieser überstürzte Aufbruch? Musste ich mich auch noch um die heilige Familie sorgen? War es einfach nur zu lange her, dass ich den Fernseher eingeschaltet hatte? Vielleicht war es so, dass man den Menschen mittlerweile beim Sterben zuschaute, da schien sich etwas verändert zu haben in den letzten Monaten oder Jahren, ich wusste darüber nichts. Ich wusste jetzt, dass es sinnlos gewesen wäre, mich unter die Dusche zu stellen, warmes Wasser, kaltes Wasser, alles war ruhig, nur in mir. Waren auch unechte Bilder darunter? War das alles gefaked? Ich konnte mich nicht an den Ton erinnern, der zu diesen Bildern gehört hatte, Schreien, Klagen, Weinen, Menschen auf der Straße. Still in mir. Es gab keine Szene mehr, in der ich vorkam. Ich war noch einmal nach oben gegangen, ich war mehrmals in Klaras Wohnzimmer, in Tobias' Küche, in dem bunt-grellen Zwergenraum der Mädchen hin und her gegangen, ich habe etwas gesucht vielleicht, eine Spur, eine elektronische, eine akustische, fand nichts, eine Videokamera lag auf der Couch, und ich wusste bestimmt, dass mit dieser Kamera mein lebloser Leib gefilmt worden war, von wem, konnte ich nicht sagen, das war nicht mehr wichtig. In der Küche rauschte und krachte ein Radiogerät, das ich nicht eingeschaltet haben konnte. Ich wusste nicht, ob es eines gab, fand auch keines. Dumpfe Schläge. Machte alle Türen zu und ging nach unten. Schreie und Schüsse und Kreischen, harte, immer schneller werdende Beats. So wird man mich finden, ich wusste es jetzt. Alles implodierte, das beinahe flache Dach, die zu dünnen Wände, alles krachte nach innen und sackte in sich zusammen. Sah niemand den Staub aufsteigen? Hörte wirklich keiner etwas? Eines der großen Sofas bedeckte mich fast vollständig, auch Teile des Parketts, die schweren Tramen, einzelne Ziegel, Betonplatten, dazwischen Bücher, Spielzeug, ein Blumentopf, der Fernseher lief weiter, wurde wieder lauter, wurde nicht mehr leiser, die Schläge aus dem Küchenradio, das es nicht gab, jetzt irgendwo neben mir, in der Nähe meiner Füße vielleicht. Und ich. Gips im Mund, Staub in den Lungen, Erde aus dem Garten zwischen den Zähnen, im Magen. Ich verließ das Haus durch den Hinterausgang im Keller, denn mein Schlüssel sperrte die Haustür nicht.

46

Ich stand auf der Brücke und dachte daran, dass aus dem Rinnsal in schäbiger Umgebung irgendwann ein Fluss wurde, ich dachte an die Häuser und Gärten, an die Parks und Restaurants, die an diesem Fluss lagen. Dass es Inseln gab in der Stadt für Menschen, die ins Freie wollten. Dass es möglich war, aus all dem eine Zukunft für mich abzuleiten. Wässerchen, Bach, Gerinne, Strom, das geht immer weiter. Flo hatte von der Veränderbarkeit gesprochen, von seiner, von meiner, von der Flexibilität redete er wenigstens nicht, dabei war er immer unterwegs, müßig, ihn nach seinem Standpunkt zu befragen, und es war auch nicht davon abhängig, wie lange er brauchen würde, denn manchmal konnte es länger dauern, je näher zwei Punkte, zum Beispiel ein kleines Dorf und ein Haus unweit davon, beieinander lagen, als von einer großen Stadt in eine andere zu gelangen und dabei eine Ländergrenze zu passieren oder mehrere. Je näher du dich heranzoomst, desto kleinteiliger wird alles, desto schwieriger wird es, ein Fortbewegungsmittel zu finden und die Anschlüsse nicht zu verpassen. Wenn du alles Notwendige auch in einer Halle oder dem Loungebereich eines Flughafens erledigen kannst, dann kommst du weiter, dann kommst du schneller voran, dann hast du dein Ziel eher erreicht. Eher.

47

Die Hütte liegt über dem Nebel, der sich jetzt aber auch schon langsam verzieht. Im Kamin lodert das Feuer, die Mädchen spielen davor mit ihren Puppen. Playmobil-Pferdekutschen stehen herum, ein geflochtener Puppenwagen. Klara lässt das Telefon läuten, mehrmals, auch Kyra steht nicht mehr auf, um es ihr zu reichen, immer wieder schaut sie aus den Augenwinkeln zu ihrer Mutter hin, sagt nichts. Selina bringt ihre Puppe ins Bett, das aus einem Moosfleck besteht, und sagt zu ihrer Schwester : Schlafgutlied Kyra. Bitte schlafgut. Da fängt die ältere Schwester leise zu singen an, sie schaut noch einmal zu ihrer Mutter hin, aber die lächelt nicht, und sie singt oder summt auch nicht mit. Kyra singt immer lauter, schreit bald jenes *Schlafkindleinschlaf, der Vater hüt die Schaf, die Mutter schüttelts Bäumelein, fällt herab ein* – da schubst Selina sie : aber *Schlafpuppe,* und Kyra fängt wieder von vorn an, noch lauter : *Schlafpuppeschlaf, der Puppnvater hüt die Schaf, die Puppnmama schüttelts Bäumelein, fällt herab ein Träumelein, schlafpuppeschlaf.* Selina, weinerlich : noch einmal. Sie schläft nicht. Schau. Kyra schreit das Lied so lange, bis die schwere Holztür aufgeht und ihr Vater hereinkommt. Tobias trägt den einzigen Anzug, den er besitzt, die schmale Krawatte hat er von seinem Vater, sie ist locker gebunden, steht ihm gut.

Als sie vor ein paar Wochen das erste Mal in das Wochenendhaus des Großvaters kamen, war es auch für ihn das erste Mal. Weil seine Familie es nicht betreten hatte, solange der noch lebte, der alte Tyrann, wie Irmi manchmal ohne jede Freundlichkeit von ihm sagte. Zuerst hatte er seinem Enkelsohn Tobias das Haus vererbt, das aber nach einigen rechtlichen Auseinandersetzungen zu gleichen Teilen an dessen Mutter ging und an alle drei Kinder. Es ging ihr dabei ums Prinzip. Das Wochenendhaus und die Wohnungen in der Stadt hatte der Tyrann seinem jüngeren Sohn aus der zweiten Ehe vermacht, einem Halbbruder Irmis; das Bargeld und die Aktien, die aber am Ende der Erbschaftsstreitigkeiten nichts mehr wert waren, ebenso. Ein Jahr nach dem Vater war dieser Sohn gestorben, und weil er keine Kinder hatte und seine Mutter schon vor Jahren bei einem Verkehrsunfall umgekommen war, waren wiederum Irmi und ihre Familie dran. Trotz der hohen Verluste war immer noch so viel Mobiles und Immobiles vorhanden, dass alle ihre Kinder von dem Kuchen großzügig bedient wurden. Das Wochenendhaus, eine Almhütte ohne Alm, mitten im Wald, wollten alle gemeinsam nutzen. Jetzt kommt aber bald der Winter und da finden es Tobias' Schwestern weniger geeignet. Das heißt, sie würden vielleicht an dem einen oder anderen Wochenende hinfahren, falls Schnee zu erwarten wäre. Wenn nicht Klara seit Wochen sich da eingenistet hätte. Kyra geht seither nicht mehr in den Kindergarten, Tobias verbringt das Wochenende bei ihnen, und manchmal, wenn er früher fertig ist, kommt er auch während der Woche. Aber die eineinhalb Stunden Fahrzeit zur Arbeit sind ihm in der Früh meistens zu viel. Klara ist ihm schon so fremd geworden, dass er nicht mehr weiß, wie er sich verhalten soll. Fast befürchtete er, Erleichterung in ihrem Gesicht zu sehen, als er ihr die Nachricht überbrachte. Er vermutete, dass ihr Rückzug mit der neuerlichen Schwangerschaft und der Frau im Keller zu tun hätten. Der Zusammenhang war ihm ungefähr klar. Aber sie wurde nur noch bleicher und redet nicht mehr viel seither. Tobias sorgt sich um sie und ihre Töchter, er kann sich über die Schwangerschaft nicht freuen, und er weiß nicht, wie er mit seiner Frau umgehen soll. Die Mädchen sind fröhlich wie immer, ein bisschen ruhiger vielleicht, aber er kann sie schließlich nicht alleine versorgen, und noch weniger könnte er

Klara allein hier lassen. Zum ersten Mal weiß er nicht, wie es weitergeht. Selina hat das Moosbett ins Feuer geworfen, Kyra hält die Puppen fest im Arm und versucht die Kleinere von der offenen Feuerstelle fernzuhalten, aber die reißt sich los und stürmt zu Tobias. Im Feuer zischt es, und die verbrannte Erde riecht scharf. Klara hat alles im Blick, sie sagt kein Wort. Tobias stellt eine Reisetasche auf den Boden : da drin sind deine Sachen fürs Begräbnis. Und Kyra und Selina bringen wir bei der Ulli vorbei. Vielleicht wäre es ihm lieber, sie würde sich dagegen wehren, sie würde sich lautstark dagegen wenden, sie würde ihm endlich ein Zeichen geben, was in ihr vorging. Sie aber schaut ihn an : deine Eltern? Dabei ist es doch selbstverständlich, dass seine Eltern ebenso zur Beerdigung kommen. Die Mädchen freuen sich nicht besonders auf den Besuch bei ihrem Cousin und ihrer Tante, nehmen die Tatsache hin. Als sie nach dem Waldstück unter freien Himmel kommen, fallen sehr kleine Schneeflocken vom Himmel, Tobias schaltet den Scheibenwischer ein und macht Kyra und Selina darauf aufmerksam. Ein Stich, irgendwo in der Herzgegend. So wie vorhin, als er die Holztür aufgedrückt und sich gedacht hat : eine Familie, was für ein Verderben. Vielleicht hatte er den Satz irgendwo gelesen, von ihm konnte der nicht sein, es ging jetzt auch nicht, ihn Clarissa zu unterstellen. Wie hatten sie früher gestritten, ein Ende ihrer Diskussionen war gar nie abzusehen. Aber das war früher. Früher war sie ein mutiges Mädchen, ist doch immer eines geblieben, auch als sie schon ein bisschen aufregend war. Sie wusste, was sie wollte. Nein, das war nicht richtig. Sie wusste ungefähr, was sie machen würde. Das machte sie dann. Sie konnte aus allem etwas gewinnen, sie war fleißig. Zuerst war sie ein bisschen romantisch, ein wenig zuversichtlich und optimistisch. Als sie bei ihm wohnte, unterhielten sie sich nur noch sporadisch, Überstunden, Überarbeitung, ein Rand, der nie zu erreichen war. Sie unterstellte ihm etwas, schon länger, aber er hat nie darüber nachgedacht, was. Clarissas Schwester, die er nie gesehen hatte, die eher ein Phantom war, jemand von früher, und die er nie als ein Familienmitglied von Clarissa begriffen hatte, war zur Überbringerin der schlechten Nachricht geworden. Hatte ihn am Telefon gesiezt. Als hätte er sich in ein Leben gemischt, das nichts mit ihm zu tun hatte. Tränen in seinen Augen, Klaras Hand ist weit weg, war vielleicht nie da, Klara ist auch weit weg, die Mädchen am Rücksitz unterhalten sich flüsternd. Was für ein Verderben.

48

Eine war aus dem Bürofenster gesprungen. Vor den Augen der Kolleginnen und Kollegen, gleich nachdem sie von ihrer Versetzung erfahren hatte. Die Wiesen waren stumpf und lange nicht mehr einladend. Frost hatte ich mir nicht vorgestellt. Anfang September hatte sich ein Techniker während einer Sitzung ein Messer in den Bauch gerammt. Ich ging über die kleine Brücke, unmittelbar danach führten Holzstufen in der feuchten, leicht gefrorenen Erde nach oben, in ein anderes Dorf, weiter oben würde man eine gute Aussicht haben, ich kannte den Waldweg, der an der Dorfeinfahrt über die Straße führte, dann in den Wald darüber, ins nächste Dorf. Ich bog gleich nach der Brücke nach links ab, ging den Bach entlang, plätschernder Begleiter. Ende des Monats hatte sich ein Callcenter-Mitarbeiter von einer Brücke auf die Autobahn geworfen. Ein kleines Stück nach der Pferdekoppel und vor der kleinen Weide mit den Schafen. Ging ich ins Wasser. Ich stand im niedrigen Bachbett und hätte über mich gelacht, wäre nicht ein Mann auf der anderen Seite dahergekommen, in engen Laufhosen und mit einer dunklen Haube, auf der eine kleine Quaste nach allen Seiten hin tanzte. Ich stand im niedrigen Bachbett. Wie waren nur alle diese Nachrichten an mich herangekommen? Sie werden behandelt und benotet wie Schulkinder. Sagen sie nicht artig Danke, oder vergreifen sie sich einmal im Ton, fangen die Probleme schon an. Es gibt für alles natürlich auch Prämien. Aber nur für viele goldene Sterne eine Extrazahlung oder keine Abmahnung. Der Läufer war neben mir stehen geblieben und fragte mich, ob er mir helfen könne. Freundlich und gar nicht außer Atem schaute er auf mich herab. Vor seinem Mund kleine Nebelwolken. Seine Worte. Kalt war es. Ich versuche mich hier in einem Bach, der nicht mal einen halben Meter tief ist, zu ersäufen. Können Sie mir helfen? Die Leute zahlen mit ihrem Leben für die allgemeinen Niederlagen. Es war ebenso unerträglich, davon jetzt zu hören und zu lesen, wie es auch zu spät war. Das ging mich doch nichts mehr an. Eine Kundenberaterin hatte versucht, sich mit Gas zu vergiften. Da war es schon November.

Können Sie mir helfen?, hat sie gesagt und mir ihre Hand entgegengestreckt, einen großen Schritt aus dem Wasser heraus gemacht. Zwei Schritte, auf der Böschung ist sie kurz gerutscht, aber ich habe sie fest gehalten, da hat sie mir in die Augen geschaut : Bankette in Arbeit. Auf dem Weg ist sie gestanden, wir haben uns angeblickt, als würden wir uns fragen, woher wir uns kennen. Ohne sonst was zu sagen, ist sie davongegangen, in die Richtung, aus der ich gekommen war. Der feuchte Mantel hing nach unten, ihre Taschen waren gefüllt. Ich habe ihr nachgerufen, ob ich sie wohin bringen soll, was mit ihr ist, sie hat mir aber nicht geantwortet. Ich hatte sie fragen wollen, ob sie Steine in den Taschen hat, und gleich dachte ich mir : du spinnst ja, Steine in den Taschen, sie steht in dem Bach und ist vielleicht ein bisschen verrückt, aber sie sieht überhaupt nicht verrückt aus. Und wenn ich das gewusst hätte. Ich bin weitergelaufen, kalt war es an dem Tag, war eigentlich der erste nasskalte Tag, schon nicht mehr Herbst, aber auch noch nicht Winter. Man geht diesen Bach entlang, gibt auf beiden Seiten schmale Wege, die Äste hängen tief herunter, auf der Seite, auf der ich gelaufen bin und sie aus dem Wasser gestiegen ist, aber weil kein Laub mehr auf den Bäumen war, war alles schütterer als sonst. Es war aber auch grau. Nebelig, würde man denken, aber nein. Als ich aus dem Haus ging, schien noch die Sonne leicht, blass, trotzdem fühlte sich alles grau an und war es auch. Mir ist niemand begegnet, ich renne eine knappe Stunde oder etwas mehr als zehn Kilometer, manchmal mit Musik, manchmal ohne. Ich hatte sie noch nie hier gesehen, aber das hat mich nicht gewundert, ist eine schöne Gegend, da gehen viele spazieren. Wie meistens stand das weiße Auto neben der Straße, die da endet. Ich habe mich oft gefragt, wem das gehört, weil nie jemand zu sehen war oder nur eine alte Frau, ein älterer Mann, die auf dem Friedhof herumklauben. Die sind immer zu Fuß unterwegs. Lange glaubte ich, dass müsse der Jäger sein, wer sonst, aber der Jäger fährt kein weißes Auto. In der Dämmerung trifft man da meistens Rotwild an, bis hinüber zur Lichtung. Der Bach verschwindet dann in der Erde, da kommt die Wiese, wo der einzige Bauer, den es noch gibt in der Umgebung, seine Schafe weiden lässt. Unheimlich dreckige Tiere. Den Hügel hinauf, gleich wieder hinunter. Ja sicher, wenn man vorher wüsste, was nachher passiert. Da ist der Waldfriedhof und direkt daneben ein Löschteich. Diese Zusammenhänge. Der Bach fließt an der Stelle wieder oberirdisch.

Material

Cómo estar muerto/como estar muerto, AR 2008, Regie Manuel Ferrari

März, A 2008, Regie Händl Klaus

Sommer 04 an der Schlei, D 2006, Regie Stefan Krohmer

Mi piace lavorare (Mobbing), I 2003, Regie Francesca Comencini

Vicky Cristina Barcelona, USA/E 2008, Regie Woody Allen

Une histoire simple, F 1979, Regie Claude Sautet

Paula Köhlmaier, Von Menschen, die sich fressen oder All you can eat, Hörspiel, UA ORF 2008, Regie Susanne Amatosero

Es waren zwei Königskinder, Volksballade, 17 Strophen, aufgezeichnet in Zürich, Schweiz, 1912

Gustav, Genua, in: Verlass die Stadt, Chicks On Speed Records/Trost, 2008

Beck, Loser, in: Mellow Gold, Bong Load Custom, DGC 1993

Radiohead, How To Disappear Completely, in: Kid A, Parlophone, Capitol, 2000

Clemens J. Setz
Die Frequenzen
Roman

SHORTLIST Deutscher Buchpreis 2009
Bremer Literaturpreis 2010

Walter und Alexander waren Freunde, als sie noch Kinder waren – nun kreuzen sich ihre Wege wieder. Ein Roman als Weltmaschine, ein Buch über Liebe, Wahnsinn und Ohrgeräusche – reich und raffiniert, bunt und komisch.

Ein Meisterwerk
Kurier

Je genauer man diesen Roman liest, desto mehr erscheint sein geiles Wuchern und seine überschießende Sprachlust als exaktes Kalkül. Doch was dieses Buch unter seinen Zeitgenossen so außergewöhnlich und diesen Autor zu einer großen Hoffnung der deutschsprachigen Literatur macht, ist seine überscharfe Optik und die verblüffende Phantasie des Ausdrucks.
FAZ

Ganz sicher ist *Die Frequenzen* poetischer, lustiger und schräger als das meiste, was man sonst zu lesen bekommt.
Süddeutsche Zeitung

Eine Familie, eine Familie. autor**in**residenz

Clemens J. Setz
Söhne und Planeten
Roman

Nominiert für den aspekte-Literaturpreis 2007

Ein eindringlicher Roman über Väter, die Söhne bleiben, und Söhne, die zu Vätern werden: ein sensationelles Debüt.

So souverän und lässig, da möchte man am liebsten das eigene Knie küssen vor Verzückung.

Süddeutsche Zeitung

Clemens J. Setz hat mit diesem beinahe beängstigend klugen Buch eines der besten Debüts des Jahres geschrieben.

FAZ

Setz hat ein Buch geschrieben, dessen ernsthaft-spielerische Form nicht weniger erstaunlich ist als seine Intelligenz. Selten sind Débuts so eigenständig wie dieses.

NZZ

autorinresidenz

Eine Familie, eine Familie.

Evelyn Grill
Wilma

Für die Einheimischen in dem abgeschiedenen Dorf ist Wilma eine Ausgeburt, keine der Ihren: Sie ist ein zurückgebliebenes, dickleibiges Kind – ein Kind ohne Eltern. Ihre Hilflosigkeit weckt die Liebe von Agnes, die ihr Pflegekind gleichermaßen umarmt wie umklammert. In ständiger Angst um Wilma versucht sie das dürftige Glück ihrer Zweisamkeit gegen die Bedrohungen von außen, gegen den Zugriff der allgemeinen Wohlfahrt zu schützen. Doch ihr Glück wird den beiden letztlich zur tödlichen Falle.

Eines der eindrucksvollsten Bücher dieser Saison.
Deutschlandradio

Eine beeindruckende Provinzerzählung. Man liest entsetzt und gebannt.
NZZ

Grills Alpenwelt strahlt eine Kälte, eine Finsternis aus, die noch einen Thomas Bernhard das Fürchten hätte lehren können.
Der Standard

Eine Familie, eine Familie.

autor**in**residenz

Evelyn Grill
Das römische Licht
Roman

Xenia ist Malerin. Als sie ein Stipendium erhält und nach Rom eingeladen wird, sieht sie ihre Chance gekommen. Kaum ist Xenia in Rom, erreicht sie ein Anruf der Schwester aus der Heimat: ihre Mutter, eine gefeierte Schriftstellerin, sei bei einer Lesung zusammengebrochen, sie liege im Koma. Die Mutter, der ihre Geltung immer wichtiger war als die Familie, ihre Kunst wichtiger als die Kinder: Ihretwegen soll Xenia zurückkehren, auf die Chance verzichten, sich selbst Geltung zu verschaffen – nicht zuletzt gegenüber der Mutter?

Meisterlich. Evelyn Grill inszeniert ein vor Leben und Kunst funkelndes Rom, als wollte sie daraus die Sprachwurzel für die Gattungsbezeichnung »Roman« herleiten.

FAZ

Ein schrecklich gutes Buch.

Neues Volksblatt

Grill zündet ein Feuer an, das bis zum letzten Satz nicht mehr erlischt. Tausend Bravos.

Oberösterreichische Nachrichten

Gudrun Seidenauer
Aufgetrennte Tage
Roman

Mariannes Mann ist über die Treppe gestürzt und hat sich das Genick gebrochen – ein Unfall. Sie weiß genau, wann das war: Sie hat es sich auf einem Zettel notiert, um es nicht zu vergessen. Marianne hat Alzheimer, sie verliert ihr Gedächtnis, nun hat sie auch noch ihren Mann verloren. »Sie weint, weil sie weiß, dass es zu spät ist, obwohl er tot ist.« Ein Unfall? Friederike, Mariannes Tochter, hat Zweifel. Ist ihre Mutter zur Mörderin geworden? War es dafür nicht zu spät?

Gudrun Seidenauer hat einen psychologisch einfühlsamen und stilistisch hervorragenden Roman über Erinnerungs- und Vergessensleistungen geschrieben, der besser als bisher Gelesenes die Macht der Zeit und die Wunden, die sie schlägt, analysiert.

literaturhaus.at

Mehr als die Talentprobe einer jungen Schriftstellerin.

FAZ

Aus einem Stoff, der bei anderen Autoren zu einem Krimi geworden wäre, macht Gudrun Seidenauer einen psychologisch feinen und stilistisch überzeugenden Roman.

Ö1

Eine Familie, eine Familie.

autor**in**residenz

Sebastian Schinnerl
In hellen Nächten
Roman

Christian Stalders Zukunft ist vorbei, noch ehe sie begonnen hat. Nach dem Tod seiner Eltern verliert der Hoferbe eines »zum Abschuss freigegebenen Kleinbauern« buchstäblich den Boden unter den Füßen. Eines Tages findet man ihn tot in seinem Haus, das längst den Banken, Baukartellen und der Politik gehört. Und am Ende gehört ihm nicht einmal mehr die Hose, in der er begraben wird.

Manche werden nach der Lektüre ihr Urteil über den Heimatroman vermutlich radikal revidieren. Denn seit Gert Jonkes *Geometrischem Heimatroman* hat es wohl keinen so konsequenten Versuch mehr gegeben, literarische Neuerungen der Moderne für die literarische Erfassung dörflicher Umtriebe fruchtbar zu machen. Nicht, dass Schinnerl das eher übel beleumundete Genre neu erfunden hätte, doch wie er dessen Inventar virtuos rekombiniert, kann nur bewundert werden.

Der Standard

Stilistisch brillant, modern, analytisch. Vergesst die Austers, Walsers & Co, vergesst die Bestsellerlisten, vergesst den Mainstream, geht auf Entdeckungsreise und ihr werdet reich belohnt.

Sound & Media

Herrlich und noch herrlicher

Vorarlberger Nachrichten

Skurril, bösartig, raffiniert.

Kleine Zeitung

autorinresidenz

Eine Familie, eine Familie.

Milena Michiko Flašar
Okaasan
Meine unbekannte Mutter

Franziskas Mutter liegt im Sterben. Es ist ein langsamer Prozess, der sich über die erste Verstörung, das erste Vergessen, den ersten Realitätsverlust vollzieht. Momente, die Franziska irritieren, da sie das Bild ihrer Mutter, einer von Disziplin und Kontrolle geleiteten japanischen Emigrantin, vollends zu verwischen drohen. Franziskas Mutter erscheint plötzlich als eine Unbekannte, eine Fremde. Vor den Augen ihrer Tochter verwandelt sie sich zurück in die junge Frau, die sie einmal war – mit Sehnsüchten, Hoffnungen und Leidenschaften.

Sehr präzise und dennoch kunstvoll poetisch.
FM4

Die zweite Talentprobe einer eigenständigen jungen Literatur.
Die Welt

Milena Michiko Flašar kann wunderbar schreiben.
Sandammeer

Eine Familie, eine Familie.

autorinresidenz